詩文學社編纂

朴龍喆全集

第一卷

京城 東光堂書店 藏版

著者遺影

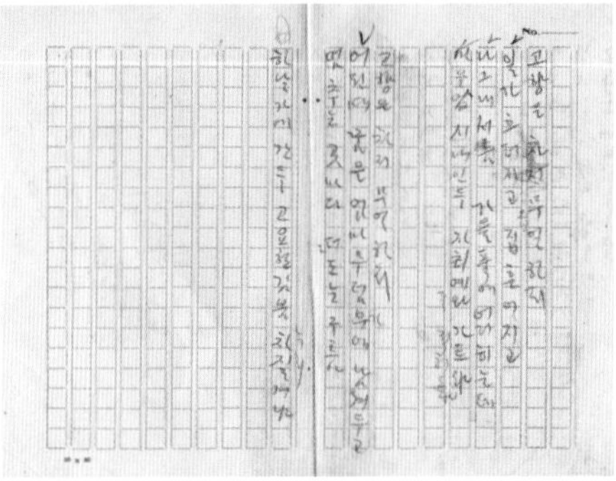

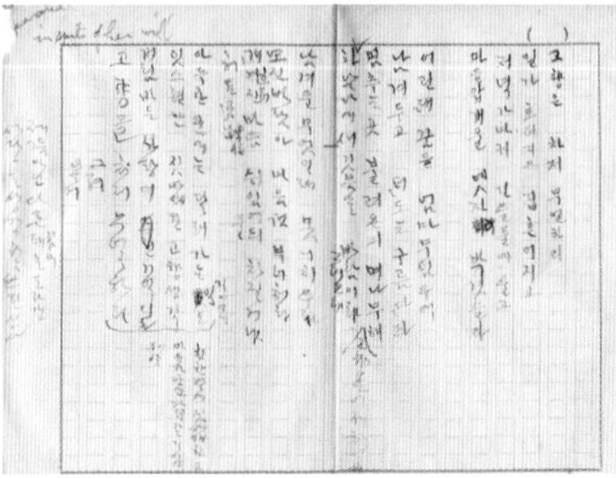

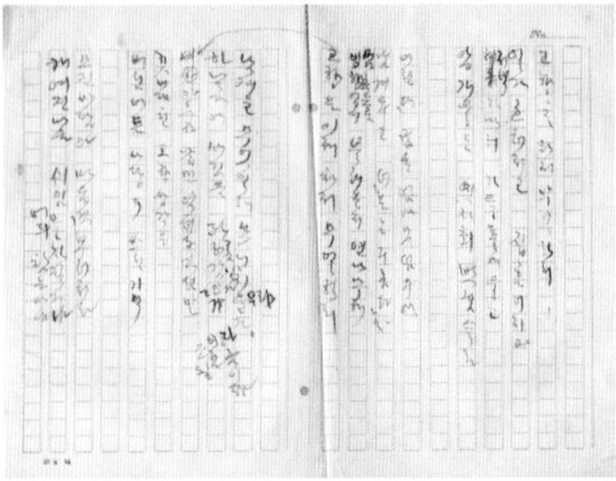

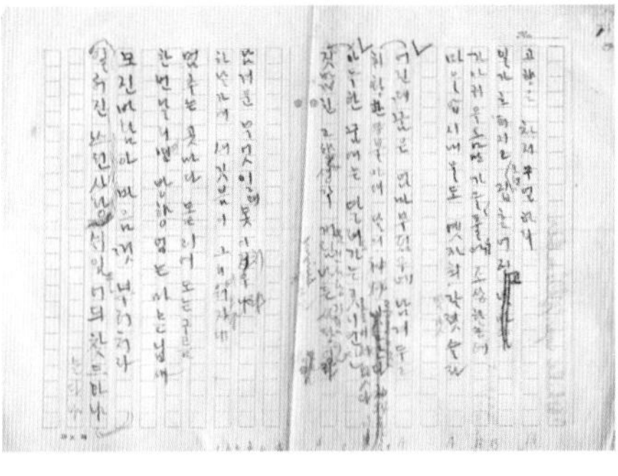

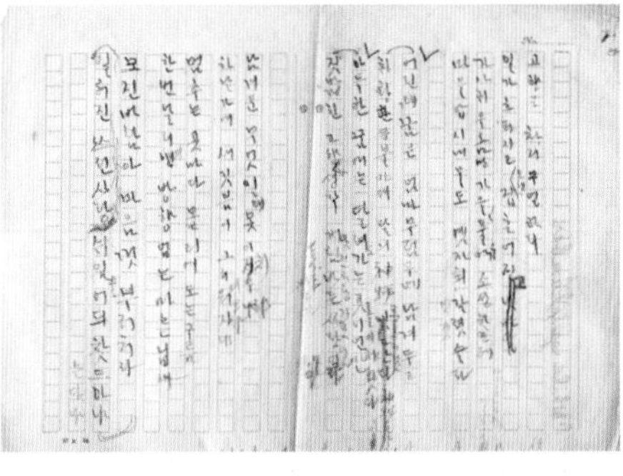

용아 박용철 선생의 전집을 복간하면서

차범석 (박용철기념사업회 회장)

2004년은 용아 박용철(龍兒 朴龍喆) 선생의 탄신 100주년이 되는 해이다. 올해로 박용철 선생과 함께 탄신 100주년이 되는 문인들은 이육사, 이태준, 계용묵, 박화성, 이양하 등이 있는데, 이 분들은 일제식민지 체제하 문학 활동을 하기 어려운 상황에서 한국문학의 맥을 강인하게 지킨 시인, 작가들이다. 그 가운데서 박용철 선생은 시와 수필, 평론, 번역, 연극 등 문학의 전 분야에 걸친 활동을 펼쳤다. 뿐만 아니라 우리 문단의 공기인 『시문학』, 『문예월간』, 『문학』, 『극예술』을 기획·발간했고, 『정지용시집』, 『김영랑시집』 등도 상재했다. 돌이켜 보면 박용철 선생이 우리 문단과 문학사에 끼친 발자취는 큼직하고 뚜렷하다.

나는 한때 한국현대문학사에 뚜렷한 발자취를 남긴 용아 박용철 선생이 세월과 더불어 점차 퇴색되는 것은 아닌가 하고 안타까워했던 적이 있다. 선생의 이름이 아주 잊혀진 것은 아니면서도 그의 문학적 삶과 업적이 젊은 세대에게는 물론이고 그의 고향에서조차 산화되어가는 현실에서 인생의 무상함을 느꼈던 것이다.

그러나 최근 몇 년 사이 광주광역시의 기념물로 지정되었던 용아 생가가 보수와 복원을 거치면서 옛 모습을 되찾아가고 있고, 문단과 사회의 관심이 높아져 선생을 탐구하는 논문집의 발간과 기념행사가 자주 열리는 것은 여간 반갑고 다행한 일이 아니다. 이러한 때, 2003년 4월 26일, 선생의 유족과 학계·문단의 뜻있는 분들이 모여서 「박용철기념사업회」를 결성했다. 이를 계기로 선생의 문학 세계의 재조명과 문학정신의 계승을 위한 다양한 계획을 수립하고 활동을 시작하였다. 그리고 선생의 탄생 100주년 기념사업의 일환으로 『박용철전집』 두 권과 선생이 생전에 출판했던 문예지들을 원형 그대로 영인하여 간행하게 되었다.

『박용철전집』은 선생이 타계한 직후 미망인 임정희 여사와 선생의 문우인 김영랑, 함대훈, 이하윤, 김광섭, 이헌구 등이 선생 생전의 유고들을 정리하여 시집과 평론집으로 편집·간행한 박용철 선생의 문집이다.

이번 '복간본'에서는 연구 자료로서의 가치보존을 위하여 초간본의 원형을 그대로 살리는 데 힘썼다. 그러나 제1권 시집에 한해서는 방언과 옛말 등 1930년대의 시어에 익숙하지 못한 독자의 편의를 위하여 주석을 붙였다. 그리고 『시문학』을 비롯한 『문예월간』, 『문학』, 『극예술』(3권 결호) 등 그가 한국문단과 문학을 위해 출자하여 출판했던 4종 14권의 문예지들도 원형대로 복간했다.

선생이 타계하신 지 65년이 지난 오늘, 연구자들조차 그의 저작물에 직접 접하기가 어려운 현실에서 이 복간본의 간행은 다양했던 용아 박용철 선생의 예술과 삶을 연구하는 새 기폭제가 될 것이다. 아울러 이 작업은 1930년대의 한국 문단의 실상을 살펴볼 수 있는 귀중한 자료를 제공한다는 점에서 큰 의의가 있다고 생각한다.

끝으로, 이 책의 출판을 위하여 자금을 지원해 주신 박종달 유족 대표와 관계기관, 기획단계에서부터 출간에 이르기까지 노고를 아끼지 않으신 「박용철기념사업회」의 관계자 여러분, 특히 임영무 상임 이사, 고지나 간사, 그리고 시집에 주석을 붙여주신 허형만 교수의 노고를 치하한다. 또한 어려운 여건 속에서 출판을 맡아주신 도서출판 '깊은샘'의 박현숙 사장에게 진심으로 감사 말씀을 올린다.

2004년 8월 일

目次

詩集

創作詩篇

I

II (拾遺)

III

R・M・릴케詩篇

英國詩篇

愛蘭詩篇

米國詩篇

사라・티ー쓰데일篇

詩 集

創作詩篇

詩文學社同人들의
創立紀念撮影 (向하
여右로부터前列卞榮
魯・鄭寅普・金允植・
後列・鄭芝溶・著者・
異河潤) ——著者二
十六歲時。

I

떠나가는 배

나 두 야 간다
나의 이 젊은 나이를
눈물로야 보낼거냐
나 두 야 가련다

안윽한 이항구ㅣㄴ들 손쉽게야 버릴거냐
안개같이 물어린 눈에도 비최나니
골잭이마다 발에 익은 뫼ㅅ부리모양
주름ㅅ살도 눈에 익은 아ㅣ사랑하든 사람들

버리고 가는이도 못 잊는 마음

---

1. 안윽한 : 아늑한, 되바라지지 아니하고 속이 깊어서 좌우가 폭 싸인.
2. 비최나니 : 비치나니.
3. 골잭이 : 골짜기. 전남방언으로 '골짝', '골짜기', '골창' 등이 있음.

쫓겨가는 마음인들 무어 다를거냐
돌아다보는 구름에는 바람이 희살짓는다
앞대일 어덕인들 마련이나 있을거냐

나 두 야 가련다
나의 이 젊은 나이를
눈물로야 보낼거냐
나 두 야 간다

1. 희살짓는다 : 헤살짓는다. 남의 일을 짓궂게 훼방하는 '헤살질', 또는 장난치며 흩어 놓는 것.
2. 어덕 : 언덕. 전남방언임. 그 외 '어덩', '어덩턱', '어덩텅'도 쓰임.

밤기차에 그대를 보내고

I

온전한 어둠가운데 사라저 버리는
　한낮 촛불이여。
이 눈보라속에 그대보내고 돌아서 오는
　나의 가슴이여。
쓰린듯 부인듯 한데 뿌리는 눈은
　드러 안겨서
발마다 미끄러지기 쉬운 거름은
　자최 남겨서。
머지도 않은앞이 그저 아득 하여라。

II

밖을 내여다보려고、무척 애쓰는

---

1. 한낮 : 한낱. 하잘것없는.
2. 부인 듯 : 가슴이 텅 빈 듯 허전한 느낌.
3. 드러 : 들어.
4. 거름 : 걸음.
5. 자최 : 자취.
6. 내여다보려고 : 내다보려고.

그대도 설으렸다。
유리창 검은밖에 제얼굴만 비처 눈물은
그렁그렁 하렸다。
내방에 들면 구석구석이 숨겨진 그눈은
내게 웃으렸다。
목소리 들리는듯 성그리는듯 내살은
부댓기렸다。
가는그대 보내는나 그저 아득 하여라。

Ⅲ

얼어붙은 바다에 쇄빙선같이 어둠을
헤처 나가는 너。
약한정 후리처 떼고 다만 밝음을
찾어 가는 그대。
부서진다 놀래랴 두줄기 궤도를

---

1. 설으렷다 : 서러우렷다. 전남방언으로 '서릅다(서르와서)', '서름', '서룸', '서러서', '서러와서' 등으로 쓰임.
2. 성그리는듯 : 성글거리는 듯. 천연한 태도로 연해 가볍게 눈웃음치는 듯.
3. 부댓기렸다 : 부대끼렷다.
4. 쇄빙선 : 碎氷船. 얼어붙은 바다나 강의 얼음을 깨뜨려 부수고 뱃길을 내는 배.

　　타고 달리는 너。
죽엄이 무서우랴 힘있게 사는길을
　　바로 닷는 그대。
실어가는 너 실려가는 그대 그저 아득 하여라。

Ⅲ

이제 아득한 겨을이면 머지못할 봄날을
　　나는 바라보자。
봄날같이 웃으며 달려들 그의 기차를
　　나는 기다리자。
「잊는다」말인들 어찌참아! 이대로 웃기를
　　나는 배화보자。
하다가는 험한길 헤처가는 그의 거름을
　　본 받어도보자。
마침내는 그를 따르는 사람이라도 되어 보리라。

---

1. 죽엄이 : 죽음이.
2. 닷는 : 닫는. 빨리 가는. 달리는.
3. 겨을 : 겨울.
4. 머지못할 : 멀지않을.
5. 어찌참아! : 어찌 차마! 애틋하고 안타까워서 감히 어찌.
6. 배화 보자 : 배워 보자.
7. 거름을 : 걸음을.

이대로가랴마는

설만들 이대로 가기야 하랴마는
이대로 간단들 못간다 하랴마는

바람도 없이 고이떨어지는 꽃닢같이
파란하늘에 사라저버리는 구름쪽같이

조그만 열로 지금 숫더리는 피가 멈추고
가늚 숨길이 여기서 끝맺는다면——
아ㅣ 얇은빛 들어오는 영창아래서
참아 흐르지못하는 눈물이 온가슴에 젖어나리네

1. 설만들 : 설마인들. 아무리 하기로인들.
2. 숫더리는 : 펄떡이는. 두근거리는(『시어사전』(김재홍)). 『박용철시집』(1968)에는 '수더리는'으로 잘못 표기되어 있음.
3. 가늚 : 가는.

싸늘한 이마

큰 어둠가운데 홀로 밝은불 혀
고 앉어있으면 모도 빼앗기는듯
한 외로움
한포기 산꽃이라도 있으면 얼마
나한 위로이랴

모도 빼앗기는듯 눈덮개 고이 나
리면 환한 왼몸은 새파란불 붙어
있는 린광(燐光)
깜안 귓도리하나라도 있으면 얼마
나한 기쁨이랴

---

1. 혀고 : 켜고. '혀다'는 '켜다'의 고어.
2. 모도 : 모두. 전남방언임.
3. 눈덮개 : 눈꺼풀. '눈뚜껑'이 전남방언임.
4. 고이 : 곱게.
5. 왼몸 : 온몸.
6. 린광(燐光) : 어두운 곳에서 볼 때 보이는 청백색의 미광.
7. 깜안 : 까만.
8. 귓도리 : 귀뚜라미. '귀또리'가 전남방언임.

파란불에 몸을 사루면 싸늘한 이
마 맑게 트이여 기여가는 신경의
간지러움

기리는 별이라도 맘에있다면 얼마
나한 질검이랴

---

1. 기여가는 : 기어가는.
2. 기리는 : 그리는. 그리워하는. 전남방언에 '그립다'는 뜻의 '기립다(기리워서)'가 있음.
3. 질검이랴 : 즐거움이랴.

고 향

고향은 찾어 무얼하리
일가 흩어지고 집흐너진데
저녁 가마귀 가을풀에울고
마을앞 시내도 녯자리 바뀌였을라。

어린때 꿈을 엄마 무덤우에
남겨두고 떠도는 구름따라
멈추는듯 불려온지 여나무해
고향은 이제 찾어 무얼하리。

하날가에 새 기쁨을 그리어보랴

---

1. 집흐너진 : 집 헐린. 집 무너진.
2. 녯자리 : 옛자리.
3. 우에 : 위에.
4. 여나무해 : 여남은 해.
5. 하날 : 하늘.

남겨둔 무엇일래 못잊히우랴
모진바람아 마음껏 불어쳐라
흩어진 꽃닢 쉬임어디 찾는다냐。

험한발에 짓밟힌 고향생각
—아득한 꿈엔 달려가는 길이언만—
서로의 굳은뜻을 남게 앗긴
옛사랑의 생각같은 쓰린 심사여라。

1. 무엇일래 : 무엇이 있기에.
2. 못 잊히우랴 : 못 잊히랴.
3. 남게 앗긴 : 남에게 빼앗긴.

어 디 로

내마음은 어디로 가야 옳으리까
쉬임없이 궂은비는 나려오고
지나간날 괴로움의 쓰린기억
내게 어둔 구름되여 덮히는때。

바라지 않으리라든 새론 히망
생각지 않으리라든 그대 생각
번개같이 어둠을 깨친다마는
그대는 닿을길없이 높은데 계시오니
아! 내마음은 어디로 가야 옳으리까。

---

1. 나려오고 : 내려오고.
2. 히망 : 희망.

비 나 리 는 날

세염도없이 왼하로 나리는비에
내맘이 고만 여위여 가나니
아까운 갈매기들은 다젖어 죽였겠다

1. 세염도없이 : 勢焰도 없이. 기세(氣勢)도 없이. 『시어사전』(김재홍)에는 '실새없이', '하염없이'로 해석하고 있음.
2. 왼하로 : 온 하루. 온종일.

비

비가 조록 조록 세염없이 나려와서・・・
쉬일줄도 모르고 일도없이 나려와서・・・
나무를 집웅을 고만이세워놓고 축여준다・・・
올라가는 기차소리도 가즉이 들리나니・・・
비에 홈추리젖은 기차모양은 애처롭겠지・・・
내마음에서도 심상치 않은놈이 흔들려 나온다・・・

비가 조록 조록 세염없이 흘러나려서・・・
나는 비에 홈출젖은닭같이 네게로 달려가련다・・・
물 건너는 한줄기 배암같이 곧장 기여가련다・・・
감고붉은 제비는 매끄름이 날려가는것을・・・

---

1. 조록 조록 : 주룩 주룩. 주룩주룩>조록조록.
2. 세염없이 : 기세없이. 실새없이, 하염없이.
3. 집웅 : 지붕.
4. 고만이 : 가만히.
5. 가즉이 : 가직하게. 가깝게, 전남방언은 '가직다', '가직허다'.
6. 홈추리젖은, 홈출젖은 : 흠뻑 젖은. 전남방언으로 '홈초라이'.(홈초라이 비를 맞았다 = 흠뻑 비를 맞었다.)
7. 배암 : 뱀.
8. 감고붉은 : 검고붉은. 검붉은.
9.매끄름이 : 미끈하게. '메끔허다'가 전남방언임.

나의마음은 반득이는 잎사귀보다 더 한들리여・・・
밝은불 혀놓은 그대의방을 무연이 싸고돈단다・・・

나는 누를향해쓰길래 이런하소를 하고있단가・・・
이러한날엔 어느강물 큰애기하나 빠저도 자최도 아니남을라・・・
전에나 뒤에나 비ㅅ방울이 물낯을 튀길뿐이지・・・
누가 울어보낸 물 아니고 설기야 무어 설으리마는・・・
저기가는 나그내는 누구이길래 발자최에 물이 괸다니・・・
마음있는듯 없는듯 공연한비는 조록 조록 한결같이 나리네・・・

---

1. 반득이는 : 번득이는. 번득>반득.
2. 한들리여 : 흔들리어.
3. 혀놓은 : 켜놓은.
4. 무연이 : 무심히. 뜻없이.(『시어사전』, 김재홍)
5. 누를 : 누구를. 6. 하소를 : 하소연을.
7. 물낯 : 수면(水面). 『박용철시집』(1968)에는 '물낱'으로 잘못 표기되어 있음.
8. 설기야 : 서럽기야, 서글프기야.
9. 설으리마는 : 서러우리마는 10. 괸다니 : 고인다니.

仙女의 노래

눈물짓지마 눈물짓지마
꽃은 새해에 다시피며니——키ㅡ트스

느릿한 나래질로, 나는공중 떠다닌다。
끝없는 시냇물은 흘러흘러 나려간다。
젊은이야 가슴뛰여 하지말아。
저기파란 휘장드린 밝은창이 반쯤만 열려졌음 너를기달림이라고
・・・느릿한 나래질로 나는공중 떠다닌다。

젊은이야 가슴죄여 하지말아
달을잠근 맑은새암 같은눈이
곤웃음 지어보냄 너를괴려함이라고

---

1. 키-트스 : 키츠. 『박용철시집』(1968)에는 영문 'Keats'로 표기되어 있음.
2. 나래질로 : 날갯짓으로.
3. 기달림 : 기다림.
4. 달을잠근 : 달을 담근.
5. 새암 : 샘, 우물. '새암'은 전남의 대표적 방언임.
6. 곤웃음 : 고운 웃음.
7. 괴려함 : 사랑하려함. 고어 '괴다'는 '사랑하다'.

···끝없는 시내ㅅ물은 흘러흘러 나려간다。
너로해서가 아니란다 내아이야

탐스러운 한송우리 모란꽃은
네눈기뻐 하렴인줄 믿지말아
지나는 나비하나 어느결에 품에든다。
···느릿한 나래질로 나는공중 며다닌다。

솔닢사이 지저괴는 미영새를
네귀맞훈 노래인줄 아지말아
둘(이)만나 깃부더(치)며 건넌골로 사라진다。
···끝없는 시내ㅅ물은 흘러흘러 나려간다
알어라 내아이야 너로해서가 아니란다。

---

1. 한송우리 : 한 송이, '송아리'가 전남방언임. 송아리<숭어리.
2. 믿지말아 : 믿지 마라.
3. 지저괴는 : 지저귀는.
4. 미영새 : '박새'의 전남방언임.
5. 네귀맞훈 : 너의 귀에 맞춘.
6. 건넌골 : 건너의 골짜기로.

· · · 끝없는 시내ㅅ물은 흘러흘러 나려간다

아 그런줄 알았거든 그러한줄 알았거든
머리들어라! 눈물에 싳긴얼굴
깊은물속 헤여나온 얼굴같이
엄숙하게 전에없든 빛나려니
내아이야 외롬참고 사는줄을 배호아라

느릿한 나래질로 나는공중 떠다닌다
끝없는 시내ㅅ물은 흘러흘러 나려간다

---

1. 싳긴 : 씻긴.
2. 헤여나온 : 헹구어 나온. '헹구다'의 준말이 '헤다'임.
3. 전에없든 빛나려니 : 전에 없던 빛이 나려니.
4. 외롬 : 외로움.
5. 사는줄을 : 사는 방법을. '줄'은 용언 뒤에 붙어 어떤 방법.사실을 표하는 말(어미 'ㄴ'이나, 'ㄹ' 뒤에서만 쓰임).
6. 베호아라 : 배워라.

시집가는 시악시의말

나는 이제 가네。
눈물 한줄도 아니흘리고 떠나가려네。

어머니 치마로 눈을 가리지 마서요。
너희들도 다 잘있거라。
새벽빛이 아직도 희미해서 얼굴들이 눈에 서투르오、
다시한번 눈이라도 익여둡시다。
공연히 수선거리지들 말어요。
남의 마음이 흔들리기 쉬운줄도 모르고。
황토 붉은산아 푸른 잔듸밭아 다 잘있거라。

---

1. 시악시 : 새색시, 색시. 전남방언으로 '시악시' 외 '새악시', '새아씨'가 있음.
2. 마서요 : 마세요.
3. 히미해서 : 희미해서.
4. 서투르오 : 익숙하지 못하오
5. 익여둡시다 : 익혀둡시다.
6. 수선거리지들 : 수선피우지들.

잔자갈 시냇물도 잘 놀아 지나거라。
──가면 아조가나、 잔사정 작별을 내 이리하게!
봉선화야 너는 거년까지 내손가락에 물드리였지?

순이야、 금이야、 남이야、 빛나든철의 동모들아、
이제는 동모라는 말조차 써볼데가 없겠고나、
너의들 따—느린 머리를 어디좀 만져보자。

붉은단기 울넘으로 번득이는 자랑스러움、
거리낄데 하나없이 굴러가든 너이들 웃음、
이것이 어느새 남의일같이 이야기 될줄이야!
손하나 타지않고 산골에 맑은 흰나리꽃송이같이、
매인데 굽힐데 없이 자라나든 큰아기시절을
내 이제 뒤으로 머리돌려 아까워 할줄이야!

---

1. 잔자갈 : 잘거나 가는 돌.
2. 놀아 지나거라 : 놀고 지내거라.
3. 아조 : 아주. 전남방언임.
4. 잔사정 : 자잘한 속사정.
5. 거년 : 去年. 지난해, 작년.
6. 물드리였지? : 물들이었지?
7. 빛나든철 : 빛나던 시절.
8. 따-느린 : 땋아 늘인.
9. 단기 : 댕기. 여자의 길게 땋은 머리 끝에 드리는 헝겊이나 끈.
10. 울넘으로 : 울타리 너머로.
11. 손하나 타지않고 : 사람 손이 닿지 않아 순결한 상태.
12. 뒤으로 : 뒤로.

눈물은 내서 무엇하늬、
가고야 마는것을! 가면 아조 가라마는。
남는 너희나 그대로 있어지다고、내다시 볼때까지。

아버지 이길은 무슨길이길래、
눈물에 싸여서라도 가고 보내는 마련이래요?
마른닢은 부는바람에 불려야만 되나요?
손에 닳고 눈에 익은 모든것을 버리고
아득한 바다에 몸을 띠워야만 새살림 길인가요?

갈피없는 걱정 쓸데없는 앙탈을 이냥 삼키고、
나는 떠나가네。
싸늘한 두손으로 얼굴을 싸만지며。

---

1. 무엇하늬 : 무엇하니.
2. 있어지다고 : 있어줘다오.
3. 마련 : 당연히 그리하게 되어 있음.
4. 띠워야만 : 띄워야만.
5. 갈피없는 : 갈피를 못잡는. 마음을 안정하지 못하고 갈팡질팡하는.
6. 이냥 : 이대로.

小惡魔

내 심장은 이제 몹슬냄새를 뿜으며
가마속에서 긇어오르는 콜타르 모양입니다。
가즉이 들리는 시내ㅅ물소리도 귀찮고
개고리우름은 견딜수없이 내 부아를 건드립니다。
내가 고개숙이고 들어가지 아니치못할
저 숨막히는 초가집웅을 생각고
나는 열번이나 돌쳐서 나무칼을 휘둘러서는
애믄 풀잎사귀를 수없이 뭇지릅니다。
비웃어주는 별들도 숨어버리고

---

1. 몹슬냄새 : 몹쓸 냄새. 좋지 아니한 냄새.
2. 긇어오르는 : 끓어오르는.
3. 가즉이 : 가까이. 전남방언은 '가직다', '가직허다'.
4. 개고리우름 : 개구리 울음.
5. 부아 : 폐(肺). 여기서는 분한 마음. 전남방언은 '부애'.
6. 집웅 : 지붕.
7. 생각고 : 생각하고.
8. 돌쳐서 : 돌려 쳐서.
9. 애믄 : 애먼. 애매하게 딴. 전남방언은 '예문'(애매한, 억울한).
10. 뭇지릅니다 : 무지르다. 물건의 한 부분을 잘라버리다.

반넘은달이 구름에 싸여 희미합니다。
힘없는 조으름이 왼나라를 다사리고
배고픔이 날랜손톱으로 판장을 긁을뿐입니다。

지리한 장마속에 귀한 감정은 탕이가 피고
요행이 어리석음에 등말을타고 돌아다녀서
난장이가 재주란답시 뒤궁굴으면
당나귀의 무리는 입을 헤버리고 웃습니다。

이러한 공격을 내가 어떻게 더 계속하겠읍니까。
이제 내 감정은 짓부비여 꽹개친
종이 부스러기 꼴이되어 버려져있습니다。

---

1. 반넘은달 : 반달보다 약간 부푼 달.
2. 조으름 : 조름.
3. 왼나라를 : 온나라를.
4. 다사리고 : 다스리고.
5. 판장 : 널판장.
6. 탕이 : 탕곰팡이. 장마때 축축한 물체에 생기는 검푸른 곰팡이. 霉氣.
7. 등말 : 말 타듯 등에 올라타는 것.
8. 재주란답시 : 재주를 부린다고.
9. 뒤궁굴으면 : 나뒹굴면. 전남방언으로 '뒹굴다'는 '궁구르다', '궁굴다'가 보통임.

「곻은 날개」篇

곻은 날개를 너는 헐되히 나래질 치나니
푸른 하날은 다흘길없어라
꿈속의ㅅ길은 히미하여라
곻은 날개를 너는 힘없이 나래질치나니

○

이길은 어드메로 가는길이오
저기 구름은 어느발로 넘는다오
해는 누엿누엿 산마루에 걸리는데
하날에는 집없는 새들만 가득이 날아드오

---

1. 곻은 : 고운.
2. 헐되이 : 헛되이.
3. 다흘길 : 닿을 길.
4. 어드메로 : 어느 곳으로.
5. 어느 발로 : 어느 쪽으로. '발'은 전남방언임.
6. 넘는다오 : 넘는답니까.

○

참으로 하로는 하로와 갈거니
어느날이 새삼스리 못잊히느뇨

마조보는 거울에는
수없이 그림자가 비최여지나
끝간데없이 비최이는 그림자

없는데 혼자 무서워하는 개같이
가끔가다 소리높혀 짖어도보나
너는 참으로 무엇을 기다리느뇨

촘촘히세운 小學生들 가온데
어느것이 나의 슬픈 아들이뇨

1. 비최여지나 : 비추어지나.
2. 높혀 : 높여.
3. 짖어도보나 : 짖어도 보지만.
4. 촘촘히 : 틈이 썩 배게.
5. 가온데 : 가운데.

○

비가 온다 비가 쉬임도없이 그침도없이

페이브멘트의 으른거리는 물우이를

에리틀 세우고 촉촉이 젖어 걸어간다

유연히 태연히

돌아갈집、 고개를 숙으리고 들어가야할 대문

불ㅅ기없는 방

그는 다만 돌아다닌다。

○

문득 마음이 꽃같이 피여나는가하면

어느새 부끄럼에 고개 도로 숙으린다

행복에 피가 수물거리다가는

---

1. 페이브멘트 : pavement. 포장한 길. 포도(鋪道).
2. 으른거리는 : 어른거리는.
3. 물우이를 : 물 위를
4. 에리 : 외투깃.
5. 숙으리고 : 수그리고.
6. 수물거리다가는 : 스멀거리다가는. 근질거리다가는.

다시 불안에 가슴 두근거린다

외투깃을 세우고 바쁜 거름 하는사람아
너는 저쪽 비탈의 어드러한 집으로 돌아가느냐
내게 일러라 새야
너도 기다리는 한동무게로 돌아가느냐

이제
나무가지의 그늘 마다
그 으스므레한 가운대서 새로운 얼굴이 생겨나고

——未 完——

○

자네 말이
날 다려

---

1. 거름 : 걸음.
2. 어드러한 : 어떤.
3. 일러라 : 말하라.
4. 한동무게로 : 한 동무에게로.
5. 으스므레한 : 으슴푸레한. 침침하고 흐릿한.
6. 다려 : 더러. 전남방언임.

이것을 모도 사랑하라는가
어떻게
내가 이 모든것을 사랑할수 있는가
내가 아름다운것을 사랑하지 않든가
그러나 보게
내마음을 날뛰게하는 아름다움이 어데 있는가
푸른하날과 잘 나는 별
또 구비곻은 山川과 나무와 꽃
말 말게
저의는 그우에 무슨 아름다움을 보랬는가
저의는 무엇을 만들었는가

---

1. 않든가 : 않던가.
2. 구비곻은: 구비 고운.
3. 저의는 : 속마음은. 속뜻은.
4. 그우에 : 그 위에.

無題

아――그러나
故鄕! 故鄕!
이말속에는 無上의命令이 숨어있네
나는 억센 팔장에서 몸을뻗히려 부둥거리는 애기와같이
나의 가슴은 두쪼각으로 빼개지려하네
여보게
내가 이故鄕을 사랑하지않게되는수를 가르켜주게

눈은 감고 다니게
귀는 막고 다니게
그렇지않거든 여기를 버리고가게

---

1. 무상의 명령(無上의 命令) : 그 위에 더할 수 없이 높은 명령. 철학에서의 '정언적(定言的) 명령'.
2. 팔장 : 팔짱.
3. 부둥거리는 : 버둥거리는.
4. 빼개지려하네 : 갈라져 조각나려 하네.

Be nobler !

He fears lest his love should fall.

더 높아저라 닿을길없이 높아 지거라……
머언 하날 푸른자리 그윽히 빛나거라。
내맘의 맑은샘에 네얼굴 잠기나니……
별같이 차신님을 그려봄만 자랑이리

그러나 가슴깊히 떨리는 두려움은——
산기슭 히야신스 목동의 발에 맡겨
맑은샘 더지는돌 흙장을 일으킬가——
오 영원한 이거울이 산산이 부서지면!

---

1. Be nobler! : 더 고귀해져라. 여기서는 높아져라의 의미가 강함.
2. He fears lest his love should fall : 그는 사랑에 빠질까봐 두려워한다.
3. 그려봄만 : 그리워해보는 것만.
4. 더지는돌 : 던지는 돌.
5. 흙장 : 흙탕물.

높아저라 더 높아지거라 닿을길없이
별같이 차신님을 그려봄만 자랑이리。

絕望에서

나는 이제 絕望의 흙속에
파묻혀 엎드린 한개의 씨
아ㅣ한없는 어둠……………………
과 고요……………………

그러나 그러나
천 천 이 천 천 이
나는 고개를 든다
천 천 이 천 천 이
그러나 힘있게 우으로
나는 머리를 밀어 올린다……

나는 숨을 쉬였다 地球를 나는 뚫였다——!
나는 팔을 뻗힌다——
나는 다리를 뻗힌다——
아—나는 이제 아츰해 비췬 언덕우에
두팔 처들어 왼몸 훨신 펴고 서있는
오— 서있는 사람이로라

---

1. 뻗힌다 : 뻗친다.
2. 아츰해 : 아침 해.
3. 비췬 : 비친.
4. 훨신 : 훨씬. 정도 이상으로 매우 많이.

希望과 絕望은

어느 해와 달에 끄을림이뇨
내 가슴에 밀려드는 밀물 밀물

동실한 水面은 기름같이 솟아올라
두어마리 갈매기 어긋저 서로 날고
돛폭은 바람가득 먹음어
말리길 떠날 차비한다

그러나 이瞬間을 스치는 한쪽 구름
가슴 폭 내려앉고 깃발은 꺾어지며
험한 바위 도로 다 제얼굴 나타내고

1. 동실한 : 동글고 토실토실한.
2. 어긋저 : 엇갈리어.
3. 먹음어 : 머금어.
4. 말리길 : 만리 길.
5. 차비 : 채비.
6. 도로 : 본래와 같이 다시. 먼저와 다름없이.

검정 뻘은 죽엄의 손짓조차 없다

남은 웅덩이에 파닥거리는 고기들
기다림도 없이 몸을 내던진 海草들

우연은 머리칼처럼 헝클어지도 않았거니
너는 무슨 낙시를 오히려 드리우노

희망과 절망의 두 등처기 사이를
시게추같이 건네질하는 마음씨야

詩의 날랜 날개로도 따를수 없는
거름빠른 술레잡기야 이 어리석음이야

들어오며 다시 나가며 부질없는 이 呼吸
너는 그래 六月 소보다 더 헐덕으릴뿐이냐

---

1. 낙시 : 낚시.
2. 드리우노 : 드리우느냐.
3. 등처기 : 언덕. 전남방언에 '언덕'을 '등치기'라 함.
4. 시게추 : 시계추.
5. 건네질하는 : 건너서 왔다갔다하는. '건너다'의 전남방언은 대부분 '건네다'임.
6. 헐덕으릴뿐이냐 : 헐떡거릴 뿐이냐.

사랑하든말

내가 그날에 사랑해 만지든 말이 이제 내 눈앞에 있다、
그 털의 윤택함 빛나는 흰눈ㅅ자위 뒤ㅅ다리의 탐스러움
자랑스럽든 그태도를 어디하나 남겨있진 않으나、
나는 다만 깊히백인 사랑의 총명함으로 알아볼수 있느니。

여기 멍에아래 마차 끄으는 추렷한 말은
그시절 봄날빛아래 금잔디 넓은 마당에서
호—통소리치며 네굽놓고 달리다가 가볍게 잔거름 놓든
그 아름답든 나의사랑하든 망아지 그놈이다。

저의 두눈은 굴러 하날을 처다볼 생각도없이、

---

1. 백인 : 박힌. 전남 전역 방언.
2. 추렷한 : 추레한.
3. 잔거름 : 잔걸음.
4. 굴러 : 굴리어.

저의 네발은 따에서 두자 뛰여오를 기운도없이、
쉴틈없이 내리는 채찍에 몰려다니다가는
목에 여물통을 건대로 배채울것을 먹고있다。

나는 넘처오르는 가슴과 떨리는 주먹으로 디려다보며、
눈을 감지도못하고 깊고높은 하날로 돌려바리도 못한다。

—沈痛篇에서—

1. 따에서 : 땅에서.
2. 두자 : 두척(尺).
3. 디려다보며 : 들여다보며.
4. 돌려바리도 : 돌려버리지도.

나는 네것 아니라

나는 네것아니라 네가운데 안사라졌다
안사라졌다 나는 참말 바라지마는
한낮에켜진 초ㅅ불이 사라짐같이
바다물에 듣는 눈ㅅ발이 사라짐같이、

나는 너를 사랑는다、내눈에는 네가아즉
아름답고 빛나는 사람으로 비친다
너의 아름답고 빛남이 뵈인다

그러나 나는 나、마음은 바라지마는——
비ㅅ속에 사라지는 빛같이 사라지기。

1. 듣는 : 방울방울 떨어지는.
2. 사랑는다 : 사랑한다.
3. 아즉 : 아직. 전남방언임.
4. 뵈인다 : 보인다.

오 나를 깊은 사랑속에 내어던지라
　나의 감각을 뽑아 귀어둡고 눈멀게하여라
너의 사랑의 폭풍우에 휩쓸리여
　몰리는 바람앞에 가느단 초ㅅ불같이。

1. 가느단 : 가느다란. 아주 가는.

II

拾遺

부엉이 운다

I

부엉이운다
부엉이운다
밤은깊으고 바람은불고 구름덮힌데
부엉이운다
눈은엿같이 몸이엉기는 어둠가운대
부엉이운다
어둠가운대 외딴집하나
불은히미히 창을비취다
부엉이운다 불이깜박인다

---

1. 깊으고 : 깊고.
2. 덮힌데 : 덮이는데.
3. 히미히 : 희미하게.

부엉이운다 불이까물친다

Ⅱ

부엉이운다
부엉이운다
이슬에젖어 축은한풀닢 쓸어져눕고
부엉이운다
검은따에서 모틀그림자 뽑아오르고
부엉이운다
무덤가에서 허매는늑대
꼬리느리고 고개숙이고
부엉이운다 불이깜박인다
부엉이운다 불이까물친다

Ⅲ

---

1. 까물친다 : 까무러친다. 까물거리다가 꺼진 듯한다.
2. 축은한 : 측은한. 가엾고 불쌍한.
3. 쓸어져 : 쓰러져.
4. 따에서 : 땅에서.
5. 뽑아오르고 : 길게늘여 오르고.
6. 허매는 : 헤매는.
7. 느리고 : 늘이고.

부엉이운다
오—무엇을 부르는우름
네—무엇을 불러내느냐
부엉이운다
부엉이운다
모든이야기 가운대사는
머리푼귀신 피묻힌귀신
부엉이운다
부엉이운다
구름밑에서 따우에까지
키틀뻗지른 귀신상갈이
휘—휙불어 지나는바람
부엉이운다 불이깜박인다
부엉이운다 불이까물친다

---

1. 우름 : 울음.
2. 가운대 : 가운데.
3. 따우에 : 땅 위에.
4. 뻗지른 : 뻗쳐서 내지른.

외불은아조 사라져버리다

부엉이운다

부엉이운다

• • • • •

1. 아조 : 아주. 전남방언임.

무덤과 달

몸은 사라져 넋이만 남은듯이
다만 한줄기 생각만 살아돈다

해파란 저달빛을
이몸에 비최과저
원밤을 비최과저
오랜병에 여원빰에
피어리어 싸늘한이몸에
핼슥한 저달빛을
옴시런이 비최과저

---

1. 넋이만 : 넋만.
2. 해파란 : 파란빛이 짙은.
3. 비최과저 : 비추고자.
4. 핼슥한 : 핼쓱한.
5. 옴시런이 : 고스란히. 전남방언으로는 '옴쓰라기', '옴쓰락허니', '옴쓰레기', '옴씨락' 등이 쓰임.

검은 솔그림자 어른거리는
달빛 하이얀 풀닢우에
한줄기 생각이 살아돈다
햴슥한 달빛이 은실을흘려
생각마자 얽히여 녹아저
하이얀 그림자 아즈랑이같이
사라져간다 사라져간다

---

1. 풀닢우에 : 풀잎 위에.
2. 햴슥한 : 핼쓱한. 얼굴에 핏기가 없고 파리한. 창백한.
3. 생각마자 얽히여 : 생각마저 얽히어.
4. 녹아저 : 녹아져.
5. 아즈랑이 : 아지랑이.

비에젖은마음

불도없는 방안에 쓰러지며
내쉬는 한숨따라 「아 어머니!」 석기는말
모진듯 참어오든 그의모든 설어움이
공교로운 고임새의 문허저 나림같이
이한말을 따라 한번에 쏠아진다

많은구박 가운대로 허위여다니다가
헌솜같이 지친몸은 일어날 기운잃고
그의맘은 어두움에 가득 차서있다
쉬일줄 모르고 찬비작고 나리는밤
사람기척도 없는 싸늘한 방에서

---

1. 석기는 : 섞이는.
2. 참오든 : 참아오던.
3. 설어움이 : 서러움이.
4. 고임새 : 굄새. 괴어놓은 모양.
5. 문허저 : 무너져.
6. 나림같이 : 내림같이.
7. 허위여다니다가 : 허우적거리고 다니다가.
8. 작고 : 자꾸. 전남방언은 '자꼬'.

뜻없이 소리내인 이한말에 마음풀려
짓구진 마을애들게 부댓기우다
엄마 옷자락에매달려 우는애같이
그는 달래여주시는손 이마우에 느껴가며
모든괴롬 울어잊으련듯 마음놓아 울고있다

---

1. 짓구진 : 짓궂은. 굳이 남을 귀찮게 굴어 곰살갑지 않은.
2. 부댓기우다 : 부대끼다. 무엇에 시달려서 괴로움을 당하다.
3. 달래여주시는 : 달래어주시는.

斷想 · 1

가끔 가끔(새삼스리)
살기가 승거워집니다
그렇다고
앨써 죽기야 또 어찌합니까
그러기에
한다리를 끌고 절룸바리거름을 것습니다

잊고 살다가도
돌처보면 승거웁지요
앨써 살값도 없지요마는
그렇다고

---

1. 승거워집니다 : 싱거워집니다.
2. 앨써 : 애를 써.
3. 절룸바리 : 절름발이. 절름거리는 사람.
4. 것습니다 : 걷습니다.
5. 돌처보면 : 돌이켜보면.
6. 앨써 : 애를 써.
7. 살값도 : 살아야 할 값어치도.

앨써죽기는 또 힘들지요
우리우슴은 속이뷔이고
깃브단말은 字典에서도 지워지오
나는 아조 悲觀하기로 決心을햇소

---

1. 우슴은 : 웃음은.
2. 뷔이고 : 비고.
3. 깃브단 : 기쁘다는.

斷想·2

괴로움 쓰라림을 달게받고 살라함은
예부터 점잖은이 일러오는 말이지요
그러나 나는 원수나 갚는셈치고 씹어삼키고 삶니다
살기가 싫은날이 문득가다 있사와요
마음없이 살적보다 그런날이 값있지요
일하지않고사는 새가 되려 부러웁소
한번 태여나기가 어디그리 쉬운일이오
이렇게 될작시면 찰하리 죽였겠소

---

1. 삶니다 : 삽니다.
2. 살적보다 : 살 때보다.
3. 되려 : 도리어. 전남방언으로 '되레', '됩데', '됩데로'가 쓰임.
4. 될작시면 : 될 것 같으면. 될 양이면.
5. 찰하리 : 차라리.

기다리든때

솔사이를 어른 어른
올라오는 그의얼굴
얼핏 내려다본 나의마음
、、、、 、、、、 、、、、 、、、、
살작이 둥지고 앉어서
반이운 꽃을 가여워 하는듯
피여나는 꽃을 어엽버 하는체
뒤에 들리는 발자최만
、、、、 、、、、 기다리네
、、、、 、、、、 、、、、 、、、、
、、、、 、、、、 와멈추는 발자최

---

1. 살작이 : 살짝.
2. 반이운 : 절반 정도 시든.
3. 어엽버 : 어여뻐. 어여삐. 어여쁘게.

귀뒤에 들리는 숨소리
무슨 작난을 하려는듯
、、、、 、、、、 、、、、 、、、、
磁石에 끌리는 바늘같이
해ㅅ발따라 돌아가는
해바라기 송이같이
틀었든 내얼굴
하염없이 돌아가니 、、、、
오 나의 해 、、、、 별 、、、、 달
、、、、 、、、、 나의사랑!

1. 작난 : 장난.
2. 해ㅅ발 : 햇발. 사방으로 뻗친 햇살. 햇귀.

失　題

조그만　시인이여　어찌　내앞에와　서는가
내앞에와서　무슨말을　써보려는가
아ᅋᅳ리카의　탁터져　끝없는벌판에
욱어진숲그늘과　촬々거리는　시내물이그리워
내눈이　눈물을　흘린다고　마치
게집애의　사랑을잃고　가슴짜내여우는
두볼여윈　시인의얼골로　내낱을　그리려는가
네　스사로의　달금한서름을　버리고
나의가슴을　　네가슴에　받아드리여
나의　굵은말을　네말을삼으라　시인이여

---

1. 욱어진 : 우거진.
2. 낱을 : 낮을.
3. 스사로의 : 스스로의.
4. 달금한 : 달곰한. 맛이 알맞게 단. 달곰하다<달금하다.

失　題

당신은　웃으십니다
이제
살아보려한다는　내말을듯고
방울갖이
맑게울리는　소리로
새삼스럽다
나의　이　큰결심을　비웃습니다

살아본일이　없다는말에는
엄청난다는듯이　높히　웃으십니다

1. 듯고 : 듣고.
2. 높히 : 높이.

삶이란 한낮 헐된 그림자라 할때에
퍼지는 햇발같이 자유스러히
그대는 나를 비웃었읍니다

너도 이런것을 아는날이 올가보아
나는 한갓 두려워 한단다

1. 한낮 : 한낱.
2. 헐된 : 헛된.
3. 자유스러히 : 자유스럽게.
4. 올가보아 : 올까 봐.
5. 한갓 : 단지. 오직.

冬至

北녁을 바라보니 닢떠러진 마른 가지사이로 흰구름장이 들어갈뿐이로다
얼근히 취하야 누있으면 밤낮을 분간치못할소니 내게 冬至가 무엇이랴

1. 닢떠러진 : 잎 떨어진.
2. 얼근히 : 술이 거나하여 정신이 어릇하게.

忘 却

오오 아름다운
忘却

너곳 아니드면
하느님도 별수없는 小學生
그릇친 習字紙는 고대 부벼
휴지통에 버려야 하는것을

새벽마다 물장수의 삐걱거리는 지게는
물마른 물독들의 기우린 귀틀 찰찰 넘쳐준다

---

1. 너곳 : 너 곧.
2. 그릇친 : 그르친. 잘못 쓴.
3. 習字紙(습자지) : 글씨 쓰기를 익히는 데 쓰는 얇은 종이. 연습지의 일종으로 반지(半紙)라고도 했다.
4. 고대 : 지금 막.
5. 부벼 : 비벼. 전남방언임.
6. 물독 : 물을 담아두는 독.
7. 기우린 : 기울인.

한물림 한물림 조심스레
아기자기한 태엽을 감아주는
손은
뉘냐

참말 보드라운 칠판닥기
네가 지우고간 자욱을 더듬어읽는
그 기인 손가락가진 盲人의 기이한 微笑

밤낮
스타ㅣ트간 고처하는
단거리연습
아ㅏ 人生은 질거웁다

1. 한물림 : 한번 물려 받거나 물려주는 일.
2. 자욱 : 자국.
3. 고처하는 : 고쳐하는.
4. 질거웁다 : 즐겁다.

로-만스

너희는 이를 갈처 어리석다 부르느뇨
내 생명의 불ㅅ길이 이제 차츰 줄어들어
세상에 대한 욕망이란 연기갈이 사라질제
오히려 저를맞나 한마디말슴 하려함을。

저의손 내가슴에 두손으로 부여안고
그리못한다면 얼굴 가만히 보랕으며
그도 못한다면 고개 깊히 숙이고
다만 할말은 그대여 나를 용서하라。
하찮은 다툼이 아니런가

---

1. 로-만스 : 로맨스(romance). 연애이야기. 정화(情話).
2. 갈처 : 가리켜.
3. 사라질제 : 사라질 때.
4. 맞나 : 만나.
5. 말슴 : 말씀.
6. 보랕으며 : 바라보며. 전남방언에 '바라보고'를 '보라코', '보랏고'가 쓰임.

부질없은 자랑이 아니런가
서로 마음의 고향을 등지고
돌아올 길을 막았드니。

수많은 꿈에만 거리낌 없이
그대 발아래 엎드렸으나
오ㅣ 말하라 그대 또한
아니 그러 하였든가。

그대 찬란한 의상에 빛나고
웃음의 것는거름 앞에 가지나
네 마음속을 깨미는 어둠을
내사 안단다 보았드란다。

1. 부질없은 : 부질없는. 대수롭지 않거나 쓸모가 없는.
2. 것는거름 : 걷는 걸음.
3. 깨미는 : 깨무는. 위아래 이가 맞닿도록 세게 무는.
4. 보았드란다 : 보았더란다.

나의 가슴속에 맺혔든 원한의
매듭 매듭 이제 사라지고
지는해 왼들에 분홍물 드림같이
뉘우침이 고이 나려오고

쌓였든 눈이 어찌 단번에 슬림같이
애틋한정에 마음 녹아 흐르려나니
그대여 그대의 닷지운 정을 풀어놓아
용서의 넓은 바다우에 떠서 이리로 오라

두손 안고 얼굴 가만히 보랍으며
다만 할말은 그대여 나를 용서하라
둘이맘 다시 사개맞힘같이 어울려 녹는 사이에
나는 영원의 평화와 잠의 나라로 떠나 가련다。

---

1. 왼들에 : 온 들에.
2. 드림같이 : 들이는 것같이 '물들이다'에서 온 말.
3. 슬림 : 쓸림. '쓸다'의 피동형으로 쓺을 당함.
4. 애틋한 : 애가 타는 듯한.
5. 닷지운 : 닻지운. 닻으로 (짐)지운.
6. 보랍으며 : 바라보며.
7. 둘이맘 : 둘의 마음.
8. 사개맞힘 : 사개맞춤. 기둥 머리를 도리나 장여를 박기 위하여 네 갈래로 오려내고 맞추는 일.

센티멘탈

I

포름한하날에 해빛이 우렷하고
은빛 비늘구름이 반짝반득이며
「나아가잣구나 나아가잣구나」
가자니 아ㅣ어디를 가잔말이냐

솔나무밑에 발을멈추다——
잔디밭에가 퍽주저앉다——
아ㅣ 그러지않아 탁가운가슴을
웨이리건드려 쑤석거려내느냐

---

1. 포름한 : 아주 엷게 파르스름한.
2. 우렷하고 : 빛깔이 희미한 가운데 은근하면서도 뚜렷하고.
3. 비늘구름 : 상층운의 하나로, 작은 덩이진 흰구름이 물고기 비늘처럼 널려있는 구름. 털쌘구름, 조개구름이라고도 함.
4. 가잣구나 : 가자꾸나.
5. 탁가운 : 안타까운.
6. 웨이리 : 왜 이리.

가을날우는듯한 예올린소리따라
마련없는 나그내길로 나를불러내느냐
무엇 찾어야할줄도 모르는길로
발사슴하는욕망에 가슴죄이며 걸으랴느냐

Ⅱ

저넓은들에 누른기운이 움지기고
저기사과발에 붉은빛이 얽혀지는데
병풍같이 둘린산이 의젓이 맞는듯하고
훤칠한 큰길이 끝없이 펼처있는데

아ㅣ이하날아래 이공기속에
열매익히는 저햇빛가득담은 술잔을

---

1. 예올린 : 바이올린(violin). 바이올린의 불어 표기는 '비오롱(violon)'임.
2. 마련없는 : 계획이나 준비없는.
3. 발사슴 : 팔과 다리를 움직이며 몸을 비틀어서 부스대는 짓. 여기서는 꿈틀거리며 솟구쳐 오르는의 뜻으로 쓰임.
4. 죄이며 : 조이며.
5. 걸으랴느냐 : 걸으려하느냐.
6. 누른 : 누런. 노란.
7. 움지기고 : 움직이고.
8. 맞는듯하고 : 맞이하는 듯하고.

고마이받들어 앞뒤없이 취하든못해도
눈감은 만족에 바다같이 가라앉지도못하고
가슴에 머리에 넘치는 우름을
눈섭하나 깟닥이지 못하는 사람은

1. 고마이 : 고맙게.
2. 우름을 : 울음을.
3. 눈섭 : 눈썹.
4. 깟닥이지 : 까딱이지.

새로워진幸福

검푸른 밤이 거륵한 기운으로
온 누리를 덮어싼제、
그대 아침과 저녁을 갈이하든
사랑온 눈의앞을 몰래 떠나、
뒷산 언덕우에 혼잣몸을 뉘라。
별많은 하늘 무심히 바래다가
시름없이 눈감으면。
더빛난 세상의문 마음눈에 열리리니、
기쁜가슴 물결같이 움즐기고、
뉘우침과 용서의 아름답고 좋은생각
헤염치는 물고기 떼처럼 뛰어들리。

---

1. 거륵한 : 거룩한.
2. 덮어싼제 : 덮어 싼 때에.
3. 사랑온 : 사랑은.
4. 바래다가 : 바라보다가.
5. 움즐기고 : (고어) 움직이고.
6. 헤염치는 : 헤엄치는.

그러한때、저건너、
검은둘레 우뚝이선 산기슭으로
나르듯 빨리 옴겨가는 등불하나
저의 집을 향해 바뿌나니、
무서움과 그리움 석긴감정에
그대발도 어둔길을 서슴없이 다름질해、
안윽한 등불 비최는데 들어오면、
더 안윽이 웃는 사랑의눈은
한동안 멀리두고 그리든이들같이
새로워진 행복에 부시는 그대눈을 맞어 안으려니。

1. 나르듯 : 날 듯.
2. 옴겨가는 : 옮겨가는.
3. 석긴 : 섞인.
4. 다름질 : 달음질.
5. 안윽한 : 아늑한.
6. 비최는데 : 비치는데.
7. 그리든 : 그리워하던.

빛나는자최

다숩고 밝은해ㅅ발 이갈이 나려흐르느니
숨어있던 어린풀싹 소근거려 나오고
새로피어 수접은 가지우 분홍 꽃잎들도
어느하나 그의입마춤을 막어보려 안합니다

푸른밤 달비췬데서는 이슬이 구슬되고
길ㅅ바닥에 고인물도 호수갈이 별을 잠금니다
조그만 반디불은 여름밤버레라도
꼬리로 빛을뿌리고 날아다니는 헤성입니다

오ㅣ그대시어 허리가느단 계집애앞에

---

1. 다숩고 : 따뜻하고.
2. 수접은 : 수줍은.
3. 가지우 : 가지 위.
4. 비췬데서는 : 비친데서는.
5. 잠급니다 : 잠기게 합니다.
6. 버레 : 벌레. 전남방언으로 '버레' 외에 '버러지', '버럭지'가 있음.
7. 혜성 : 혜성.
8. 가느단 : 가느다란.

무릎꿇고 비는 사랑을 버리옵고
몸에서 스사로 빛을내는 사나이가 되옵소서

고개빠트리고 마음떨리는 사랑을 버리옵고
은비들기같이 가슴내밀고 날아가시어
다만 나의 흐린눈으로 그대의 빛나는 자최를 따르게하옵소서

---

1. 스사로 : 스스로.
2. 은비들기 : 은비둘기.
3. 자최를 : 자취를.

---

1. 어느석하고 : 어느 녀석하고. 어느 녀석과 함께.
2. 개굴헝 : 개구렁. 구렁:움쑥 패어 들어간 땅. 깊이 빠진 곳.
3. 창옷 :氅옷. 소창옷. 두루마기와 같되 소매가 좁고 무가 없는 옷.
4. 하라배 : 할아버지. 전남방언은 '할베', '할비', '할아부지', '할아씨', '할에비' 등으로 쓰임.
5. 총한사람 : 정신이 말똥말똥한 사람.
6. 해으름 : 해거름. 대표적인 전남방언임. 해가 서쪽으로 기울어질 때.

(75쪽)

三部曲 (夏의部)

第三人物

간밤엔 아마 술이 좀 지났든게다 마지막 순배가 어느카페에서 돌았든가 어느골목으로 어느석하고 같이 걸었든가 흰눈으로 세상을흘기고 그래도 이렇게 내자리에서 내몸을 찾을수있고 개굴헝에도 빠지지않었다 알맞게 취했든게지 술은먹을지라 취하지는 말지라 어느석이 그따위 수작을한담 숙종대왕이 술을 금했는데말이야 하나님의뜻으로 술새암이 솟았단말이야 그런이야기를 큰잣쓰고 창옷입은 우리 할아배들이 지어낸걸보면 그래도 하하 사람은 한편으로만 볼건아니야 그런데 이렇게 옷까지 벗은걸보면 하지만 또누이가 눈물흘리며 벗겨준줄아나 백에 아흔이나 그게쉽지 딱한일 그애는 웬눈물이람 그애도 시를아는데 취한놈하고 총한사람하고는 딴나라말로 이야기한단말인가 그애는 새벽을사랑하고 나도 새벽을사랑하는데 하기야 새벽보다 해으름을 더사랑하지만 그애에게는 밝은빛의 앞장임으로써이고 내게는 해으름이 해으름임으로써이다。
내사랑가는곳은 해으름 모든그림자 서로지워지는지음
포란빛 다홍빛 놀미야한자개빛 하날에피였다 사라지는빛갈
귀ㅅ속에 거문고줄을 살작울리고는 고만 사라지는소리
바람없는 푸른거울물결 자마리 날개스치고 지나가는듯한 가는우슴 그애의
주정체 입을마초련다고 그애가 귀쌈을 족였지 사람은 싸록 사랑스러 아차 저애들
둘의 소리가 나는구나。

第一人物

우리는 영웅이로세 참된 영웅이로세
어두운 장막은 따우에 무거이 드리워있고
눈 동그렇고 욕심스런 밤새들의소리
귀에 들릴제
하날에 별들이 오히려 깜박어리고

1. 지음 : 즈음. 일이 어찌될 어름.
2. 포란빛 : 파란 빛. 전남방언에서 '파'를 '포'로 발음하는 경우가 많다. '포리'(파리), '포리하다'(파르스름하다), '폴'(팔), '폴꿈치'(팔꿈치).
3. 놀미야한 : 노르스름한. 전남방언으로 '놀미양허다', '놀놀하다', '놀메암하다', '놀짱허다' 등이 쓰인다. 기본형 '노랗다'는 '놀:허다'가 일반적임.
4. 자마리 : 잠자리(곤충). 일반적인 전남방언임.
5. 주정체 : 주정하는 체.
6. 마초련다 : 맞추련다.
7. 귀쌈을 족였지 : 귀싸대기를 강하게 때렸지.
8. 싸록 : 싸울수록

다만 한마리 붉은닭이 세번소리처
새벽을 아뢰였나니
새로운 새벽을 앞에바라는 우리는 참된 영웅이로세

고달펴 누은 큰무리는
다만 무서운 꿈에 가위눌리어
버둥거리며 알른소리 하나니
어둠나라 지키는 두뿔난짐생
한뿔로 깨랴는무리를 달래여재우며
한뿔로 뿜는 독한기운은 우리를 뭇질르려하나니
어두운 거리로 우리들 밤사람 앞장서
고양이같이 가만이 메뚝이같이 뛰여다니며
눈마다 일깨워 크게웨치며 가만히 속살거리는
우리는 영웅이로세 참된 영웅이로세

---

1. 누은 : 누운.
2. 가위눌리어 : 잠자다가 무서운 꿈을 꾸고 놀라서 몸짓을 하거나 소리를 질러.
3. 알른소리 : 앓는 소리.
4. 뭇질르려 : 무찌르려. '공격하려'의 뜻.
5. 메뚝이 : 메뚜기.

동모야 우리 손마조잡고
동산에올라 날개처소리처 저해들 불러올리자
동산에 올라 동아줄얽매여 저해를 끌어올리자
새해를 끌어올리는 우리는 복스런영웅 참된 영웅이로세

第二人物 (女性)

오라 동모야 한데로와 한기빨아래 가만이 모디여
가만 가만이 모래성밑 스며들어가 주추를 문흐자
우리 무서운 불개미떼 어디까지든 쉬일줄 모르고
떼로 떼지어 이 큰기동 넘어치도록 줄달아나오는 무리
우리 기운찬 잉어새끼 내리쏟히는 폭포들 맛나면
더욱 힘내여 뛰여올라 파랗게질린 하날을 바라는무리 (더길게나갈것)

---

1. 한데로와 : 한곳으로 와. 한군데로 와. 전남방언으로 '한디', '한데'.
2. 기빨 : 깃발.
3. 모디여 : 모여서. 모아서. 전남방언으로 '모도다', '모두다', '모다서'.
4. 주추 : 기둥 밑에 괴는 돌멩이 등.(=주초柱礎)
5. 문흐자 : 무너뜨리자.
6. 넘어치도록 : 넘어지도록.
7. 내리쏟히는 : 내리쏟아지는.
8. 맛나면 : 만나면.

第三人物

자리를 걷치고 후닥닥 일어나 소리마초아 가야금줄을 굴러라……
새벽의시인아 동트는시인아 금빛장닭아 동산에올라 한번웨치며
이집 장에서 날개치고 저집장에서 소리처 해를부르는 밝음을부르는 시인아 장닭아
샨트클래르
용감스러이 암꿩갈이 후두둑날아오르는 젊은아오야
너희는 부지런한 개아미 무리
나는
다듬지 못한 몸맵시 입에서나는 김치내음새
검고 푸르른 손으로 눈으로 참아 잡지못하야
붉고푸른 전기불아래 딴스와 서양술을 일삼아
다만 아름다움의 선과 비쥰을 따라헤매여 이곳에 자쟎는
페트로늬우스
아름다움만이 「비듥이발목」이야 붉히든마든 봄비만이 명주고름을 호북히 적시나니

---

1. 걷치고 : 걷어 치고
2. 아오 : 아우. 전남방언임.
3. 개아미 : 개미.
4. 내음새 : 냄새. 전남방언은 '내금새'.
5. 딴스 : 댄스. 춤.
6. 페트로늬우스 : 로마제정시대 작가. 황제 네로의 총애를 받아 '멋진 판관'이라는 별명을 얻고 궁중에서 근무하다 지방 총독이 되었다.
7. 비쥰 : 비전(vision). 미래상.
8. 자쟎는 : 자지 않는.
9. 비듥이발목 : 비둘기 발목.
10. 붉히든마든 : 붉히든 말든.
11. 호북히 : 흠뻑. 전남방언으로 '호복이', '호복허니'로 쓰임.

나의 사랑은 가는그림자 첫줄과 열둣재줄 어울려나는소리
나의 질김은 하이얀 저손 나리꽂한송이
어루만짐으로 미묘한 감정을 말슴하든 손이여
수많은 입살이 욕념의입살이 미칠듯 빠든손이여
문어발같이 얽싸감기여 굳은목도 숙이든손이여

너히는 산을넘는 개아미 무리
산넘어 또산이요 구름은 겹겹이란디
한번가신님은 다시 올 길이없다
무심한 두견아 봄사람의가슴을 울리지말아
피를 모조리 뿌린다한들 꽃마다 진달래꽃되여 피묻히랴
한시절 청춘을 압뒷 돌보지말고 온이질기자。

(此項未完)

---

1. 열둣재 : 열두째. 2. 나리꽂 : 나리꽃.
3. 욕념 : 欲念. 욕심. 4. 입살 : 입술. 전남방언임.
5. 빠든 : 빨던. 6. 개아미 : 개미.
7. 겹겹이란디 : 겹겹이라는데. '디'는 전남방언임. 8. 압뒷 : 앞과 뒤.
9. 온이 : 온전히. 통째. 전남방언임.
10. 질기자 : 즐기자. '즐겁다'의 전남방언은 '질겁다'.

III

나는 그를 불사르노라

나는 그만 그이를 불사르노라.
나의 애끼고 사랑하는 모든것을 가지신 그이를.
한숨 재나 남을가! 불에 사라 올리노라。

검고 사나운 따이 그에게 알맞지 않아
하얀 연기를 다만 멀리 높히 사라올리려。

하날조차 파랗지못하고 히부옇게 흐리여、
검고 붉고 누른 골작이 주름에
한줄기 생기있는 시냇물도 흐르지않고、
벍어벗은 가지에 숨어있든 바람만이

---

1. 사라 : 살라. 기본형은 '사르다'.
2. 골작이 : 골짜기. 전남방언으로 '골짝', '골차기', '골창'이 있음.
3. 벍어벗은 : 벌거벗은.

가만 오르는 힌연기를 가만있지못하게 나부껴 주느니。
三千光年보다 더머언 곳으로 그들 잃어버리고
鍊金學者도 아닌나는 잿속에서 무슨금을 찾을거냐?

중한 보배구슬을 손소산산 깨트리는
세상없는 귀한향을 진흙에 파묻어버리는 심사는。
쓰나쓴 쓰래를 씹는대로 삼켜가며
험상한 바위에 몸을 퍼더버리고 앉어있노니。

---

1. 鍊金學者 : 비금속을 금.은 등 귀금속으로 변화시키는 화학기술을 전문으로 다루는 학자.
2. 손소산산 : 손수 산산이. '손수'의 전남방언은 '손소', '손세', '손세이'가 있음.
3. 쓰나쓴 : 쓰디 쓴. 몹시 쓴.
4. 쓰래 : 쓸개. 전남방언 '쓰레'.
5. 험상한 : 거칠고 모진.
6. 퍼더버리고 : 팔다리를 아무렇게나 뻗어 버리고.

다 시

돌돌거리는 물조차 말라붙은
험상한 바위틈에 앉어
흐린 하날을 바라보노라
벗은 가지를 보노라
피여 오르는 연기를 보노라

헐되다는 말도 헐되여라

어린 마음아
곻은 마음아
너도

1. 헐되다 : 헛되다.
2. 곻은: 고운.

이같이 말라붙고
옹그라져
이 험한 바위가 되렴아
너를 참아 사루다니
무언 다시 않사루랴

1. 옹그라져 : 웅크러져. 전남방언 '옹글다'(웅크리다).
2. 사루다니 : 사르다니.
3. 무언 : 무엇은. 무어(뭐)+ㄴ.

두마리의 새

회색의 배경앞에 나란이 앉은 두마리의 새
이 두마리의 새는 세상을 서로 등지고 있다
하나는 심장이 병들고 하나는 가슴이 아푸다

누이야 그래 네심장이 물마른데뛰는 고기처럼 두근거리느냐
마른잎사귀같이 그냥 바사지려하느냐
기름마른 뷘 물레돌아가듯 돌아간단말이냐
아ㅣ애처로워라 그림서도 너는 걱정이
오빠의얼굴빛이 피끼없이 누르다는것
가슴에피는 동백꽃잎이 배알어나오는것
아ㅣ우리의손이 서로닿으면 하얀초같이 싸늘하고나
매마른황토의 이나라에 옴추린 이집웅아래 태여난 우리라

1. 바사지려 : 부서지려. 부서지다〉바서지다. 전남방언 '바수다(바사서)'.
2. 뷘 : 빈.
3. 그림서도 : 그러면서도. 전남방언 '그람서도'.
4. 피끼 : 핏기.
5. 배알어 : 뱉어.
6. 집웅 : 지붕.

무슨기쁨 어느질검을 하날끝으로 실려보내고 살아왔지만
금비단장막을 바라고 몸소머리좃는 우리다

빈사의백조는 날개나 찬란스럽다더라
변변치못한 우리의날개는 젖인병아리같이 애처롭구나

우리는 아부지어머니 다잃어버린 다만 두마리 병든새아기
이 무슨 바람이길래 가지가 이리 오들오들 떨려진다냐

---

1. 질검 : 즐거움. '즐겁다'의 전남방언은 '질겁다'.
2. 좃는 : 조아리는.
3. 젖인 : 젖은.
4. 아부지 : 아버지. 전남방언으로 '아부지' 외에 '아부니', '아부님', '아부이', '아분', '아바니', '아배', '아버니', '아베' 등이 쓰임.
5. 떨려진다냐 : 떨려진대?. '-다냐'는 '-대', '-다니'의 전남방언임.

사티-르

정말 우리는 빨아 대리는수도 없이 되였습니다
한번 진흙이 튀기거나 기계기름이 묻고 보면
아모 도리도 없소이다
아이 설은일입네다
푸새 다드미도 길이없고
졸졸 흐르는물에 정궈 헤우는수도 없다면
空中分解로 헐갈려 떨어지는 비행기는 얼마나 호수울까
격구로 매달려 바람에 펄렁거리는 빨래만해도
한끗 부럽소이다
우리 어머니들의 방방이소리는
골ㅅ작마다 들리는데

---

1. 사티-르 : satyr. 술과 여자를 좋아한 그리스 신화에 나오는 반인반수(半人半獸)의 괴물에 빗대어 당시의 사회현상을 풍자한 시.
2. 대리는 : 다리는. 다리미로 구겨진 주름살을 문질러 펴는. 전남방언으로 '대리다', '대루다'.
3. 아이 : 아예. 애초부터. 당초부터. 전남방언은 '아에'. 4. 설은 : 서러운.
5. 푸새 : 옷 따위에 풀을 먹이는 일. 6. 다드미 : 다듬이. 옷감을 방망이로 다듬는 일.
7. 정궈 헤우는 : 헹구고 헹구는. '헹구다'의 전남방언은 '정그다'로 '헹구다'는 뜻을 중첩시켜 의미를 강조하고 있음. 『박용철시집』에는 '정궈'를 '잠가'로 표기함.
8. 헐갈려 : 헛갈려. 마구 뒤섞여 분간할 수 없이.
9. 호수울까 : (흔들거리는 것을 탈 때) 재미있을까. 대표적인 전남방언으로 '호숩다', '호시다'. 10. 격구로 : 거꾸로. 11. 한끗 : 한껏. 할 수 있는 데까지.
12. 방방이 : 방망이. 13. 골ㅅ작 : 골짜기.

유쾌한 밤

서울 십일월도 이처럼 다정한 적이 있드란가
종로 공기도 이렇게 가슴 넓히는 적이 있드란가
하、하、하、우슴에 주름살이 펴이여 하날이 웃죽 물러선다

멋그러지듯 전기불밑으로 기여가는 택시안에 정다운 둘이 내여다보고
조그만놈이 종종걸어 흘깃 눈으로 스치니
우리의 녀왕은 주황빛 외투깃을 검은 목도리우로 세우는구려

―덴 가쓰는 잡탕에 돈이들어 팔보탕 정도드라
―그애의 입모습이 어엽드구나
동모의 모자도 덮지않은 머리가 제멋으로 너벌거렸다

---

1. 있드란가 : 있던가. '-드란가'는 전남방언으로 '-던가', '-던지'의 뜻.
2. 펴이여 : 펴져.
3. 웃죽 : 우쭉. "하날이 웃죽 물러선다"는 하늘이 갑자기 커지면서 넓어진다는 뜻.
4. 덴 가쓰 : 포크커틀릿.
5. 어엽드구나 : 어여쁘더구나. 6. 동모 : 동무
7. 너벌거렸다 : 너불거렸다. 연해 부드럽게 나부꼈다.

길잡이야 우리의길을 휠신 돌음길로 잡어라

아스팔트우에 우리의거름이 넘우나 가비여우니

세갈름길이 하나 닥치고보면 돌아서기도 어려우리라

저건너서 시시덕거리는 양복축들은 어울어저 춤이라도 출가보다

향료 바른것처럼 아른한 감각이 살ㅅ결을 지진거리니

가벼운배에 따끔한카ᄺᅦ가 내피를 왼통 울려냈구나

꾿나잍 좋은꿈꾸소 대문을 콩콩 뚜드리시오——

자ㅣ우리도 여기서 동으로 서으로 손을 난호세——

……아차 하마터면 공연한 앞에사람의 억개를 칠번했네 그려

---

1. 돌음길 : 우회도로.
2. 넘우나 가비여우니 : 너무나 가벼우니.
3. 세갈름길 : 세 갈래 길.
4. 양복축 : 양복 입은 무리. 5. 카ᄺᅦ : 커피.
6. 왼통 : 온통. 7. 꾿나잍 : good night. 안녕.
8. 난호세 : 나누세. 9. 억개 : 어깨.

失題

내일아침엔 반듯이 새로운태양이 동쪽에서 떠오르리라 믿고 살라는법은 어디있노

이약이속갈은 어둑나라를 위해 달을물어올 개는 누구며 해를물어올 개는 누군고。

---

1. 반듯이 : 반드시.
2. 이약이 : 이야기. '이약'은 이야기의 전남방언임.
3. 어둑나라 : 어두운 나라.

失題

저달이 다시 이운다
둥그렷다 다시이운다
서리품은 구름이 어른거리니
바수수 나무닢이 지레듯는다
九月 十月 동지 섯달
九月 十月 동지 섯달
이렇게 헤이노라니
스르르 눈물이 눈에서돈다

×

국화야 무슴꽃이랴

1. 이운다 : 점차 쇠약해진다.
2. 지레듯는다 : 미리 떨어진다.
3. 무슴 : 무슨.

열매없으니
나비를 못맞으니
찬바람의 향기는 살을깊히 어일뿐
아! 젊은몸 여름날을 누어지내고
제철꽃보다 단풍이 더욱붉거니
봄새소리보다 귓돌이 더욱잦거니

---

1. 못맞으니 : 맞이하지 못하니.
2. 어일뿐 : 에일 뿐. (예리한 찬바람으로) 도려낼 뿐.
3. 귓돌이 : 귀뚜라미. 전남방언은 '귀또리'.
4. 잦거니 : (귀뚜라미 울음 소리가) 빈번하거니.

눈은나리네

이겨을의 아츰을
눈은 나리네

저눈은 너무 희고
저눈의 소리 또한 그윽하므로

내 이마를 숙이고 빌가 하노라

님이여 서른 빛이
그대의 입술을 물들이나니

---

1. 그윽하므로 : 깊숙하고 은근하며 고요하므로.
2. 서른 : 서러운.

※ 이 작품과 「어느밤」, 「달밤 모래우에서」 등은 이장희의 작품으로 파악된다. 시집 간행 때 착오로 실린 듯하다. (김학동, 「박용철의 시와 산문-서지적 접근」 『현대시 연구Ⅱ』, 새문사, 303~304쪽 참조)

그대 또한 저눈을 사랑하는가
눈은 나리여
우리 함께 빌매러라。

눈

나아가잣고나 나아가잣고나
새로싸인 눈우이를
눈우에는 발차최가 남는다
순아 눈우이를 걸어가자

눈의품은 사람 세상보다 다숩다
순아 우리 눈우이를 걸어가자

우리앞은 끝없는 새눈이오
우리뒤엔 새길이 열려진다
순아 우리 눈우이를 걸어가자

1. 눈우이를 : 눈 위를.

우리길은 우으로 향하엿다
세거름씩 한거번에 뒤으로 미끌린다
우리는 열거름씩 앞으로 나아간다

그대의 옷과살은 눈같이 히다
그대머리는 솔나무숲같이 검다
나는 이속에서 너를 잃어버리겟다
순아 눈우이를 걸어가자

우리의 몸과마음 눈과같이 맑아져
눈과같이 가볍게 팔팔날아 오르련다
순아 우리 눈우이를 가볍게 날아가자

달밤 모래우에서

갈대 그림자 고요히 흩어진 물가에 모래를
사박 사박 사박 사박 거닐다가
나는 보았읍니다 아아 모래우에
자빠진 청개고리의 불룩하고 하이얀 배를
그와 함께 나는 말았읍니다
야릇하고 은은한 죽엄의 비린내를

슬퍼하는 이마는 하늘을 우러르고
푸른 달의 속삭임을 드르랴는듯
나는 모래우에 말없이 섰읍니다

어 느 밤

저녁때 개고리 울더니
마츰내 밤을 타서 비가 나리네
여름이 와도 오히려 쓸쓸한 우리집 뜰우에
소리도 그윽하게 비가 나리네
그러나 이것은 또 어인 일가 어대선지
한머리 버레소리 이따금 들리노나
지금은 아니우는 개고리 같이
내마음 그지없이 그윽하여라 고적하여라

1. 어인 일가 : 어찌된 일일까.
2. 한머리 : 한 마리.
3. 개고리 : 개구리. 전남방언임.

밤

마음아 너는 더 어질어 지렴아
너는 다만 헐되이……………
아ㅣ 진실로 헐되지 아니하냐

남국의 어리석은 풀닢은
속임수많은 겨울날 하로햇빛에 고개를 들거니。

가믄 하날에 한조각 뜬구름을 바랃고
팔을 벌려 불타오르는 나무가지갈이。

오ㅣ 밤ㅅ길의 이상한 나그네야

산기슭 외딴집의 그믈어가는 촛불로
네 희망조차 헐되이 날뛰려느냐 아──
그 현명의 노끈으로 그 히망의 목을 잘라。

걸으라 걸으라 무거운 짐 곤한다리로
걸으라 걸으라 가도 갈길없는 너의 길을
걸으라 걸으라 불꺼진숯을 가슴에안아
새벽 돌아옴 없는 밤을 걸으라 걸으라 걸으라。

1. 그믈어가는 : 꺼져가는. 까물어져가는.
2. 곤한다리 : 피곤한 다리.

솔개와 푸른 쏘

1

새파란하날 아득이높고
개아미무리 다만 부지런하다。
나래든솔개 휠신 잡아두르고
닭의무리 울밑에 몸을숨기다。

아득함에 질리여 동그라든 내눈은
그만 앗지르르 내여둘리다。
「있으나마나!」 내맘은 다만
절망에 가라……가라앉는다。

2

1. 개아미 : 개미.
2. 나래든 : 날개 든.
3. 동그라든 : 동그랗던.
4. 앗지르르 : 아찌르르.

깜안 바위낭 아래 푸른쏘
모든 그림자를 늘름 삼키다。
조건 가지끝에 감츠름한새
그래도 제그림자를 노래하고있다。

이 크고넓은 놈이 덮개같아여
나는 벗어날수없이 붙들리여。
이만 악물면 겨우겨우 물러나는듯하다、
숨만느추면 가슴살까지 도로 죄여들어。

눈감은채 몸을 부르르 떨면
내여젓는 팔ㅅ길까지 얽히여젓나니。
푸른쏘밑에 헐은머리가 나를
절망에 잡아……잡아들인다。

---

1. 바위낭 : 바위+낭. 바위 낭떠러지. 바위벼랑. 전남방언으로 '벼랑'을 '낭'이라 함.
2. 푸른쏘 : 푸른+쏘(소沼). 푸른 늪.
3. 늘름 : 날름. 혀가 입밖으로 빨리 나왔다 들어가는 모양. 날름<늘름.널름. 전남 방언은 '늘럼'.
4. 조건 : 조것은. 조건<저건.
5. 감츠름한 : 가슴츠레한. 졸리어 눈이 흐릿하고 자꾸 눈이 감길 듯한 모양.
6. 헐은머리 : 허튼 머리. 함부로 헤프게 쓴 머리.

하욤없는 바람의 노래

나는 세상에
즐거움 모르는
바람 이로라
너울거리는
나비와 꽃닢사이로
속살거리는
입술과 입술사이로
거저불어지나는
마음없는 바람이로라
나는 세상에

1. 하욤없는 : 하염없는. 이렇다고 할 만한 아무 생각이 없는.

즐거움 모르는
　바람 이로라
따에 엎드인 사람
등에 땀을 흘리는동안
쇠를 다지는 마치의
올랐다 나려지는동안
흘깃 스처지나는
하욤없는 바람이로라

　나는 세상에
즐거움 모르는
　바람 이로라
누른 이삭은
고개숙이여 가지런하고

---

1. 엎드인 : 엎드린.
2. 마치 : 망치.

밝안 사과는
산기슭을 단장한곳에
한숨같이 옴겨가는
연음없는 바람이로라

나는 세상에
즐거움 모르는
바람 이로라

잎벗은 가지는
소리없이 떨어울고
검은 가마귀
넘는해를 마자 지우는제
자최없이 걸어가는
늣김없는 바람이로라

1. 밝안 : 발간. 붉은.
2. 마자 : 마저. 전부. 남음이 없이 모두. 전남방언으로 '마자' 외에 '마작', '마적'이 있음.
3. 늣김없는 : 느낌없는.

아ㅣ 세상에
마음 끌리는곳 없어
호을로 일어나다
스사로 사라지는
즐거움 없는
바람 이로다

1. 호을로 : 홀로. 호올로.

失題

가벼이 흐른다 우리의 주고받는 우슴읫말은、 그러나、 보라、 눈물로 내눈은 젖어있다。
나는 느낀다 이름할수없는 슬픔이 내우에 넘처옴을。
오냐 오냐、 우리는 안다 우리는 우스개를 할수있고、 안다、 우리는 안다 우리가 가만히 옷을수있음을。 그러나 이 가슴속에는 그대의 가벼운말슴도 쉬임을 줄수없고、 그대의 깃븐우슴도 가라앉힘을 줄수없는 그 무엇이있다。
그대의 손을 내게다오、 한동안 소리를 그치고、 저 새맑은 눈을 내게로 돌리어、 사랑아、 그대의 가장 깊은 속마음을 거기 읽게하라。
아! 사랑조차 힘이없어 마음을 풀어놓아 말시킬수 없느냐? 사랑하는 사람끼리조차 제가 참으로 느낀것을 서로 나타내일 기운이 없느냐? 나는 알고있었다 세상사람들은 저의 생각을 나타내이면、 남들이 아조 아무렇지도 않게 녀기거나 잘못만 찾어내이려 할까보아 감초고 있는줄로。

한조각하날

무심한 눈을 들창으로 치어들다
한조각 푸른 하날이 눈에 띠이여

이얼마 하날을 잊고 사든일이 생각되여
잊어버렸든 귀한것을 새로찾은듯 십어라

네벽 좁은방안에 있는 마음이 뛰어
눈에 거칠거없는 들녁 언덕우에
둥그런 하날을 원통 차일삼고
바위나 어루만즈며 서있는듯 기뻐라

---

1. 새맑은 : 새하얗고 맑은.
2. 녀기거나 : 여기거나. 마음으로 그렇게 인정하고 생각하거나.
3. 감초고 : 감추고. (108쪽)

---

1. 들창 : 벽의 위쪽에 자그맣게 만든 창.
2. 치얼들다 : 치떠보기 위해 얼굴을 들다가.
3. 띠이여 : 뜨이어.
4. 십어라 : 싶어라.
5. 차일 : 遮日. 햇빛을 가리려고 치는 포장.

※ 이 시가 이장희 시인의 작품이란 주장이 제기되어 왔으나 이 시는 『시문학』 제2호 22~23쪽에 박용철의 작품으로 실려 있다.

좁은 하눌

나의 하눌에도
나의 이 좁은 하눌에도
새는 날아온다

웃처마와 아랫처마 사이의
발 남짓한 이 하눌에도
날진한몸 새는 날아온다

혹이 날아오다
이내 지나가노나
사라지는 그림자야

---

1. 발 : 두 팔을 잔뜩 벌린 길이.
2. 날진한몸 : 날씬한 몸.
3. 혹이 : 혹(或). 혹시. 혹은.

사라지는 그림자야
자최도없이 사라지는 그림자야
모든 사라지는 그림자는 헐될거나
새는 한가로이 지나가노나

너의 그림자

하이한 모래
가이 없고
적은 구름 우에
노래는 숨었다
아즈랑이 같이 아른대는
너의 그림자
그리움에
홀로 여위여간다

1. 하이한 : 하얀.
2. 가이 없고 : 끝이 없고. 한이 없고.

邂逅

그는 병난 시계같이 휘둥그래지며 멈추 셨다。

안 가 는 時 計

네가 그런 엄숙한 얼굴을 할줄은 몰랐다

人形

나를 좀 보서요
나를 좀 보서요
나를 좀 만저보서요
손끗이 정말 자릿하지요
웨 나를 위해 베아트리체의 詩를 쓰는 사람은
하나도 없을가요

1. 손끗이 : 손끝이.
2. 자릿하지요 : 짜릿하지요.
3. 웨 : 왜.

타이피스트孃

기계란 녀석이 피로한 얼굴을 하는것은
무슨 또 어긋난 수작이냐
着想만하면 들림없이 글자찾는법을 배호랴면
내게로 오서요 詩人아

1. 기게 : 기계.
2. 배호랴면 : 배우려면.

戀 愛

어제날이 채 가지도않아
또 새로운날이 부채살을 펴는나라 오ㅣ로ㅣ라
언덕에는 꽃이 가득이 피고
새들은 수없이 가지에서 노래한다

눈

눈이 어리게 아장거리는 애기같이 비척여 나려올때
나는 가슴을 풀어놓아 이를 맞습니다

눈이 파슬거리는 소리를 내며 쌀쌀히 뿌려 올때에
나의 차가운 이마는 그 외로운 생각에 잠깁니다

눈이 가벼운 옷자락을 오히려 꽃닢같이 휘날릴때면
나는 저 순결속에 어디 그런 방탕한 몸짓이 감초였나 의심합니다

내가 천년앞서 나의 싸포와 꽃없는 언덕을 거닐적에
눈은 그 흠없는 비단을 우리위해 얇게 깔아 주었읍니다

---

1. 파슬거리는 : 물기가 없어 쉽게 부스러지는.
2. 싸포 : 사포(sapph). 고대 그리스 여류시인.

우리는 그우이를 걸었읍니다 발자최도 남기지않고
우리는 팔팔팔 피여올라 그우이를 날려갔읍니다
눈이 고요와 광명을 어울려 짠 문의를 따우에 펼때
아모도 손닿을수없이 높은 저별을 딸수는 없읍니다

1. 문의를 : 무늬를.

萬瀑洞

백만 소리속에
너는 또 그속 고요를 지켜。

털끝만한 움직임
웃어보임 없으나

영원한 멜로디로
너는 흔들리우고

그윽한 우슴
네모습에서 풍기여난다。

걸친거없이

---

1. 萬瀑洞 : 금강산 금강대 아래 원통골에서 내륙 깊숙이 마하연이 있는 백운동 입구까지 약 17km에 이르는 구간. 폭포가 만 개나 될 정도로 많다고 하여 붙여진 이름.

천연스러운 너。

빛갈도

너를 가리지않어

안에서 스사로 트이고

시울다아 아니 넘는다。

形象을 짓지않는다

너는 통이 精神。

너는 부드럽고

너는 자랑없다。

1. 시울다아 : 눈시울 닿아.
2. 통이 : 몸통이. 몸 전체가.

그 전날 밤

님아 살아지이다
님아…………
길들은 사자처럼 화려한 침대속에
무심히 숨쉬는 그대를 지켜……아—
내언제 불길한 말을 질기더잇가
마는
그대여 죽지 말아지이다
세상이 살음직하지 안하닛까
하날은 저렇듯 그지없이 높푸른데
감나무에 붉은열매 동긋이 매달리고
은행닢은 금빛으로 아낌없이 저나리고

---

1. 질기더잇가 : 즐기더이까. 즐겼습니까.
2. 안하닛까 : 않습니까.
3. 동긋이 : 동긋하게. 동그스름하게. 모나지 않고 좀 둥글게.
4. 저나리고 : 져서 내리고.

아즉도 우리는 젊지 않으닛가
이 하날아래 따우에 조고만 존재인 우리를
때때로 절망이 어여쁜 인어같이 손처부르나
그거마자 달금하지 않으닛가

샛별같이 맑은 나의눈이 아즉 흐려지지 않았내다
그대의눈이 이를 보암즉하지 않으닛가
옥보담 고은 살결이 주름 잡히지 않았나니
그대의 손이 예서 차마 떠나지 못하리다
그대여 다만 살아지이다
나는 사라지기 쉬운 풍은 구름이요
흩어지기 쉬운 장미가 아니릿가
쇠로 다진 배도 험한 물결에 깨지거든
이 세상의 물ㅅ결이 험치않다 하나잇가

---

1. 손처부르나 : 손을 흔들어서 부르나.
2. 달금하지 : 달콤하지. 알맞게 달지. 전남방언으로 '달큰허다', '달그작허다'.
3. 보암즉하지 : 봄직하지. 보았음직하지.
4. 예서 : 여기서.

이 하날에 닿은듯 싶은 사랑이 날마다 새높이를 열어
날마다 사랑의 무한우에 새로 한 층게를 올리라니
우리의 사랑의 날이 앞으로 길지 않으닛가

어찌 맞남이 늦고 나뉨이 쉬우려 하나잇가
비오는 날이면 먼데 가시지도 않든 그대가 아니오닛가
그대여 어찌 이러한 일이 있으릿가

이 세상의 여러가지것들 다 버려두고
흰 옷가슴에 꽂은 한송이 꽃같은 내 마음만을 위해서라도
그대여 다만 살아지이다
저 나라는 어둡고 칩지 않으릿가
사랑하는이도 딸아갈수없는 그림자조차 없는 치운따이 아니오닛가
그대여 어찌 가시리잇가

1. 맞남이 : 만남이.
2. 칩지 : 춥지.

설은철이 따로이 있으릿가 마는
우리의 즐겁가운대서도 가을의 설음을 말하지 않으섯나잇가
그대 만일 아니게시오면
국화의 향기는 다만 쓸뿐이오
달도 공연히 밝고 가을밤은 길 뿐이겟나이다
기럭이 소리는 다만 눈물이겟나이다
그러다 겨을이 오면 그대의 무덤은 차겁지 않으릿가
가깝다 하옵데다마는 눈갈이 깨끗한 내가
어찌 봄을 기다리고 남어 있으릿가

그대여 살아지이다
나의 온갓 정욕에 찬 곯은 맘과
아름다운 꿈으로 무리쓴 생각으로 돌보아
님아 죽지 말아지이다
나의 젊은피가 흐르는 살을 사뤄 비노니
너는 이앞에 머리숙이지 않으려느냐 죽엄아、

---

1. 설은철이 : 서러운 철이. 서러운 계절이.
2. 무리쓴 : 해.달의 주위에 때때로 보이는 둥근 테 모양을 쓴.

Invocation

겨울은 이미 오래다。봄이여 오ㅡ봄아
너의 걸어옴이 넘우 더디고나
이 답답한 구름이 끼인지 오래다 해야
너의 나타남이 넘우 드물고나

치위와 어둠에 우리의 숨 끄치기전에
우리의 피ㅅ줄에 새피를 부어너주라
팔들은 마른 가지같이 하날로 뻗히고
눈은 그리움에 겨워 멀거니 바랃나니

무겁게 나려디린 장막을 헤치고

1. Invocation : 기도, 기원.
2. 넘우 : 너무.
3. 치위 : 추위
4. 나려디린 : 내려뜨린.

앞가림 들치며 용상에 나앉는 王者같이
너의 붉으레한 밝은 낯을 내여노라
기다림에 지친 우리의 절을 받어주라

쇠뚜껑같이 깟닥않는 구름을 깨치고
막을길 없는 너의힘을 우리게 베풀어주라

---

1. 깟닥않는 : 까딱 않는.

祈 願

우리는 구하는것없는 무리올시다
우리가 무엇을 바란다 하오리까
다만 한점 시원한것을
우리의 가슴에 주시옵소서 가르쳐
시끄러운 무리속에서 멀미에 어지럽고
산중에 고독을즐기기에 어질지못합니다
이 두사이 아닌곳에
마음갈아앉어 살곳을 주시옵소서
주여 우리를 용서하시옵소서
우리가 주책없이 웃을때에 우리를 용서하시고

우리의 눈물로보아 우리의 우름을 용서하시옵소서
속물들을 피하여 흙창속으로 들어갈때에
우리의 손을 이끌어 주시옵고
세상을 건지려는 이들의손에서 우리를 구하시옵고
다만 새로운 공기로 우리를 길러주시옵소서
우리가 취하고 멀미하고 어지러워 비척어릴때
무엇보다 우리를 사람훈기에서 구하시옵소서
벗어진 산같이 거리낄데없이 밋밋한 우리의 하로를 이로살리시옵고
우리의손이 할바를 모를때에 우리의손을 놀게하시고
우리의 마음이 당나귀같이 말을듯지 아니할때에
우리우에 멍에를 얹지 마시옵소서
가진것이 없는 우리에게서 슬퍼하는 마음을 마자 때앗으시고
장승같이 아침을 기다리게 하시옵소서

1. 흙창 : 흙탕, 진창.
2. 이로 : 기원, 기도의 뜻인 것 같다.

著者二十歲때의面影（向하여右로부터
尹心悳・廉亭雨・著者）

IV

哀詞・1

그대와 한자리에 나달을 보내올제
하날도 푸르러 우슴에 질겼으나
님이라 부르옵기는 생각밖이 옵더니。

베힌듯 나뉘옵고 말슴없이 떠나시니
하날이 물에닿아 다시뵐길 바이없어
님이라 거침없이불러 야속하야 합니다。

보름달 구름속에 으스름한 모래텁을
손잡고 거닐믄 모래알만 밟음이런가
님이여 흐르는노래를 걷어잡아 무삼하리。
……(강가으로 거닐든일)……

말소리 버레소리 석겨남도 한해ㅅ녀름

---

1. 나달을 : 날과 달을. 2. 베힌 듯 : 칼로 베어낸 듯.
3. 바이없어 : 전혀, 아주 없어.
4. 야숙하야 : 야속하여. 섭섭하고 언짢아 하여.
5. 모래텁 : 모래톱. 모래벌판. 6. 무삼하리 : 무엇하리.
7. 버레 : 벌레. 전남방언으로 '버레' 외에 '버럭지', '버러지', '버라지'가 있음.

높은 목청으로 강물을 놀랫거든
님이여 하날을바라고 우숨이나 마소서。

이마당 가운대서니 달도또한 가이없다
묶인발 푸는듯이 가벼운 뛰염거리
우리는 하날의그림자 춤추는가 싶였네。

터지듯한 우숨에도 눈물이 있으렸다
삼키여 넘기려면 쓰래까지 배일것을
그날에 말없이늦기든일 겨우알아 집내다

그전날 젊은히망 가득안고 가든길이
그길이 되돌아져 죽엄길이 되단말가
파란물 한결같으니 더욱설어 하노라

1. 놀랫거든 : 놀라게 했거든.
2. 쓰래 : 쓸개. 전남방언임.
3. 알아집내다 : 알아집니다. 알게 됩니다의 아어형.
4. 히망 : 희망.

哀詞・2

여위고 식였다만 다름없는 그대심을
눈감어 숨걷으니 죽엄이라 부른다냐
이갈이 가까운길이언 돌처다시 못오느냐

……(그대의 도라가신날)……

설업다 말을하랴 돌처생각 웃으워라
어젠듯 만지든손 사운재가 되단말까
이혈됨 아노라건만 서름또한 어찌하리

……(그대를 불에 사루다)……

두듬한 입술가에 우슴늘 떠돌것만
구슬인듯 티인맘에 눈물아롱 안가십데
한아츰 이슬이런가 이내자최 잃어라

---

1. 그대심을 : 당신이심을
2. 가까운길이언 : 가까운 길이지만.
3. 돌처다시 : 돌아서 다시. 돌이켜 다시.
4. 설업다 : 서럽다.
5. 사운재가 : 사그라든 재가.
6. 사루다 : 사르다. 불에 태워 없애다.
7. 티인맘에 : 트인 맘에.
8. 안가십데 : 안 가시던데.
9. 한아츰 : 한 아침.

……(티한점 없는 그대시드니)……

벗이라 사랑하고 언니같이 두남할제
철없은 아기드니 저바림만 많았어라
뉘우침 새로웁거늘 어데갚어 보리오

……(전에 지나든일을 생각고)……

맞나면 날빛살펴 불고여윔 그념하고
행여 때아닌때 꺾일세라 애끼더니
네몬저 버리단말가 꿈인듯만 싶어라

……(내몸의 약함을 몹시 걱정하드니)……

앞서와 살펴보고 얌전한집 추어주련
새집들어 설레는밤 같이앉어 웃어주련
첫손님 안보이신다 기뿔것도 없어라

……(새집에드니 문득 더 그리워진다)……

---

1. 두남할제 : 두남둘 제. 가엾게 여기어 돌보아주다.
2. 저바림만 : 저버림만.
3. 불고여윔 : (살이) 붙고 여윔
4. 그념하고 : 근념(勤念)하고, 마음을 써서 살뜰하게 보살피고.
5. 앞서와 ~ 추어주련 : 새집을 먼저 와서 살펴보고 좋은 집이라고 칭찬해주라는 의미.

哀詞・3

수숫대 울섭짓고 새집웅 가츤한데
골목에 사람그처 녜런듯 괴괴하다
아마도 내들은소식 헐된줄만 싶어라

나물함 잦으심은 남달은 자애로서
머리일 히여지십 낫게살릴 근염에서
그로서 마조버리신가 가슴뮈여 집내다

나란한 다섯아들 그중마지 스물안적
여러해포 막혔던딸 첫길분곡 며날애기
한우름 어울어지니 결려어이 가신가

---

1. 수숫대 울섭짓고 : 수숫대로 울타리를 지탱할 섶을 세우고.
2. 새집웅 가츤한데 : 새로 지붕을 이어 짚가리가 산듯한데.
3. 녜런듯 : 예스런 듯.
4. 나물함 : 나무람. 꾸지람.
5. 근염 : 근념(勤念), 마음을 써서 살뜰하게 보살핌.
6. 가슴뮈여 집내다 : 가슴이 미어집니다.
7. 그중마지 스물안적 : 그 중 맏아들 스무살 안짝.
8. 여러해포 : 여러 해가 넘는 동안.
9. 분곡 : 부곡(赴哭)의 오식인듯, 상사(喪事)에 직계 자녀가 달려가는 일.
10. 며날애기 : 며늘아기.

한해앞선 형님계셔 쉬흔세해 얽힌가지
성품 다르신채 우앨사 더욱깊어
늦기워 울음하실제 새로주름 깊어라

적으신체수 단정하고 흰머리 삭글한데
손마조 부비시며 허리굽혀 걸으시나
일맞나 내펴실제면 굽힘 모르시더니

잘잘못 뉘없으리
利害에 사는세상 다툼인들 없었으리
홀연히 먼길가시매 죄다 기려합내다

昭和辛未年 봄 叔父喪을맞나 歸鄕하였을제 적어두었던것이다。 —編者—

---

1. 늦기워 : 느꺼워, 감동이 되어. 2. 체수 : 몸의 크기(體數).
3. 삭글한데 : 산뜻한데, 깨끗한데. 4. 내펴실제면 : 드러내어 펴실 때면.
5. 기려합내다 : 그리워합니다. 6. 소화신미년 : 소화 6년, 1931년.

우리의 젖어머니 (소년의말)

자유의 푸른하날은 우리의 젖어머니
우리는 어둔속에 엄마를 찾어우니
아즉도 젖먹고싶은 어린영웅 들이다

×

자유의 푸른하날은 우리의 젖어머니
우리는 시퍼런칼 피를보는 싸홈에서
얼골에 칼흔적있는 사나히가 되련다

×

자유의 푸른하날은 우리의 젖어머니
가벼운 솜자리를 어느결에 거더차고
우리는 찬돌우에서 어린꿈을 맺는다

---

1. 젖어머니 : 유모(乳母).
2. 사나히 : 사나이.

마음의 墜落

千길 벼랑끝에 四十度넘어 기울은몸
하는수없이 나는 깍구로처 떨어진다
사랑아 너의날개에 나를엽어 날아올라라。

막어셨든 높은水門 갑자기 자최없고
百尺水(面)差를 내감정은 막쏘아친다
어느때 네情의水面이 나와나란 할꺼나。

1. 깍구로처 : 거꾸러져. 전남방언 '꺼꾸러지다'.
2. 막쏘아친다 : 막 쏟아진다.
3. 나와나란 할꺼나 : 나와 나란히 할까.

玉香爐

맑게퇸 옥향로에 귀한향을 사루나니
한줄 푸른연기 하날로 오릅니다
내마음 또한그윽히 찾어한분 뵙니다。(그대)

애끼는 몸과맘을 애낌없이 내맡기는
믿는이 곻은뜻을 받드는맘 떨리나니
얼골로 어엽비보든맘 붓그러워 집내다。

높은이마 지혜롭고 힌살이 맑앗나니
한점 틔여오는 옥이란들 어떠하리
조심히 어루만지여 차마놀줄 없어라。

---

1. 곻은뜻은 : 고운 뜻을.
2. 힌살이 : 흰 살이.
3. 차마놀줄 : 차마 놓을 줄.

하날도 웃어주소 햇님도 부러하소
수집은 큰애기네 별님들은 숨어주소
꽁은님 안은두팔이 깃븜가득 넘치네。

어제같이 가난튼맘 온세상이 가수롭네
발도듬 뛰여올라 웨처본다 시원하리
세상아 날우러(러)보소 님의사랑이라네。

……(以上內金剛길과毘盧峯에서)……

따에서 오르는김 품었느니 파란내맘
씻은듯 비지나고 돋우느니 푸른빛이
미칠듯 부둥켜안고 빰을부벼 보오리。

……(봄언덕)……

---

1. 깃븜 : 기쁨.
2. 가난튼맘 : 가난하던 맘.
3. 가수롭네 : 가소롭네.
4. 웨처본다 : 외쳐본다.
5. 비지나고 : 비가 지나가고.

試作四首

봄날이 질겁다니 모도다 거짓말이
숲사이 새소리가 시름더욱 자아낸다
님이야 한님뿐이어니 마음어대 붙이랴

내마음 모진줄이 님떠나 모진줄이
이님을 떠나이고 참아어이 남단말이
님께야 받힌목숨이니 끝내 기려보리라

비소리 나무닢소리 바람소리 새소리에
기리는이 나뉜님을 어늬한때 잊을줄이
꿈에야 부러맞나뵈려니 잊고살줄 있으랴

---

1. 마음어대 : 마음 어디에.
2. 모진줄이 : 모질 줄이야.
3. 참아어이 남단말이 : 차마 어이 남는다는 말이냐.
4. 받힌목숨이니 : 바친 목숨이니.
5. 부러맞나뵈려니 : 일부러 만나보려니.

산이야 멀다하랴 물이야 깊다하랴
하로밤 꿈길에는 얼른다녀 오는것을
이자리 못떠나는몸을 안타까워 하노라

失題

눈물없다는 자랑하시든 그대언만
남달리 沈着하단 말을듯든 그대언만
맘잃고 눈아니마른다 누가 나물하리오

웃읍다 할까하니 웃읍다 말이되냐
설어워 하자하면 그는 좀 이르잖냐
갑작이 큰不安앞에닥처 눈물우슴 어쩌리

내이리 침착하다 설마하니 어떨소냐
누이야 그념덜고 안해야 눈물걷워라
멀으신 두어이께는 맘노이실 글을쓰자

---

1. 나물하리오 : 나무라리요.
2. 눈물우슴 : 눈물+웃음.
3. 그념덜고 : 걱정말고.
4. 안해야 : 아내야.
5. 두어이께는 : 두 어버이께는. '어이'는 '어버이'의 고어.

여보게 죽는단말 어이참아 입에내랴
그일을 속속드리 요량함도 아닐세만、
죽였다 한번해봐라 모도 앗질하고나

어이 나를길러 이러한양 보렸든가
네내게 몸을맡겨 이리될줄 알었더냐
못보는 아기얼골은 미리그려 보노라

기다리든 아비는 너를 못보고간다
아기야 네 일없이자라 큰사람될가
두눈이 모도흐리여 앒이 아니보인다

웃읍고 잔게교를 수없이 꾸몄더니
너를 못맞나니 펴볼날이 없겠고나

---

1. 앗질하고나 : 아찔하구나.
2. 이러한양 : 이러한 것처럼.
3. 잔게교를 : 잔 기교를.

어리다 혼이남기를 맘그윽히 바라니

어제밤 님의눈물 새벽에 궂은비라
쓸쓸한 소리속에 네한몸 싸였느니
감은눈 두줄눈물이 흘러고요 하고나

×

바람에 가지가지 우줄대는 포플라는
허리를 늠실하며 춤추는 아양일세
내무어 너의自由를 부러함은 아닐다

以上九首는 昭和壬申年 故人이 腸窒扶斯로 자리에 누었을적에 册귀퉁이에 연필로 끄적이어둔것을 찾어낸것이다。

—編者—

1. 우줄대는 : 우쭐대는. 율동적으로 멋있게 자꾸 움직이는. 전남방언으로 '우줄거리는'이 있음.
2. 늠실하며 : 남실하며. 가벼이 흔들며.
3. 소화임신년 : 소화 7년. 1932년.

失題

난지 이틀된아기야 네일홈무어라냐
「내일홈깃븜」 겨우날려 가슴바로
파득여 자라는양을 나물하듯 바람노니

그대의 가슴에서 내노래 울려날제
매마른 돌틈에는 맑은새암 솟는고야
저아래 여나믄일은 눈에든채 잊었노라

그대의 웃는눈에 샛별이 반짝일제
때아닌 한폭이꽃 돌틈에 붉였고야
저아래 뵈는세상도 몬지걷혀 그림이네。

---

1. 네일홈무어라냐 : 네 이름이 무엇이냐.
2. 나물하듯 : 나무라듯.
3. 한폭이꽃 : 한 포기 꽃.
4. 몬지걷혀 : 먼지 걷혀. '몬지'는 전남방언임.

貞姬에게

공기는 높고맑아 새암물 약이되고
친구같은 아버지와 동기같은 어머니라
집웅이야 족으마하던 다시없어 뵈더라

시내ㅅ물 소리딸아 짓거리는 말소리며
새악시 우슴에 굴러가는 거름이매
어느덧 접어드는길을 잊고지나 가더라

……(安養寺道中)……

어제야 알았던가 十年을 사굇던가
뷔인말 하지아녀 마음서로 비최든가
많을듯 적은말삼을 그대하소 하여라

---

1. 정희(貞姬)는 박용철 시인의 아내 임정희 여사임.
2. 집웅이야 : 지붕이야.
3. 족으마하던 : 조그마해도.
4. 소리딸아 : 소리 따라.
5. 짓거리는 : 지껄이는.
6. 사굇던가 : 사귀었던가.
7. 뷔인말 : 빈말.
8. 적은말삼을 : 적은 말씀을.

마른잎 깔아놓은 뒤언덕을 뛰여채니
장하다 철원벌 눈아래 깔리는고
말달릴 젊은마음이 도로살아 오도다

발마초든 여섯거름 돌아서니 헐되여라
마음에 등을지니 그림잔들 위로되랴
뒷자최 애처러워라 더진듯걸어 가더라

궁예의 꿈을실흔 철원벌에 달만녀겨
흐린눈 떼여보니 다만한방 전등빛을
웃방에 누이의 숨소리는 들려들려 오더라

---

1. 뛰여채니 : 뛰어 차오르니.
2. 발마초든 : 발 맞추던.
3. 꿈을실흔 : 꿈을 실은.
4. 달만녀겨 : 달로만 생각하여.
5. 다만한방 : 다만 한 방.

정희를 가름하야

초ㅅ불이 무어완대 멀거니 바랃는고
품이 그립단 말이야 참아하랴
네얼골 다만바랃고 손을쥐여 보고저

웃읍다 웃읍다하며 제절로 나는눈물
운다 운다 웃으니들 무어그리 웃으운고
날다려 어리석단가 저도보면 알것을

남달리 녀겼더니 내하어이 어리석어
밝은달이 원망될줄 이제야 깨달은고
가지를 울리는바람아 고이건너 가렴아

---

1. 정희를 가름하야 : 정희를 염두에 두고.
2. 초ㅅ불이 무어완대 : 촛불이 무엇이길래.
3. 다만바랃고 : 다만 바라보고.
4. 제절로 : 저절로.
5. 내하어이 : 내+하+어이. 내가 하 어이. '하'는 심중의 감정을 나타내는 소리.

그윽한 닭의우름 하멀리 들려온다
달근한 잠은 널좇아 거기간가
벼개만 뺨을만지니 헐든하다 하올가

눈에자최 아른아른 가슴만 문듯메여
또렷한 그림을 들어보니 돌오심ㅅ증
이렇듯 못잊을놈을 어이뗀고 싶어라

너도공주 아니언디 내사무슴 왕자라냐
이야기 가운대 나오는 사람같이
떨어저 서로기리기만은 무슴일고 싶어라

---

1. 하멀리 : 아주 멀리.
2. 문듯메여 : 문득 메어
3. 돌오심ㅅ증 : 돌아오고 싶어하는 증세. "또렷한~돌아오심ㅅ증"은 '헤어진 아내(정희)를 또렷하게 떠올려보니 나에게 돌아오고 싶어하는 증세(마음)가 있는 것 같은데'의 이미지임
4. 내사무슴 : 내+사+무슴. 나야 무슨. '사'는 전남방언임.
5. 어이뗀고 싶어라 : 어이 떼어놓았는가 싶어라.
6. 서로기리기만은 : 서로 그리워하기만은.
7. 무슴일고 : 무슨 일인고.

失題

괴로움이 어떻드냐 밤지난 꿈이로다
사랑이 있였드냐 내거의 잊였노라
새날빛 바람에감겨 나를싸고 돌아라

……(아침언덕에서)……

1. 새날빛 : 새아침 햇빛. 새시대의 기운을 상징하는 말.

漢詩習作

步隨淸溪心使淸
筇音自聞鳥不驚
深入三昧恠岩坐
如訴哀願淺澗鳴
無常悲喜人間事
時生煙靄凌世情
何必長生是仙客
愧君更還紅塵城
(山水圖)
羽衣翩躚蘇子眞

맑은시내 따라걸어 마음따라 맑아지니
막대소리 한가로와 산새도 안놀랜다
호올로 슬피우는여흘은 가기어려 하더라
덧없는 인생이오 자최없산 안개로다
죽음없이 살아야만 신선이라 하올거나
그대여 홍진성돌아가기 붓그려워 하노라
깃옷을 훗날리든 그날이 참이런가

---

1. 막대소리 : 대나무 소리.
2. 여흘은 : 여울은. '여흘'은 여울의 옛말임.
3. 자최없산 : 자취 없는.
4. 깃옷 : 날개옷.
5. 훗날리든 : 흩날리던.

自嘲仙鶴窺江濱
浩々不關天如蒼
累然求飼世無新
幾將功成凌雲霄
萬骨無爲埋陋塵
衝斗無奈還跼蹐
天長地久惘殺人

(解嘲)

世樣小大頭如齊
策驢散漫山路回
澗也淸冽樂啼鳥
菜惟淡香乏賢妻
就荒仙跡孤松存

우습다 선학이여 강가을 더투는다
누누연 멕이에 매이나니 새론일도 없어라

구름에 오르려다 따에 도로 굽히나니
사람의 걸은자최 개아미와 다름없다
하날은 높이한갈갈어 사람불상 하여라

세상에 별일적어 거기서 거갈만을
나귀를 건들거려 산길로 돌아오다
산나물 맛절로좋으니 안해없다 어떠라

신선을 찾어다녀 거문고를 만지나니

---

1. 더투는다 : 엿보느냐.
2. 누누연 : 번번히
3. 새론일도 : 새로운 일도.
4. 개아미 : 개미.

絕朋茅屋琴書携
欣棄煩擾古人樂
坐高心閑看雲低

(歸去來)

最云緊密意有間
共酌花下虛對顔
匣琴志彈洋流水
彼心絃感巍高山
散雲飄忽過月急
落花飄揚入盃間
心相違離苟如是
鍾伯一去去無還

(歎意)

시끄런일 다버림은 녯사람의 질거움을
높은데 뜻없이앉어 구름낮어 뵈더라

가깝단 사이에도 뜻서로 막혓나니
일생을 대하여도 얼골이 비칄뿐이
유수를 타는마음을 고산이라 하는고
구름은 번득밧버 달얼골을 스처가고
나르는 꼿은 술잔에 한가롭다
인심도 이렇듯어긋저 돌아올줄 없어라

1. 녯사람의 : 옛사람의.
2. 번득밧버 : 번득 바빠.
3. 어긋저 : 어긋나서.

細雨活葉誇榮生
輕風舞枝感天情
田潤不厭衣沾濕
山昏却喜花鮮明
潛思讀書儒拍案
不言稼穡福滿城
但願魚鰌閒愁眉
繞繚渠溝任縱橫

(喜雨)

春光別我花園林
綠陰無處艷香尋
流水渺然無歸約
空山索莫惜埋金

비젖은 닢사귀는 반득반득 빛이살고
춤추는 가장이는 나붓나붓 절을한다
입은옷 비맞어보자 꽃빛산틋 하여라

이동산 숲사이에 꽃빛이 사라졋네
지난봄 읾은향기 어디간다 맞나보리오
거츤산 금을갈므어 하욤없어 하더라

---

1. 가장이는 : 가지는.
2. 꽃빛산틋 하여라 : 꽃빛 산뜻하여라.
3. 거츤산 : 거친 산.
4. 금을갈므어 : 금을 갈무리하여.

芳草萋々佳人墓
憂勞紛々逆旅心
去無返兮不如歸
惟有杜鵑抱怨深

（惜意）

書室始聞疑鶯聲
詩思恍惚憶古城
青梅實見老樹枝
紅桃落花鸞舞庭
翩々戲蝶過墻去
一望天際片雲輕
與君共遊幾回春
佳期莫展意不平

청초옥은 무덤우에 눈물로 술부으니
한철 나그내라 인생이 덧없도다
불여귀 두견의 우름은 사람울려주는고

홍도꽃 떠러지고 매화여람 뵈는도다
나븨는 너울거려 울넘으로 날아가니
하날끝 흰구름장은 가벼운듯 하여라

처음듯는 피꼬리소리 아닌가 의심될제
갈이 걸든 옛성터를 마음홀로 찾어간다
지난해 얼마이런가 앏길아득 하여라

---

1. 불여귀 : 소쩍새.
2. 홍도꽃 : 붉은 복숭아꽃. 홍도화. 홍도나무는 복숭아나무의 한 가지.
3. 매화여람 : 매화 열매.
4. 울넘으로 : 울타리 너머로.
5. 걸든 : 걷던.

醒却似睡懶飜覆
新粧軟綠悅眼時
風和啼聲薰似乳
記來故想絡如絲
有感花景念佳人
自憐倦情誦哀詩
靑春紅淚淚猶廿
更新希願且莫悲

(懶思)

過嶺斷雲起新愁
漫步浴月登江樓
林間鳥啼美相喚
船有歌聲憶曾游

깨인듯 조름인듯 게을리 둥그를제
새로핀 푸른닢은 눈에들어 깃븐때라
끊일듯 옛날의생각은 실이은듯 하여라

꽃철이 늦거워라 슬픈시를 외이놋다
눈물에도 히망의 단맛이 숨겻나니
젊은날 애끊는애상에 잠겨본들 어떠리

재넘는 저구름이 새근심 일으히여
달밟고 거름걸어 강다락에 오르도다
어디서 노래소리는 녯생각을 잣는고

---

1. 둥그를제 : 뒹굴 제.
2. 늦거워라 : 느꺼워라.
3. 일으히여 : 일으켜.
4. 강다락에 : 江樓. 강가에 있는 누각.
5. 잣는고 : 자아내는고.

愁人盃上月長在
懷客眼前水自流
那信空憂將解悶
念子不獲但搔頭
(懷思)

花爛花中更尋香
葉蓁陰下未得涼
夢幻開悟睡已足
飜弄探穿樂未央
枝頭顯沒雲交輝
輕翅追逐日爭光
可笑智慮自苦策
戲戀不怕蛛網張

근심의 잔우에는 달기리 걸려있고
기리는손 눈앒에는 물절로 흐르도다
그대여 잊을길없는 생각을 어리석다 하는가

닢새푸른 그늘아래 서늘함을 버리고서
花란만 꽃가운대 향기다시 찾는고나
번득여 서로 너울거림은 질거운 노릇인가
서로좇는 날개에는 해빛도 얽히나니
사랑을 따르려든 거믜줄이 무서우랴
웃노라 사람의지혜란 괴로운 노릇인가

---

1. 잔우에는 : 잔 위에는.
2. 달기리 : 달 길게.
3. 물절로 : 물 저절로.
4. 거믜줄이 : 거미줄이.

(胡蝶戀追逐)

輕着新鞋誇勁脚
嘻々談樂顧相看
手弄途畔躑躅花
遙看山顚孤松寒
松籟乍動風奏樂
心絃自鳴不勞彈
今將洗去半憂思
踏破連峯休說難

(山行)

臥聞鶯聲非勝事
折柳挑興登鶯臺
前臨大野眼界濶
遙望南海胸襟開

가벼운 신들메로 굳센다리 자랑삼고
웃노란 말삼으로 진달래 꺾어갈제
저멀리 산날맹이외솔은 치위탄듯 하여라
솔바람 어울어져 풍류를 아뢰나니
마음줄 절로울려 근심하마 잊을러라
뽑내여 연봉을타내리자 어려움이 있으랴
꾀꼬리 누어듯기 차마하니 못할일을
버들꺾어 흥돋으며 이정자에 올라보니
앞으로 바다에 터진들이 마음열어 주더라

---

1. 산날맹이외솔은 : 산등성이 외로운 소나무.
2. 치위탄듯 : 추위탄 듯.
3. 연봉을타내리자 : 연이은 봉우리를 타 내리자.
4. 누어듯기 : 누워 듣기.

囀如天降魂追飛
一線黃兒走出來
世心憂忡且暫離
說起歸路勿相催
(尋鶯亭)

落照惱情染西天
更約後會由何緣
分袖天雲裂錦帛
拭淚江樹看霧煙
將恨人改新歲々
獨歎花似歸年々
時候莫惜郵遞信
昔人苦待鴈書傳
(美人恨)

부르는듯 네소리에 넋이따라 끊일러니
한올 누른줄기 네날아 나오도다
예잠겨 근심을잊으리니 깨와무삼 하리오

북새는 정을애껴 서녁하날 물드린다
맛남을 언약하나 어나길로 일우오리
갈은꽃 사람다름을 한란말게 하소서

찢기이는 옷갈이 구름도 갈립내다
나무도 눈물젖어 안개갈이 보입내다
넷사람 기럭이글기다림 본받지않게 하소서

1. 깨와무삼 하리오 : 깨워서 무엇하리요.
2. 북새 : 붉새, 노을을 뜻함.
3. 어나길로 : 어느 길로. 4. 찢기이는 : 찢기는.
5. 갈립내다 : 갈라집니다. 6. 기럭이글기다림 : 기러기 글 기다림.

東京在學以後切親한親友
가된金允植氏와의紀念撮
影(著者二十四歲時)

飜譯詩篇

괴—테 詩篇

獨逸

미뇬의노래 · 1

아는가 그대 남녁의나라 시트론 꽃이 피고、
어둔닢 그늘에 금빛 오란지 빛이 나고、
다수한바람 푸른하날로 불어나리고、
미르테 고요하며 월게수 높히 서있는 나라——
그대여 이를 아시는가?
그리로、 그리로!
그대와같이、 나의사랑하옵는이여、 가고지워라。

아는가 그대 그집은 집웅아래 둥글은 기동、
쌀론은 어른거리며 방은 환하게밝고、
대리석상들 그대로서서 나를 바라다보고、

---

1. 시트론 : 유자.
2. 오란지 : 오렌지.
3. 다수한 : 따뜻한.
4. 미르테 : 천인화(天人花), 은매화. 지중해 주변의 관목.
5. 가고지워라 : 가고 싶어라.
6. 쌀론 : 살롱 Salon.

불상한아이야、사람이 너를 어찌나 했느냐?——
그대여 이를 아시는가?
그리로、그리로!
그대와같이、나를가려주옵는이여、가고지워라。

아는가 그대 거기산들과 구름에잠긴 길들을、
안개가운대 나귀는 길찾어나가고、
몇백년묵은 이무기겨레 굴속에살고、
바위 사오납고 그위로 물넘쳐가는——
그대여 이를 아시는가?
그리로、그리로!
우리의길을、오—나의아버지시여、가고지워라。

1. 이무기겨레 : 이무기 무리.
2. 사오납고 : 사납고. 험하고.

미뇬의 노래 • 2

뭇지랑은 말어요 이대로 두지
이를 감초는 의무 인것을。
내가슴 펼쳐 네앞에 뵀으면、
허나 운명이 허락지 않음을。

바른때 오면 솟우는 해는
어둔밤 쫓고 밝은빛 낸것을。
굳은 바위도 가슴 열면은
숨긴샘 따에 앗기지 않을걸。

사람마다 벗님의 팔에 쉬여안기여、
눈물에 사정을 펴기도 하련만。
어찌한 맹세라 입술 구지 닫히여
하날이 오죽 열어준다니

1. 뭇지랑은 : 묻지를.
2. 감초는 : 감추는.
3. 뵀으면 : 보았으면.
4. 앗기지 : 빼앗기지.

미논의 노래

그리움의 뜻을 아는이라야
나의 슬픔을 알수있어라
세상 모든 질거움에서
호올로 멀리 떠나있어
저편 하늘만 바라보나니

아! 나를알고 사랑하는분
예서 멀리 게시여라
정신 어지러워 앗질해지고
나의 애는 끊어저버리여라
그리움의 뜻을 아는이라야
나의 슬픔을 알수있어라。

---

1. 질거움 : 즐거움.
2. 앗질해지고 : 아찔해지고.
3. 애는 : 창자는. '애'는 창자의 옛말임.

거친들의장미

저아이 보아 장미화를 보았어라
거친들에 홀로핀 장미화를
가지피여 고읍고 새틋한양
가까히 보려 다름질 뛰여갔네
보고나니 기쁜정 넘치여라
장미화 장미화 붉은 장미화
거친들에 붉은 장미화。

아해 말이 내 너를 꺾을란다
거친들에 피여난 장미화야
장미 대답 나는 너를 찌를란다

---

1. 고읍고 : 곱고.
2. 새틋한양 : 산뜻한 것처럼.
3. 다름질 : 달음질.

네맘에 나를 영영 못닞도록
나도 그냥 있진 않을테야
장미화 장미화 붉은 장미화
거친들에 붉은 장미화。

그아해는 함부로 손에대여
들에핀 그장미를 꺾였어라
장미도 지지않고 찔렀으나
울어도 소리쳐도 쓸데없어
장미는 할수없이 꺾긴것을
장미화 장미화 붉은 장미화
거친들에 붉은 장미화。

이 별

눈으로 이별은 전하게하소
입에 무슨말 차마 할런가
오 어려움 이를참기 어려움
나도 씩씩한 사나이거늘。

가장 달콤한 사랑의 노름
이때는 그마저 설운짓이어
네입에 키스도 싸늘하거든
서로 잡은손 힘이 없거든。
얼핏숨어 건네든 너의키스

내마음 참으로 날뛰더니라
이른봄 꺾은 들마꽃 하나도
우리 기쁨의 샘이든것을。

내 이제 꽃테를 아니만든다
널위해 장미를 꺾지않는다
이것이 봄이라냐 내사랑아
내게는 설은 가을인것을。

---

1. 들마꽃 : 들의 꽃. 야생화.
2. 샘이든것을 : 샘이던 것을.
3. 꽃테 : 화환.

해금타는 늙은이의 노래

눈물에 섞은빵을 먹어보지 못한이는
괴로운 여러밤을 자리에 일어앉어
느끼는 울음속에 새워보지 못한이는
하날서 나려온힘아 너의를 모르리라。

우리를 세상으로 이끌어 들여오고
불상한 사람들을 죄짓게 하여두고
마침내는 괴롬속에 떨어트리나니 ——
罪는 이생에서 보복을 받는것이니라

1. 해금 : 악기 이름. 깡깡이.
2. 하날서 : 하늘에서.

멀리간이에게

그래 참말 너를 잃었단말가
그래 사랑아 나를버리고 갔단말가
말슴 한마디마다 소리의 높고낮임
귀에익어 지금도 들리는듯 한것을。

푸른공중 높은데 몸을숨겨
종달새 노래 요란히 울리면
나그내의 눈을 혈되히
아침하늘을 찾어 헤매임같이。

나의눈은 앨써 찾는다
들로 덤불로 나무숲으로
내 노래는 모도 너를찾어 부른다
오나라 사랑아 내게로 돌아오라。

---

1. 높고낮임 : 높고 낮음.
2. 앨써 : 애써.
3. 덤불로 : 어수선하게 엉클어진 수풀로.

투ㅣㄹ레의님군

옛날 투ㅣㄹ레 한분 님군은
죽도록 볋지마잔 마음이러니、
그안해 몬저 세상버리며
금술잔 하나를 남겨드리다。

그잔을 다시없이 귀히 녀기어
잔치마다 님군은 그를 기울여、
그잔에 술부어 마실때마다
눈물만 눈에 넘쳐흐르다。

늙으신님군 죽을날도 머지않어

---

1. 툴레 : 툴레(Thule)는 상상의 지명으로, 고대 그리스의 지리학에 의하면 지구 북극에 있는 섬이라고 함.
2. 볋지마잔 : 변치 말자는.
3. 그안해 : 그 아내.
4. 몬저 : 먼저.

그는 고을과 나라 모도 헤아려、
남김없이 아들게 밀우었으나
금잔은 따로이 남기여두다。

바다가에 선 높은 성우에
조상들 그림걸린 큰마루에서
왕의잔치를 그는 베푸다、
모시는 기사들 둘러앉히고。

늙으신 님군은 일어스시여
생명의불을 마즈막 마시고、
그리고는 거룩한 그잔을
눈아래 바다ㅅ물에 내여던지다。

1. 밀우었으나 : 미루었으나.
2. 베푸다 : 베풀다.

그잔이 굴러 떨어져 물들어、
바다깊히 가라앉임을 보고、
그의눈은 그만 나려감기여、
다시는 한방울술도 아니 마시다。

내ㅅ가에서

흘러가 버리거라 내 사랑하는 노래들아
잊음의 큰바다로 가버리거라
너를 부르는 질거운 젊은이도
꽃시절에 시악시도 다시는 없으리니。

너의는 다 내사랑을 노래부르는 노래어늘
제가 이제 내眞情을 업수이 보는구나
너의는 물우에 씨워진 노래일다
한없이 물을따라 흘러가려므나。

1. 씨워진 : 씌워진.

哀愁

시들어버리느냐 곻은 장미야
내사랑의 머리에 꽂혀보든 못하드냐
아ㅣ피려므나 히망을 잃은 나에게
슬픔에 맘이터지는 나를 위해

저날을 생각하느니 슬픔이라
天使야 내몸 네게 기대이고
맨처음 핀봉오리 두루 찾으며
이른아침 뒤ㅅ뜰을 거닐었더니
있는꽃 있는열매 모조리

1. 곻은 : 고운.

너의 발측에 갖어갔더라니
너의 얼골앞에 서있을때면
히망이 가슴에 구비치더라니

시들어버리느냐 꽃은 장미야
내사랑의 가슴에 달려보든 못하드냐
아— 피려므나 히망을 잃은 나에게
슬픔에 맘이 터지는 나를 위해

---

1. 발측에 : 발 앞에.
2. 얼골앞에 : 얼굴 앞에.

노래하는사람

城문밖에 무엇이 들리느냐
다리우에 나는소리 무엇이냐
이너른 방장안에 불러들여
우리앒에 저노래 다시아뢰라
王의말슴따라 侍童은달렸다
그아해돌아오자 王의말슴이
늙은이를 안으로 들게하여라。

인사드립니다 귀하신 여러분네
인사드립니다 고으신 안악네들
그일홈을 누가다 아오릿가

---

1. 이너른 : 이 넓은.
2. 아해 : 아이.
3. 일홈 : 이름.

훌륭하온 하날의 별과 별들！
찰란한 꾸밈에 넘치는 이자리여
내눈아 감였으라 놀라며
질거워할 틈은 이제 없으리니。

노래하는 사람은 눈을감고
높은목소리로 한자리 불렀더라
騎士들은 용기를 돋아내고
부인네들 눈을내리 숙이더라
임금님은 이노래가 대단히
맘에드셔 그를아뢴 상급으로
황금사슬을 가져다 주라셨다。

내게 황금사슬이 맞지않소

---

1. 찰란한 : 찬란한.
2. 질거워할 : 즐거워할.
3. 한자리 : 한 곡. '자리'는 노래 한 곡에서 곡의 전남방언임.

騎士여러분께 내려지이다
저분들 용감한 얼굴앞에
敵이 던지는 槍도 부서집니다
그사슬을 大臣에게 주옵소서
달리 무거운 짐들가진우에
黃金의짐을 다시 지워지이다。

나는 나무가지속에 깃드렸는
새와같이 노래할뿐이옵니다
목에서 울려나는 이노래가
내게 더할없는 상급입니다
그러나 한가지를 원하온다면
황금잔에 가장좋은 포도주를
가득이 부어주게 하옵소서。

---

1. 깃드렸는 : 깃들여있는.

입술에대여 그잔을 다마시고
오 훌륭한 甘露의 맛이여!
이술같은것은 하찮은축에 드는
복많으신 이궁궐에 새복을 비옵니다
길이 향낙하옵는중 저를 생각하옵소셔
제가 이한잔에 감사를 드림같이
하나님께 진정으로 감사를 드립소서。

밤 노 래

부드러운 자리로부터
꿈가운데 반쯤 귀를 기울이라
나의 울리는 거문고ㅅ소리 따라
잠자 라 다시 무엇을 바라느냐

나의 아뢰는 거문고ㅅ소리에
별의 무리는 祝福해주노나
永遠한 감정을
잠자거라 너는 무엇을 바라느냐
永遠한 감정은

높고 거룩한데 나를 올려주노나
이따의 混亂으로부터
잠자거라 너는 무엇을 바라느냐

이따의 混亂으로부터
나를 지나치게 떼여놓아
이 찬곳에 나를 몰아넣노나
잠자거라 너는 무엇을 바라느냐

이 찬곳에 나를 몰아넣고
너는 다만 꿈가운데 귀기울이노나
아 부드러운 자리우에
잠자거라 다시 무엇을 바라느냐。

牧羊者

羊치는 게름뱅이
羊보기 나는몰라
세상제일 늦잠보

녀자에란 할일없어
이런놈도 외롭다고
잠과먹성 다라났네。

외진곳을 찾어가서
밤이면 별을세고
울어 진정 야웠다네。

---

1. 다라났네 : 달아났네.

그러든 색시 제말듯자
마시기 먹기 자기
모도 전날 돌아왔네。

1. 제말듯자 : 제말 듣자.

실레르詩篇

헥토르의 이별 (註一) (HEKTORS ABSCHIED)

안드로막헤

헥토르 그대는 가시려나 나를 버리고、
당할길없는 악힐의 무서운 손이
파트로클루스의 원수갚는 마당으로?
누기라 있어 우리의 남은 아들
창더지기 신을 섬기기 가르치리?
그대 만일 어둔황천에 나려가시면。

헥토르

사랑하는 안해여、눈물을 걷우라!

---

1. 헥토르 : Hektor. 그리스신화에 나오는 트로이의 영웅.
2. 안드로막헤 : Andromache. 그리스 신화에 나오는 헥토르의 아내.
3. 악힐 : 아킬레우스. 트로이 전쟁에 참가한 그리스의 영웅.
4. 파트로클루스 : Patroklos. 아킬레우스의 휘하 장수로서 트로이 전쟁에 참가한 영웅.
5. 누기라 : 누구가.

싸홈마당을 향하는 불같은 내마음
페르가무스를 지킴은 이 두팔이라
신들의 거룩한 제단을 위하야
싸호다 죽어、 스튁스(註二)강가에 내려간다면、
나는 조국의 구원자로 기쁘게 가리라。

안드로막헤

다시는 그대의 환도소리 들을길없고、
그대의 칼도 헐되히 시렁우에 걸리여、
프리암스큰영웅의 겨레 여기 그치단말가?
그대 참으로 가시려나 해 빛나지않는곳
거친들에 눈물의강 우름우는곳으로?
그대의 사랑도 레테(註三)의물에 사라지리로다。

---

1. 페르가무스 : Pergamos. 그리스 신화에서는 소아시아의 도시 페르가몬을 건설한 시조로 알려져 있다. 트로이 멸망 후 헥토르의 아내인 안드로마케와 아킬레스의 아들 네프톨레무스가 결혼하여 그 사이에 태어난 세 아이 중 하나가 페르가무스라고 한다. 그러나 여기에는 헥토르와 안드로마케의 아들로 설정된 듯하다.
2. 싸호다 : 싸우다.
3 . 환도소리 : 다시 수도로 돌아오는 소리.
4. 시렁우에 : 시렁 위에.
5. 프리암스 : Priamos. 트로이의 왕, 헥토르의 아버지.
6. 우름우느곳으로 : 울음 우는 곳으로.

헥토르

이세상에 바라든 모든가지 내모든생각
레테의 고요한 흐름에 잠겨버리과저、
허나 나의 사랑만은 안되느니。
들어라 적병의 성벽에 지치는소리
설엄은 버리고 내허리에 칼을 채우라。
헥토르의 사랑만은 레테도 어쩌지 못하느니。

(註一) 희랍군사는 트로야의성을 둘러싸고 십년동안을 드리쳤으나 트로야의 군사들은 피를 흘리여 이를 막아냈다。헥토르는 트로야왕의 아들로 트로야의 제일대장、트로야의 별이요、꽃이다。이날 희랍의군사 악힐이 자기의 가장친한친구 파트로클루수의 원수를 갚으려 싸홈을 청하매 헥트로는 자기의 사랑하는안해 안드로막헤와 이별을하고 싸홈에 나가는판이다。헥트로는 정말 이날에 싸와죽고、트로야도 머지않하 함낙되였다。 이 시는 호메르의 시 일리아드의 한마당에서 취해진것이다。

(註二) 스틕스강은 희랍의 신화에 황천에 흐르는 강이라한다。

(註三) 레테는 저승길에 건느는 강인데、이강을 건느면 지나간 모든일을 잊어버리는것이다。

---

1. 잠겨버리과저 : 잠겨버리고자.
2. 설엄은 : 설움은.

하이네 詩篇

한번은 내게 빛나든 그림이

아득이 어둔 나의 삶가운데
한번은 고은그림이 빛났더니라。
이제 그 고은그림 사라져버리니、
나는 온전히 어둠에 싸힌다。

어둔가운대 있는 애들은
마음이 그만 어쩔줄 몰라、
저의 무서움을 쫓아보려고
소리쳐 노래를 부르느니라。

나는 미칠듯한아이、 이제

어둠가운대 노래하느니!
노래에 질기운 마디야 없으나、
나를 무서움에서 놓아주니라。(귀 향 1)

1. 마디야 : 마디는.

ᄙᅩ레ᄙᅡ이

일인바에 알수는 없으나、
나는 그저 설다네。
네부터 나려오는 한이야기
마음에 잊혀지지 않습네。

싼듯한공기、날은저물고、
라인강 고요히 흐르는데、
뫼ㅅ봉오리 저녁햇빛에
번쩍이고 있습네。

아련히 아릿다운 새악시

---

1. 설다네 : 서럽다네.
2. 않습네 : 않네.
3. 싼듯한공기 : 싸늘한 공기.

※ 로렐라이 : Lorelei. 독일 장크트고아르스하우젠 부근의 라인강 기슭에 솟아 있는 커다란 바위, 높이 132m. 이 바위 위에서 물의 요정이 쉬면서 노래를 부르면 그 메아리가 아름답고 신비로워 뱃사공들이 넋을 잃고 바라보다가 완파당했다는 전설이 유명하다. ㄹㄹ은 알파벳 'L'에 해당하는 작가의 독특한 표기법.

바위 저우에 앉었습네;
황금 꾸미개 번쩍어리고、
금빛 머리를 빗겼 습네。

황금빗으로 머리빗기며、
부르는 노래도 한가락
흘러나는 멜로디도
야릇하고 힘있습네。

조그만 배에 배탄 사람이
미칠듯한 괴로움에 붙들리여;
사난바위는 볼줄도 모르고、
우에 색시만 치여다보네。

---

1. 저우에 : 저 위에.
2. 꾸미개 : 무엇을 곱게 꾸 미는 데 쓰는 물건.
3. 번쩍어리고 : 번쩍거리고.
4. 사난바위는 : 험한 바위는.
5. 치여다보네 : 쳐다보네.

그대와 사람 한데암즐러
마츰내 물ㅅ결에 삼켰을게라;
ᄙᅩ레ᄙᅡ이선녀는 저의노래로
이런 짓거리 하였습네。…(귀 향 2)…

1. 한데암즐러 : 으뜸이 되는 한 곳에 덧붙여서 하나로 되게 하여. '암즐러'의 표준형은 '암질러'

내 울고 돌아다니면

숲으로 걸어다니며 내가울면은、
쑥궁이 높은데 앉어、
기쁜듯 뛰염것고 노래하며、
「늬는 웨그리 설어하늬?」

너의누이를 제비게 물으면
일러줄수 있으리라、맘고은새야、
내사랑게시는 그들창우에
살가운 제비는 살가이 집짓고 사느니。(귀향 4)

1. 뛰염것고 : 뜀 걷고.
2. 제비게 : 제비에게.
3. 내사랑게시는 : 내 사랑 계시는.
4. 그들창우에 : 그 들창 위에.

아름다운 고기잡이 아가씨

너아름다운 고기잡이 아가씨야、
이언덕에 배를 대이소。
내게로 와서 여기앉소。
우리 사랑을 말해보세 · 손에손잡고。

내가슴에 머리를 기대고、
그리 무서워하지는 마소
날마다 너는 저거친 바다에
걱정없이 몸을 맡기지 않는가。

내가슴도 바다와 꼭같어、

바람도있고 드나드는 물도 있고
그러고 수없는 진주가
깊은곳에 수여있다네。(귀 향 8)

1. 수여있다네 : 숨어있다네.

인어의 노래

달은 다 올라와서
물결을 틈없이 비춘다。
나는 내사랑을 얼싸안고、
우리가슴은 물결친다。

나는 어여쁜아기의 팔에안겨、
아모도없는 바다ㅅ가에 누어있다。
「바람소리로 너는 무엇을 듯느냐?
어째 너의 힌손이 떨리느냐?」
「저건 바람소리가 아니라、

인어의 노래소리라오。
그러고 저의들은 나의언니요、
예전에 바다가 삼키여버린。」 (귀 향 9)

바다는 멀리 번쩍인다

넘어가는 저녁빗에
바다는 멀리 번쩍인다。
외따른 어부의 집결에
단둘이 말없이 우리는 앉었다。

안개 나리고、밀물 들어오고、
갈매기 이리저리 나르고；
사랑 가득한 너의 눈에서
눈물이 흘러 나렸다。
네손등에 떠러지는 눈물을 보고
나는 무릎꿇고 엎디여

---

1. 저녁빗에 : 저녁빛에.
2. 외따른 : 외딴.

너의 하얀 손에서
그 눈물을 깜작 마셨다。

그때부터 나의몸이 바트고
그리움에 마음이 죽을듯하다──
저 불상한 계집이
눈물로 내게 독약을 먹인게다。(귀 향 14)

1. 깜작 : 깜짝.
2. 바트고 : 밭고. 여위고. 전남방언은 보트다.
3. 불상한 : 불쌍한.
4. 먹인게다 : 먹인 것이다.

그집에 들어와보니

제가 내게 뵗지않길 맹세하든
옛날의 회당안에 들어와보니、
그때 저의눈물 떠러지든곳
배암들이 나와 기고있어라。(귀 향 19)

1. 떠러지든곳 : 떨어지던 곳.
2. 배암들이 : 뱀들이. '배암'은 전남방언임.

캄캄한 꿈속에서서

아득한 꿈속에서서
저의그림을 더려다보느라니、
그사랑스러운 얼굴이
가만이 살아나오더라。

저의 입술가장에
아련한 우슴이 뜨더니、
괴로운 눈물로인듯
저의두눈이 빛나지더라。

나도 눈물이 흘러나려서

뺨을타고 떠러졌다。——
아ㅣ 늬가 잃어졌다고
나는믿을수 없는일이다。(귀 향 23)

해는 오고 가는데

해는 오다 가다 하는데、
사람들은 무덤에 나려가지만、
내마음 속에 있는
사랑은 사라질줄 모른다。

단한번 너를 다시 보아지고!
그러면 네앞에 무릎꿇고、
죽어가며 네게 말하리라、 단한마디、
「부인이여 나는당신을 사랑합니다!」 (귀 향 25)

꿈에 사랑의 길을

나의꿈에；달이 서럽게 보고있고、
별도 서럽게 비쳐있였다；
꿈은 나를 내사랑이 사는
몇백리 먼데 고을로 더리고갔다。
저의집으로 나를 데리고가서、
나는 충대의돌에 입마추였다。
저의 조그만발과
치마끝이 자조 스치는곳이매。
밤은길고 밤은 치웠다。
돌도 그리 차가웠다。
유리창에서 창백한얼굴이
달빛에 비최며 내다보고있였다。(귀향 29)

---

1. 더리고갔다 : 데리고 갔다.
2. 입마추었다 : 입맞추었다.
3. 치웠다 : 추웠다.
4. 비최며 : 비추며.

네 하얀 나리꽃 손가락을

너의 하얀 나리꽃 손가락을
다시한번 입마출수 있다면!
내가슴에 그를 꼭대이고
가만한 우름에 잦아질수있다면!

너의맑은 시르미꽃 두눈은
밤낮없이 눈앞에 어른거려
나를 괴롭히길, 「이 곱고 푸른 수수꺽기가 무슨 뜻인고?」 (귀 향 31)

1. 입마출수 : 입맞출 수.
2. 꼭대이고 : 꼭 대고.
3. 우름에 : 울음에.
4. 수수꺽기가 : 수수께끼가

괴로움을 하소한때는

그래 내가 괴로움을 하소한때는、
너의는 하폄하고 아모말도 않더니;
내가 그것을 아담한 시로 맨들어놓매、
너의는 나를 크게 추어주던고나。(귀 향 37)

1. 하폄하고 : 하품하고.

너는 한송이 꽃

너는 바로 한송이 꽃이여라。
그리 어엽고 곱고 맑아라。
너를 보고만있으면 서름이
가슴속으로 어느새 기여들온다。

네머리우에 내손을 얹고
이렇게 나는 빌어야 할까보다、
하나님이 너를 이대로
「맑고 곱고 어엽게 지켜줍소서。」(귀 향 47)

1. 어엽고 : 어여쁘고.

자리에 누으면

밤과 이불에 둘러싸이여
자리에 몸을 누이면
내(눈)앒에 곱고 사랑스런
얼골이 어른거린다。

고요한 조름이 내눈을
겨우 감겨 주기만하면、
그얼골이 꿈가운대로
살작이 기여들어온다。

아침이면 꿈은깨이나

---

1. 조름이 : 졸음이.
2. 살작이 : 살짝.

이얼굴 사라질줄없어、
원하로 내가슴에 그대로
진히고 돌아다닌다。(귀 향 49)

나의기도

남들은 마돈나께 기도드리고、
바울과 베드로께 빌기도한다。
허지만 나는 다만 빌란다、
다만 너에게、엡븐 해ㅅ님아。

내게 키스를 줍소서、질검을 줍소서、
나를 사랑 합소서 어엿비 녀집소서。
계집애가운대 가장엡븐 해ㅅ님아!
저 해ㅅ님아래 가장엡븐 색시야! (귀 향 52)

1. 엡븐 : 예쁜.
2. 질검을 : 즐거움을.

밖에는 눈이 싸힌다하자

저밖에 눈이 싸힌다하자、
느레가 오고、폭풍우 인다하자、
창을 근들거리며 부디친다하자、
내사 조금도 설은말은 않겠다、
내가슴에는 품어있지 않으냐、
사랑의 얼굴과 봄의 질검을。(귀 향 54)

1. 느레가 : 우박이. '느레'는 전남 동부지역의 대표적 방언임.
2. 부디친다하자 : 부딪친다 하자.
3. 설은말은 : 서러운 말은.
4. 질검을 : 즐거움을.

한마디 말슴에다

단한마디 말슴에다 내모든 괴로움을
부어 넣었으면 싶으다。
가벼운 바람에게 그를주어
가벼웁게 가져보냈으면 하겠다。

그래 괴롬가득담은 그말슴을
바람은 네게로 가져가서、내사랑아、
그것은 어느때나 네게들려。
그것은 어대서나 네게들려。
그러다가 밤되고 잠자는때

---

1. 말슴에다 : 말씀에다.
2. 괴롬 : 괴로움.

네가 눈을 감기만하면
그말슴 깊은 꿈속까지도
너를쫓아 가리라。(귀 향 61)

첫사랑 하는 이는

처음으로 사랑을 하는 사람은
행복이 없을망정 하날이다。
허지만 두번ㅅ재 행복없이
사랑하는 사람은 바보이다。

나는 이러한바보 나는다시
사랑한다 저편의 사랑없이;
해와 달과 별들이 웃는다、
나도 같이 웃고—— 죽어간다。(귀향 63)

---

1. 하날이다 : 하늘이다.

내안해 되는 날에는

네가 내안해 되는 날에는
너는 부러울 만도 하리라。
한가로움에 날을 보내고
질검과 평화속에 살려니。

네 꾸지람 골부림 까지라도
참을성있게 들으려니와、
내 詩를 추지않는 날에는
나는 너를 보내고 말겠다。(귀 향 72)

---

1. 내안해 : 내아내
2. 질검과 : 즐거움과.
3. 골부림 : 심술부림.

산우에 해는 올라와

해는 산우에 올라오고
양의떼 멀리 방울소리한다
내사랑 내염소 나의해야 질검아
다시한번 늬가 보고싶고나!

기웃대는 눈치로 치어다본다
잘있거라 아기야 나는 떠나간다
할일없다! 포장도 깟닥안하니
저는 누어자는가 나를 꿈이나 꾸고。(귀향 49)

1. 방울소리한다 : 방울소리 낸다.
2. 질검아 : 즐거움아.
3. 깟닥안하니 : 까딱하지 않으니.

서 두 른 길 에

서투른 길에 밤은 어두어、
병든 마음과 고닯은 다리——
아 다정혼 달아、고요한 은혜같이
너의 빛은 흘러나리노나。

다정한 달아 너의 빛은
밤은 무섭을 날려주나니……
나의 괴롬은 사라지고、
두눈에 이슬같이 눈물 고이노나。(귀 향 86)

---

1. 고닯은 : 고달픈.
2. 다정혼 : 다정한.
3. 흘러나리노나 : 흘러내리노라.

죽엄은 본시 치운 밤이라

죽엄은 치운 밤이요、
삶은 무더운 낮이라。
벌서 어두어져、나는 조름이온다、
낮에 나는 고달히였다。

내잠ㅅ자리를 덮은 나무하나、
거기서우는 젊은 나이팅겔、
그노래는 한줄기 사랑、
꿈길을 가면서도 나는듯는다。 (귀 향 87)

1. 벌서 : 벌써.
2. 고달히였다 : 고달팠다.
3. 나는듯는다 : 나는 듣는다.

고은 그사람 어대있느냐

너의 고은사랑이 어디있는가? 말하게、
한때에 괴상한힘의 불ㅅ길이
네 마음을 야릇이 꿰였을때
그리 아름다운 노래에 부르던 사람이?

그 불ㅅ길은 사라져 버리고、
내 마음은 흐리고 식였네。
그리고 여기 조그만 책이
내 사랑의 남은재를 담은 항아리라네。

(귀 향 88)

新春

序詩

그림 진열장에서 그림가운대
이런 사람을 많이 볼수있으련・
전장에 나가려 하야
방패와 창으로 단단히 차려선 사람을。

허지만 아모레트가 그를 쳐서
그의 창과 칼을 빼앗고、
꽃사슬로 얽어매여、
그가 아모리 찌프리고 막드라도。

그와같이 나는 아름다운 줄에 걸려、
즐검과 슬픔가운대 내몸이 뒤틀리나니、
시내의 큰싸홈 가운대들어
남들은 싸화야만 하는 동안에。

1

너는 흰나무 아래 앉어서
멀리 바람의 소리침을 듯느니、
우에 말없는 구름이
안개에 싸혀 가는양을 보느니、

보느니・아래에 숲과 시내가
숨이 끄치고 아모것없이 벗겨진양을。
겨을에 둘러쌔고 겨을을 안에품어
네 가슴은 얼어 붙었느니。

문듯 하얀 고물이 네우에
떠러져 나려、너는 성가시어

---

1. 둘러쌔고 : 둘러 싸이고.
2. 떠러져 나려 : 떨어져 내려.

생각기는・눈바래를
나무가 네우에 퍼붓는 거라고。

그러나 그는 눈바래 아님을
기쁜 놀램으로 너는곧 알리라
그는 향기로운 봄의 꽃이
너를 치고 덮어주는 게라고。

얼마나 놀랍게 아름다운 조고화인!
겨울은 변하야 봄이 되고、
눈은 꽃이 되여 버리고、
네마음은 새로이 사랑을 하느니。

---

1. 생각기는 : 생각하기는.
2. 눈바래 : 눈보라.
3. 조고화인 : '조화인고'의 오식.

2

숲속에는 엄이트고 푸른빛 나고
아조 젊은 시악신듯 질검에 못견디어,
허나 해는 내려다 보고 웃어—
젊은 봄아 참 잘왔다!

나이텡겔 나는 벌서 너를 듯나,
너의 행복스런 괴로움을
길게 느린 까닭으로 목맺혀 노래 하는 양을,
그리고 네노래는 소리높힌 사랑임을。

1. 엄이트고 : 움이 트고.
2. 질검에 : 즐거움에.
3. 듯나 : 듣나.

3

봄밤의 아름다운 눈이
아조 위로하는듯 내려다 보느니——
사랑이 그리 너를 적게 맨들었거든、
다시 사랑이 너를 처올려 주리라。

푸른 보리수 우에 밤꾀꼬리 앉어
곻은 소리로 노래하느니
그노래가 내넉시에 배여 들면은、
내마음 다시 더 넓어 지리라。

---

1. 처올려 : 쳐올려.
2. 곻은 : 고운.
3. 내넉시에 : 내 넋에.

4

내사랑하는 꽃이 어나것인지
하나 있기는하나 알길없어、
이것이 내게 괴로움이라。
나는 꽃닢속마다 드려다보며、
마음 하나를 찾노라。

저녁놀에 꽃은모도 향기롭고
나이팅겔 노래한다。
나는 마음하나를 찾노라、
내마음갈이 그리고은、그리곱게 움직이는。
나이팅겔 노래한다。

---

1. 어나것인지 : 어느 것인지.
2. 그리고은 : 그리 고운.

나는 알아들었다、그의 늦거운노래를。
우리둘이 다 괴롭고 근심스러、
다갈이 근심스럽고 괴로워。

1. 늦거운 : 느꺼운. 감동적인.

5

오월이 벌서 왔고나
풀과 나무에 꽃이 피고、
붉으레한 구름장은
푸른 하날을 건넌다。

잎새질은 나무로서
밤찌꼬리 노래하고、
푸르고 연한 풀밭엔
하얀 양들 뛰고 논다。

노래 뛰염 다못하는
나는 병들어 풀에 누어、
종소리 멀리 드르며
스사로 무언줄 모르는 꿈을꾼다。

1. 하날 : 하늘.
2. 띄염 : 뜀.
3. 드르며 : 들으며.
4. 스사로 : 스스로.

6

어엿비 울리는 소리
내가슴을 살작 지나 가느니、
울려라、조그만 봄의 노래야、
울려 가거라 저먼곳으로。

울려 가거라、그집에 이르러
여러 꽃들 피였는데、
장미꽃을 보거든 말하라
내가 인사를 하라 드라고。

---

1. 어엿비 : 어여삐
2. 하라 드라고 : 하라 하더라고.

7

나비는 고만 장미꽃에 미쳐서、
천번이나 그를 싸고돈단다。
헌데또 나비들 사랑하는 해빛은
그뒷을 금빛 고읍게 싸고돈단다。

허지만 장미꽃은 누기를 사랑는지、
나는 그것이 알고 싶지만!
그것이 노래부르는 밤꾀꼬린가?
아니면 밤하늘에 말없는 별인가?

내사모른다、장미꽃이 누기를 사랑는지、
다만 나는 너의들 모도를 사랑한다、

장미꽃、 나비、 햇빛、

밤에별 밤찌꼬리。

9

맨처음 밤꾀꼬리 나와서
노래 하는말이 「뛰퀴ㅣㅌ뛰퀴ㅣㅌ」하면
그의 노래딸아、사면에서
푸른풀 시르미 사과꽃이 피여난다。

밤꾀꼬리 저의가슴 깨밀면、
붉은피가 흐르고、그피에서
곻은장미 한폭 자라나면
거기대고 사랑의불ㅅ길을 노래한다

그 상처에서 나온피가
이 숲속에 우리새들을 모도 새이좋게 한다、

---

1. 노래딸아 : 노래 따라.
2. 뛰퀴-ㅌ뛰퀴-ㅌ : 나이팅게일 울음의 의성표기.
3. 시르미 : 제비꽃, 바이올렛.
4. 깨말면 : 깨물면.
5. 곻은장미 : 고운 장미.
6. 새이좋게 : 사이 좋게.

허나 이 장미꽃노래가 사라지면、
이 원 동산이 다 거칠고 만다。

참나무 보금자리에서 늙은 참새가
새끼들에게 이런 이약을 한다；
어미새는 그동안 수없이 지저귀고、
명예로운 그자리우에 올라앉었다。

저는 집안 잘살피는 좋은 안악이다、
새끼 잘까고 끌은 아니내고；
아비새는 심심풀이로
아이들게 믿음 이약을 가르친다。

1. 이약을 : 이야기를. '이약'은 대표적인 전남방언임.
2. 안악이다 : 아낙이다.
3. 아이들게 : 아이들에게.

10

다수한 봄밤이
꽃들을 모도 픠여나게 하느니、
내맘도 정신을 안채리다는
다시 사랑에 빠지고 말게라。

허나 이여러 꽃중에
어느게 내맘을 옭어 가려노?
노래 부르는 밤꾀꼬리말이
흰나리꽃을 조심하란다。

1. 다수한 : 따스한.
2. 안채리다는 : 안 차리다가는.

11

어련일이 닥친다、종소리가 난다、
아ㅣ그래 나는 머리 잃어버렸다!
봄과 저 두낯 곻은눈이
내맘을 해내려 통을 짰구나。

봄과 저 두낯 곻은눈이
내맘을 또 정신잃게 홀렸고나!
내알기엔 장미와 밤꾀꼬리도
이통에 깊히 끼여들시 분명하다。

1. 곻은눈이 : 고운 눈이.
2. 끼여들시 : 끼여들 것이.

12

아ㅣ나는 눈물이 그리웁다、
보드러운 괴롬석긴 사랑의눈물、
허나 이 그리움이 마침내
채워질가바 외려 무서웁다。

아ㅣ사랑의 달금한 번뇌와
사랑의 씁쓸한 쾌락이
거륵한 괴롭힘을 가지고
이제 겨우나어나는 가슴으로 기여든다。

---

1. 괴롬석긴 : 괴로움 섞인.
2. 채워질가바 : 채워질까 봐.
3. 달금한 : 달콤한.
4. 거륵한 : 거룩한.
5. 겨우나어나는 : 겨우 나아가는.

13

풀속에서 내다보는
파란봄의 눈알들은
사랑스런 시르미꽃、
나는꺾어 꽂데맨다。

꺾어들고 생각더니
가슴속에 한숨지는
나의모든 생각들은
꾀꼬리노래 소리쳐낸다。

그래 높히울려 나가도록
내생각을 바로 지저귄다

내 어엿븐 비밀을
왼 숲풀이 다 알어버린고나。

14

네가 내결으로 지나가며、
네옷이 살작 스치기만해도、
내가슴은 기뻐뛰고、 미친듯
너의 곻은자최를 따른단다。

그리다는 네가 돌아서서
그 큰눈으로 나를보면、
내가슴은 깜작 놀라서、
고만 너를 따를수도 없단다。

1. 살작 : 살짝.
2. 곻은자최를 : 고운 자취를.
3. 깜작 : 깜짝.

15

허리 가느다란 수련화
물우에 조으는듯 고개들고 처다봐—
마조쳐[1] 달이 내려다(보고) 인사한다、
사랑의 괴로운 벗으로。

붓그러움에 수련화
물에 닿도록 고개숙이여
마조쳐 거기 보이는것은
햇슥이[2] 여운달의 가엾은얼골。

1. 마조쳐 : 마주쳐.
2. 햇슥이 : 핼쑥히.

16

네가 좋은눈을 가지고
내 노래속을 디려보면、
그 안에서 오르내리는
젊은 곻은이를 보리라。

네가 좋은귀를 가졌으면、
저의 소리라도 들리려니、
그래 그한숨、우슴、노래가
불상한 네가슴을 가져놀리라。

저는 말슴과 그눈짓으로
나와 마찬가지 너를 홀리려니、

---

1. 디려보면 : 들여다보면. '디려다보다'는 전남방언임.
2. 곻은이를 : 고운 이를.
3. 우슴 : 웃음.
4. 말슴과 : 말씀과.

사랑에빠져 꿈꾸는 사람되여
너는 숲으로 돌아 다니리라。

17

이런봄밤 너는무엇에 쫓겨 다니느냐?
너는 꽃들을 못견디게 맨들었다:
시르미꽃 놀라깨이고
장미꽃은 붓그럼에 밝애지고、
나리꽃은 죽은듯이 파래졌다
모도 서러하고 어쩔줄몰라 기운빠쳤다。

오 사랑온 달아、
꽃이란 참말 마음좋은 것이다!
내가 과연 잘못하였고나!
허지만 내가 타는듯한 사랑에취하여、
하날에 별들과 이야기하는데、

1. 시르미꽃 : 제비꽃.
2. 서러하고 : 서러워하고.
3. 기운빠쳤다 : 기운 빠졌다.

저의들이 듣고있는줄 아는수가 있드라냐?

18

너의 파란 두눈으로
나를 사랑옵게 바라보면、
내마음은 꿈꾸는듯이 되여
말도 하는수가 없단다。

너의 파란 두눈만
어디가나 생각에 남어있다
파란 생각이 원통 바다같이
내마음우에 퍼붓어나린다。

---

1. 사랑옵게 : 사랑스럽게.

19

내맘은 다시 지고마노나、
깊은 원망도 사라지고、
부드러운 감청을 다시금
오월은 내게 불어너주노나。

아침 저녁 나는 돌아다닌다、
사람 많이나온 축동길로、
색시 모자마다 디려보아
나의 옙븐이를 찾으련다。

다시 푸른물 흘러가는가에、
다시금 다리ㅅ가에 나는선다。

---

1. 불어너주노나 : 불어넣어 주는구나.
2. 축동길 : 둑 길.
3. 디려보아 : 들여다보아.
4. 옙븐이를 : 예쁜이를.
5. 흘러가는가에 : 흘러가는 가장자리에.

아ㅣ 어쩌면 여길 지나다、
저의눈이 나와 마조치련。

물떠러져 나리는 소리에
가벼운 탄식 다시 돌리나니、
저 흰물결이 말하는바를
내 품은맘은 알아듯는다。

구부러져나간 길우에서
다시 꿈꾸는듯 정신빠치나니
떨기속에서 여러새들이
사랑에빠진 바보라 비웃는다。

20

장미는 향기난다——
허나 제향기를 제가맡을런지、
나이팅겔이 제노래의 달고 힘찬소리로
우리마음가운대 일으킨바를 늦길런지——

나는 모른다。
허나 진실이란 흔히 우리를 괴롭힌다!
그러하니 장미와 나이팅겔이
저의감정을 속여 말한다면
다른때 흔히 그러하듯이 그도 좋은 일이리라。

1. 늦길는지 : 느낄는지.

21

너를 사랑함으로 너의얼굴을
피해가야 한단다ㅣ 어찌아지말아。
고읍게 피여나는 너의얼굴과
설음의 내얼굴이 어떻게 알맞겠늬?

너를 사랑함으로 이리 파랗게
나의얼굴이 가엾이도 마른단다
네가 마츰내 나를미웁게 볼가보아
나는너를 피한단다ㅣ 달리아지말아。

---

1. 고읍게 : 곱게.
2. 설음의 : 설움의.
3. 알맞겠늬 : 알맞겠느냐.
4. 볼가보아 : 볼까 보아.
5. 달리아지말아 : 달리 알지 마라.

22

꽃그늘로 걸어다니느니
내마음도 꽃같이 황홀하다。
꿈속에 걸어다니는듯
한거름마다 비척이나니。

사랑아 나를 꼭잡어다오!
하마 사랑에 취하여서
네 발아래 꼭그라질라
사람도많은 이자리에서。

1. 한거름마다 : 한 걸음마다.
2. 꼭그라질라 : 꼬꾸라질라.

23

바다의 거친 물결에서는
달그림자 떨고있으나、
참말 달은 고요 든든이
활등하날길을 걸어나가듯··

그같이 너도 고요 든든히、
사랑아、 걸어가고있으나、
내가슴 이리 뒤흔들리매
이속에 네그림자 떨고있니라。

24

우리의 가슴은
거륵한 동맹을 맺였다
저의는 꼭 서로 닿어있고
서로를 완전히 알고있다。

그러나 네 가슴을 꾸몄든
어린 장미꽃만은
가엾은 우리의 동맹자는
아조 눌려 죽였고나

25

누가 맨처음 시계를 만들었다냐、
分과時로 시간 난욺?
그는 치워얼어 가엾은 사람이였다、
그는 겨울밤에 홀로앉어 생각하며、
새양쥐의 가만이 짹짹임과
나무버레의 한결같이 쫗는소리 헤이고있었다。

누가 맨처음 키스를 지어내였다냐?
이는 타는듯한 복스러운 입이였다、
이는 입마추며 생각이란 아니했다。
이는 아름다운 오월달에
꽃들은 따에서 솟아오르고、

1. 난욺 : 나눔.
2. 치워얼어 : 추워 얼어.
3. 새양쥐의 : 생쥐의
4. 나무버레의 : 나무벌레의.
5. 쫗는소리 : 쪼는 소리.

해는 웃고 새들 노래할때 이었다。

40

아름다운 히망은 꽃피여나다
어느듯에 시들어 버리노나——
꽃같이 피여나다 다시 이우노나
무덤에 이르도록 이러하려니。

이를 앏으로 나의 사랑과
모든 질겸에 괴롬이 든다。
나의 심장은 살갑고 아름있어
가슴속에서 축도록 피흘리노나。

환작 아름다운 오월달에

환작 아름다운 오월달에
나무에 움이 모조리 피여날제、
그때에 내가슴속에도
사랑이 보푸라졌드란다。

환작 아름다운 오월달에
새들이 제마다 노래부를제
나는 그에게 속말해버렸드니라、
못견디게 기리는 내마음을 …(서정삽곡 1)…

1. 환작 : 활짝.
2. 보푸라졌드란다 : 부푸러졌더란다. 부풀어올랐단다. (사랑이)피어났더란다.
3. 기리는 : 그리는.

내 눈물에서는

내가 흘리는 눈물에서는
많은 꽃들이 피여난다。
그러고 내가쉬는 한숨은
밤꾀꼬리 노래가된다。

늬가 나를 사랑한다면 아기야、
이꽃을 모도 늬게 보내드리마。
그러고 너의집 들창앞에서
밤꾀꼬리 노래를 들려드리마。 …(서정삽곡 2)…

네눈을 보고있으면

네눈을 디려다 보고있으면
내근심걱정이 다 사라져라。
게다가 네입에 입마촐때는
아조그만 내가 기운차져라。

네가슴에 내가 기대는때면
하날의질검이 내게있어라。
허다가 늬가 말하길、「당신을 사랑하오、」
하면 나는 애닯게도 울어야한단다。 …(서정삽곡 4)…

---

1. 디려다 : 들여다.
2. 입마촐때는 : 입맞출 때는.
3. 기운차져라 : 기운 차려라.
4. 하날의질검이 : 하늘의 즐거움이.

네얼골 곱고 사랑스러

네얼골 곱고 사랑스러
요즘에 꿈을 다 보았다。
그리 순하고 천사갈으나
그러나 괴롬에 새파랗게 질렸다。

그러고 입술만이 붉으나
죽엄이 이내 파랗게 입마촌다。
그믿음있는 눈에서 새여오는
하날의빛이 사라지리라。 …(서정삽곡 5)…

---

1. 죽엄이 : 죽음이.
2. 입마촌다 : 입맞춘다.
3. 새여오는 : 새어나오는.
4. 하날의빛이 : 하늘의 빛이.

뺨에 뺨을 대여라

늬뺨을 내뺨에 대여보아라、
그러면 눈물은 한데흐르리。
가슴에 가슴을 꼭부듸여라、
그러면 불ㅅ길은 같이 타오르리。

그래 그 큰 불ㅅ길속으로
우리 눈물의강이 흘러가면은、
그래 내팔이 너를 꼭껴안으면——
애정에 나는 죽고말리라。 …(서정삽곡 6)…

---

1. 꼭부듸여라 : 꼭 붙여라.

노래의 날개에 너를 실고

노래의 날개에 너를 실고、
사랑아、멀리、가고지워라、
깐지스강가 꽃피는 들로、
거기서도 가장 아름다운 구석을 나는 아노니。

고요한 달빛아래
붉게 꽃피는 뒤안이 있고、
연꽃은 저의 어엽쁜
어린누의를 기다리고있다。
시르미꽃 웃고 속살거리며

---

1. 실고 : 싣고.
2. 뒤안이 : '뒤안'은 뒤꼍. 뒤터. 뒷동산.
3. 어린누의를 : 어린 누이를.

하날의 별을 치어다본다。
장미는 저이끼리 귀에 대이고
향기로운 이야기를 가만이한다。

순하고 살가운 사슴은
이리 뛰여와 귀기우린다。
그러고 멀리서 소리내는
거륵한 강의 흐름이 들린다。

그아래 야자수그늘로
나려가잣구나、사랑아、
그래 사랑과쉬임을 마시잣구나。
그래 복스런꿈을 맺어보잣구나。…(서정삽곡 9)…

련꽃은 두려워서

찬란한 해의 앞에
련꽃은 두려워서
머리숙이고 꿈보며
밤이 오기를 기다린다。

밤의달은 저의사내
그빛으로 저를 깨우면
저는 정결한 꽃의얼굴을
어렴없이 그앞에 내여놓는다。

저는 활작피고 붉게타고 번쩍여

---

1. 어렴없이 : 어려움 없이.

말도없이 하날을 치여다보며
사랑과 사랑의 괴로움에
향기나고 우름울고 바르르떤다。…(서정삽곡 10)…

1. 우름울고 : 울음 울고.

나를 사랑치 않는다

늬가 나를 사랑치않는다、 사랑치않는다。
그거야 아무치않다 할수도있다。
네얼골 듸려다 보기곳하면
나는 무슨 님금이나 된듯 기쁘다。

늬가 나를 미워 아조미워한다
고 말하는 너의 붉은 엡븐입。
그것만 내게 입마초라 내밀어주면、
나는 그만 더 안바라겠다、 내사랑아。 …(서정삽곡 12)…

---

1. 네얼골 : 네 얼굴.
2. 듸려다 : 들여다.
3. 보기곳하면 : 보기만하면.
4. 엡븐입 : 예쁜 입.

세상은 눈멀었지

세상은 어리석고 세상은 눈멀었지。
날이날마닥 멋 없어가지！
네이약을 한대며、내엡븐아기야、
네가 버릇이 좋지않다고。

세상은 어리석고 세상은 눈멀었지。
그러고 언제나 너를 잘못알지！
알라듸야 너의키스가 얼마나달고
얼마나 기뻐 날뛰게하는가 야。…(서정삽곡 16)…

---

1. 날이날마닥 : 날이면 날마다.
2. 네이약을 : 네 이야기를. '이약'은 전남방언임.
3. 내엡븐아기야 : 내 예쁜 아기야.
4. 알라듸야 : 알겠느냐. '-듸야'는 '-디', '-더냐', '-던가'의 전남방언임.

늬는 아조 잊었늬

그래 늬는 아조 그만 잊었늬?
늬맘을 그리오래 내 차지했든 일을,
그리 달금한 조그만 거짓많은 늬마음,
보담 달금한 거짓된것은 세상 없을라,

그래 늬는 내맘을 그렇게 한데누르던
그사랑과 괴롬을 다 잊어버렸늬?
내사모른다:사랑이 괴롬보다 크던가?
다만아는건:둘이다 한결같이 컸니라! …(서정삽곡 22)…

1. 보담 : 보다. 전남방언임.

원망도않는다

내사 원망도않는다、내가슴 찌어질 지라도
영원히 잃어진 사랑아、내사 원망도 않는다。
금강석의 화려함에 네가 아모리 빛날지라도
네마음의 밤에는 아모빛도 없으리라。

나는 벌서부터 안단다。꿈에 애를 봤드란다。
그러고 네마음속에 사는 밤을 보았단다。
또 보았단다、네마음을 깨밀고있는 배암을。
나는안단다、내사랑아 네맘이 얼마나 가엾은가를。…(서정삽곡 19)…

---

1. 찌어질 : 찢어질.
2. 아모빛도 : 아무 빛도.
3. 깨밀고있는 : 깨물고 있는.

각근한 인사를 하였겠다

보리수 꽃이피고、 찌꼬리 노래하고、
해는 유정이 질건빛으로 웃던때에、
너는 나를 입마추고 네팔은 나를 껴안어、
구비치는 가슴에 꼭 대였겠다。

입사귀 떨어지고、 가마귀 소리하고、
해는 실증난 얼골로 인사하던때에
우리는 서로 싸늘하게 말하길…「잘계십시오!」
허고 너는 가장 각근스런 인사를 각근히 하였니라。…(서정삽곡 26)…

---

1. 각근한 : '각근'은 정성을 다하여 부지런히 일함을 이른다.
2. 질건빛으로 : 즐거운 빛으로.

조그만 눈의 파란 시르미꽃

조그만 눈의 파란 시르미꽃、
조그만 뺨의 붉은 장미화、
조그만 손의 하얀 나리꽃
이들은 아직도 그침없이 피여나나、
그곱든 심장만은 시들어 버렸고나。 …(서정삽곡 32)…

1. 시르미꽃 : 제비꽃, 오랑케꽃, 바이올렛(Violet).
2. 그곱든 : 그 곱던.

아름다운세상

세상은 이리 아름답고 하날은 이리 푸르러
이리도 바람은 한들한들 다수하고、
꽃들은 꽃피는 들로 오라 눈짓하여、
아침이슬이 맺어 반짝반짝 빛이 나고、
사람들은 질거움에 취한다、어디를 보나——
허지만 나는 무덤ㅅ속으로 나려가련다。
그리하야 죽은 나의사랑을 안고 누으련다。…(서정삽곡 33)…

1. 다수하고 : 따뜻하고.

솔나무는 외로이서서

북녁나라 벗어진 산우에
솔나무하나 외로이서서、
조을어가면； 어름과 눈이
하얀이불로 그를싸준다。

그는 야자수의 꿈을꾼다
동쪽 해솟우는 머언나라
타는듯한 바위기슭에
말도없이 외로이 서있는。…（서정삽곡 35）…

1. 조을어가면 : 졸아 가면.
2. 어름과 : 얼음과.

곱고 맑은 금빛 별아

곱고 맑은 금빛 별아、
멀리있는 내사랑께 인사하고、
엿주어라: 나는그대로 변치않고 있다고、
마음병들고 새ㅅ노래지나 한마음으로。…(서정삽곡 36)…

사랑을 보낸 다음에는

내사랑을 떼어보낸 다음에는
우슴을 아조 잊어 버렸어야。
바보들이 웃운짓도 했지마는、
도모지 웃는수가 없었어야。

내가 저를 잃어버린 다음에는
우름도 아조 내버렸단다。
괴로움에 가슴 거의 찌어지나、
우는수도 없이 되였단다。…(서정삽곡 38)…

1. 우슴을 : 웃음을.
2. 찌어지나 : 찢어지나.

크나큰 괴로움에서

크나큰 괴롬에서 나는
조그만 노래를 지어내니；
파닥이는 날개를 들고
제가슴으로 날아간다。

사랑에 가는길은 찾었으나
돌아와서는 울고있다。
거저울고 말하지 않는다、
저의 가슴에서 본것을。…(서정삽곡 39)…

꽃이라는 꽃들은

꽃이라는 꽃들은
빛나는 태양을 치어다본다。
물이라는 물들은
빛나는 바다로 길잡어간다。

노래라는 노래는
빛나는 님께로 날러나간다。
괴로운 노래야 가져가거라
내눈물 내한숨 한가지실어。 …(서정삽곡 46)…

1. 날러나간다 : 날아간다.

늬를 언제나 사랑한다

나는 늬를 언제나 사랑했고 언제나 사랑한다。
세상이 모도 한번에 부서진다자、
그 부스럭이 속에서라도
내사랑의 불ㅅ길은 나타오르리라。…(서정삽곡 51)…

---

1. 부서진다자 : 부서진다 하자.
2. 부스럭이 : 부스러기.

빛나는 여름날 아침에

빛나는 여름날 아침에
뒤안을 이리저리 돌아다니면、
꽃들은 소근거려 서로말한다。
허나 나혼자 말도없이 겄노라。

꽃들은 소근거려 서로말한다。
내얼골 치어다보고 가엾은듯이、
「우리 언니게 성내지 마서요、
설음에 얼굴 파래진 어른아。」 …(서정삽곡 52)…

1. 겄노라 : 걷노라.
2. 언니게 : 언니에게.
3. 마서요 : 마세요.
4. 설음에 : 설움에.

더운 여름이 앉었다

더운 여름이 앉었다
너의 엡븐 볼우에。
치운 겨을이 숨었다
너의 조그만 가슴에。

허나 네게도 달라지리라。
나의 흠ㅅ북한 사랑아。
겨을이 볼우에 나오고、
여름이 가슴에 앉게되리라。 …(서정삽곡 54)…

1. 차운 : 차가운.
2. 겨을이 : 겨울이.
3. 흠ㅅ북한 : 흠뻑.

사랑하는 두사람이

사랑하는 두사람이 난호일때는
서로의 손을 쥐어주며
눈물도 터져나오고
끝없는 탄식에 잠기는것이다。

우리둘은 난홀제 우지도않고、
「아!」「설다!」 탄식도 없이。
헌데 눈물과 탄식(네)들이
뒤ㅅ전으로 찾어왔고나。 …(서정삽곡 55)…

1. 난호일때는 : 나뉠 때는. 헤어질 때는.

내노래는 독이 들었다

내노래는 독이 들어있다。
아니그럴수 있을라듸야
나의 피어나는 삶가운대
늬가 독을 타 먹이지 않았늬。

내노래에는 독이 들어있다。
아니그럴수 있을라듸야?
내사랑아、내가슴에는
많은 배암이 그리고 늬가
——들어있지않으냐。…(서정삽곡 57)…

1. 있을라듸야 : 있겠느냐.

옛날의 꿈을 다시 보노라

옛날의 꿈을 다시 보노라。
그것은 오월도 어느밤에。
보리수 아래 우에 나란이앉어、
영원히 변치마자 맹세하댔지。

맹세에 맹세를 새로 거듭하고、
웃으며、소색이며、입마추며。
내가 맹세를 잊을세라고
늬는 내손가락을 깨—밀였지。
맑은 눈이여 오—사랑아!

1. 소색이며 : 속삭이며. '소색이다'는 전남방언임.

엡브고 깨미는 오—사랑아!
맹세는 바로 되였지마는、
깨미든노릇 더음이였지。 …(서정삽곡 58)…

---

1. 엡브고 : 예쁘고.
2. 깨미는 : 깨무는
3. 더음이었지 : 덤이었지.

꿈속에 나는 울었답네

꿈속에 나는 그만 울었답네,
꿈에, 늬가 무덤에 누어뵈여서。
일어나서도 눈물이 그저
뺨으로 흘러 나렸읍네

꿈속에 나는 그만 울었답네,
꿈에, 늬가 나를 버리고가뵈여서。
일어나서도 나는 얼마를
아조 서럽게 울었읍네。

꿈속에 나는 그만 울었답네,

1. 누어뵈여서 : 누워 있는 것이 보여서.
2. 버리고가뵈여서 : 버리고 가는 것이 보여서.

꿈에、 늬사랑이 그대로 있어뵈여서。
일어나서도 그칠줄 모르고
눈물의 강이 흘렀읍네。…(서정삽곡 61)…

1. 있어뵈여서 : 있는 것이 보여서.

꿈에 늬가뵈이어

밤마다 꿈에 늬가뵈이어
내게 정다운 인사를한다。
그러면 나는 소리쳐울고
네고은 발아래 엎드려진다。

늬는 나를 서런듯이 바랄고
뺄론드 머리를 흔들더니、
진주같은 눈물방울이
네눈에서 괴여나온다。
가만이 무슨말 한말하고、

1. 서런 듯이 : 서러운 듯이.
2. 바랄고 : 바라보고.

늬는 전나무 가지데를 내게준다。
일어나보면 가지는 안보이고、
고말도 잊어버리였고나。…(서정삽곡 62)…

1. 고말도 : 그 말도.

치운 한밤중에

한밤중이라 치웁고 고즈낙한데、
나는 울면서 숲으로 쏘다닌다。
잠든 나무를 흔들어 깨우면、
저의는 동정하는듯 머리를 흔들흔들한다。 …(서정삽곡 64)…

나의 있는곳마다

나의 있는곳마다
틈없고 츤츤한 어둠이 둘러싼다。
사랑아、네 눈의빛이
내우에 빛나지 않게된 다음부터。

저 고은 사랑별의 금빛 화려함이
내게 없어져 버리였다。
어둠의 쏘가 내발앞에 입버리었다——
나를 삼키랴、끝없는 어둠아! …(서정삽곡 68)…

---

1. 츤츤한 : 침침한.
2. 쏘가 : 소(沼)가.
3. 입버리었다 : 입을 벌리었다.

일어나며 묻는말

아침에 일어나며 묻는말、
내엡븐 사랑이 올가 오늘은?
저녁에 쓸어지며 설은말、
안오는 사람 헐되인 오늘도。

밤이되면 괴로움에
누어 잠못들고 깨여 새인다。
낮이되면 꿈가운대
거반 조을며 나는헤맨다。…(노래 5)…

---

1. 내엡븐 : 내 예쁜.
2. 거반 : 거의.

마음 아조 쓰러질듯

처음엔 마음이 쓰러질듯 도하여
생각기에 견딜상 싶지않더니…
그래도 나는 아모런 견디어왔네——
허나 날다려 묻지는 마소 「어떻게?」냐고。…(노래 14)…

1. 견딜상 : 견딜성.
2. 날다려 : 나에게.

젊은 가슴이 찢어질때에

젊은이 가슴이 찢어나 질때에
우에서 별들이 우슴 웃는다。
저머ㄴ 푸른데서 내려다 보고、
저의는 웃으며 말한다。

「가엾은 사람들은 제마다
마음 다하야 사랑 한다고;
허지만 서로 설엄을 주고
죽도록 괴로워 하고야 마나니。

「저아래 가엾은 사람을

죽도록 괴롭히는 사랑은
우리는 느껴보지 않느니;
그럼으로 우리게 죽음이 없느니라!」 …(노래 17)…

1. 우리게 : 우리에게.

푸른숲으로 다니고싶다

꽃들이 피어나고 새들은 노래하는
푸른 숲으로 나는 돌아다니고 싶다。
언제나 내가 무덤속에 눕는날에는
눈도 귀도 흙으로 덮히어져、
피어나는 꽃인들 볼수있으랴!
우는 새노래인들 들을수나 있으랴! …(노래 21)…

숲가운대로

꿈 꾸는듯한 숲 가운대로
해으름에 돌아다니나니。
네 어여쁜 자취 끊임없이
내 곁에있어 같이 다니노나。

이는 네 하얀 에일이 아니냐?
너의 보드라운 얼골이 아니냐?
아니 그러면 탄넨나무 그늘 새로
새어드는 달빛일뿐 이란 말이냐?

이는 내스사로의 눈물이냐、

---

1. 자취 : 자취.
2. 에일이 : 베일이. 'ㅇ'는 작가의 독특한 외래어 표기로 'ㅂ'의 탁음의 표시임. 알파벳 'V'에 해당하는 표기.
3. 내스사로의 : 내 스스로의.

가벼이 흐르는 소리 들리나니?
아니 그러면, 사랑아, 진실로 네가
내 곁에서 울며 돌아다님이냐? …(예라벤 l)…

나를 사랑는줄이야

늬가 나를 사랑는줄이야 몰랐으랴、
안지도 벌써 오래였지만、
늬입으로 그말을 들은때에는
나는 참으로 놀래였었다。

나는 산으로 뛰어올라가
날뛰며 노래 불렀더니라。
그리다가 해넘어갈 지음에
바다ㅅ가에 가서 울였더니라。

내맘은 저해와 다름도없이

이제 보기에 불타고있을라。
그리하야 사랑의 바다속으로
크고 아름답게 가라앉는다。 …(예라앤ㅣ)…

아름다운 너의 키스에

아름다운 너의 키스에 복스러워져
너의팔에 시름잊고 안기웠을제
너는아여 독일이약을 하지말어라
듣고 있을수가 없단다—그런까닭이 있거든야

바라노니 내게 독일을 들추지말아
고향과 일가 거기사람 사는양을
끝없이 물어 나를 괴롭히지 말아
그런일이 있거든 아—참아 듣는수가 없단다

독일서는 상수리나무 높히 푸르고

---

1. 너는아여 : 너는 아예.
2. 독일이약을 : 독일 이야기를.

파란눈의 안악네들 애처럽게도

사랑과 히망과 신앙에 그리워 한숨진다。

나는 참는수가 없고나—그런일이 있단다。 …(Angelique 5)…

너를 사랑함으로

너를 사랑함으로 너의 얼골을
피해가야 한단다——어쩌아지말아。
고웁게 피어나는 너의얼골과
서름의 내얼골이 어떻게 알맞겠늬?

너를 사랑함으로 이리 파랗게
나의 얼골이 가엾이도 마른단다。
네가 마츰내 나를 미웁게 볼가보아、
나는 너를 피한단다——달리아지말아。

※ 이 작품의 동일한 번역이 이 책 257쪽에 실려 있다. 편집과정에서 빚어진 중복으로 생각된다.

저의 둘은

저의 둘은 사랑서로 깊였으나
서로 그말 아니하려 들였다네。
미운눈치 겉으로는 보였으나
맘은 사랑에 끊이려 하였다네

마츰내는 저의 서로 난호이어
가끔 서로 꿈에 볼뿐이였다네。
저의 둘은 이미 죽어 오래일다。
이렇듯한 서로 맘을 모른대로。 …(귀향 36)…

1. 끊이려 : 끊어지려.
2. 난호이어 : 나뉘어서.
3. 오래일다 : 오래되었다.

남의나라에서

나도 옛날엔 아름다운 모국이 있더니라、
거기에 참나무 높히 자라 오르고、
시르미꽃 고요히 흔들리더니
아— 그는 꿈이였어라。
시악시 나를 입마추며 우리 독일말로
이히 리—베 더히(내 너를 사랑한다)、
그소리 듣기 얼마 좋은지 남이야 알라듸야。
아— 그도 꿈이였어라。 …(他國에서)…

사랑과 미움 미움과 사랑

사랑함과 미워함、미워함과 사랑함、
모든가지 내게로 지내어가나、
그중 하나도 남아있지 아넣고、
나는 원이 그대로 남아있어라。 …(노래 27)…

나는 바다에 잠기어지라

해빛에 넘처 빛나는 바다는
금으로 참말 일운듯 싶어。
너들 형제야 내가 죽거든
저바다에 나를 잠기어다오。

나는 바다를 몹시 사랑하였다。
바다는 부드러운 물결로
여러번 내마음을 싯겨주었다。
우리는 서로 좋은 사이였어라。

산우에 올라서니

산몰랑이에 올라서니
공연이 여러생각 나는고나。
「날르는 새나 되얐더면!」
하는 한숨도 몇천번인지。

내가 제비라도 되얐더면、
네게로 곧 날러가지마는、 내아이야、
그래 보금자리를 지으되、
너의 유리창있는 바로우에다。

내가 나이팅겔이 되얐더면、

1. 산몰랑이 : 산마루.
2. 지으되 : 짓되. 만들되.

네게로 곧 달려가겠지만, 내아기야
그래 노래를 불러들리되,
밤마다 푸른 보리수 우에서

내가 바보새나 되였더면,
나는 네가슴으로 바로 날러가련만;
너는 바보게는 정말 맘좋와,
바보의 아픔을 낫워주는 너아니냐。…(노래 59)…

---

1. 낫워주는 : 낫게 하여 주는.

R·M·릴케詩篇

○

님이 떨어진다 멀리선듯 떨어져
하날우 딴동산이 말라가는듯
否定하는 몸짓으로 떨어진다。

그래 밤이면 무거운 땅은
모도 별새에서 고독가운대로 떨어진다。

우리 다 떨어진다 이손도 떨어지고
다른데를 보라 어디는 그게없나。

그러나 한분이있어 이 떨어짐을

끝없이 부드러이 그손안에 받혀준다。

○

마리아
당신이 우심을――내가압니다
나도 울고싶습니다
당신을 위해
이마를 돌에닿이고
울겠읍니다。

당신의 손은 뜨겁습니다
내가 그아래 鍵盤을 밀어 널수있다면
당신의노래가 하나 남을것을
그러나 時間은 遺言狀도없이 죽습니다。

○

우리의 어머니들은 이미 피로하여서
우리가 (조심스레) 걱정되어 독촉하면
저의는 두손을 늘어트리고
먼데 소리(響)를 믿고있읍니다、
　오— 우리도 꽃피였더니라!

저의가 힌옷으로 가까히가면
우리는 그것을 빨리 찢어버립니다
몬지많은 室內의 光線가운대서、
저의는 그렇게 열심히 애를 쓰면서도
우리의 뜨거운손을

1. 몬지많은 : 먼지 많은.

보지 못합니다——

우리는 당신에게 그들을 가르쳐야됩니다
어머니가 다시 눈을뜨지 않을때에
그러면 그들은 밤에
두줄 하얀 불ㅅ길과같이 올라가오리다。

○

몬저 나는 당신의 庭園이 되고싶습니다
그래 넌출진풀과 花壇으로
당신의 아름다움을 가릴수있으면
당신은 어머니답게 피로하신
미소를 띠우시고 질겨 나를 찾으시리다。

그러나 당신이 가고오실때에
무엇이 함께 거기를 들어옵니다
당신이 힌화단에서 나를 눈ㅅ짓하실때에
그것은 붉은화단에서 소리쳐 나를부릅니다。

---

1. 몬저 : 먼저. 방언임.
2. 넌출진풀과 : 넝쿨진 풀과. '넌출'은 길게 뻗어 나가 너덜너덜 늘어진 식물의 줄기임.
3. 질겨 : 즐겨. '질기다'는 방언임.
4. 힌화단에서 : 하얀 화단에서.

○

보시옵소서 우리의날은 이리좁고
밤의 침실에는 불안이 있읍니다
우리는모도 붉은장미를 바라고
변함없이 손을 내여밉니다。

마리아께서는 우리게 자비로우서야해요
당신의 피속에서 피어난우리
당신이 아니시면 누가 알겠읍니까
동경이 얼마나 마음아픈것인가를、

참말 소녀의 가슴의 이러한아픔을

---

1. 이리좁고 : 이렇게 좁고.
2. 내여밉니다 : 내밉니다.
3. 자비로우서야해요 : 자비로우셔야 해요.

당신은 몸소 지나보셨읍니다

성탄매의 눈과 다름없는 이마음은

그러나 원통 불타고있읍니다。——

○

우리게 무슨일이 일어나게 하시옵소서!
보시오 우리가 얼마나 생활을바라고 떨고있는가。
우리는 높이 오르고저 하나이다。
光輝와같이 노래와같이。

○

많은것에서 意味가 우리게 남었읍니다。
特히 부드러운것과 아담한것에는
우리는 약간 아는것이 있읍니다
남모르는 그 정원이라든가
잠든아래 밀어넣주는
우단 벼개라든가
迷惑시키는 애정을가자고
우리를 사랑하는 그무엇이라든가
그러나 많은말슴은 그의미로부터
이 세계로부터 달아나서

---

1. 밀어넣주는 : 밀어 넣어 주는.
2. 우단 : 벨벳.

당신의 玉座의 周圍에
올라가는 音階를 싸듯이
귀 기울이며 둘러쌓습니다
어머니 마리아여
당신의 아들은
그걸보고(말슴) 웃고있읍니다
당신의 아들을 보시옵소서

英國詩篇

創造

웡 슨

나는 저 거특한 노래 하는 종달이를 부러않는다
오 엡븐 색시야 흠없이 일운 너의 고음도。
아마 으뜸되는 福은 내것일라
귀로 듯고 눈으로 보느니。

그의 재조로 종달이와 너를 지으신
헤아릴수 없는 造物主의 기쁨
이것을、혹은 이와 같은 기쁨을 바로 말하면
나는 쉬임없이 求한단다

1. 거륵한 : 거룩한.
2. 부러않는다 : 부러워 않는다.
3. 엡븐 : 예쁜.
4. 일운 : 이룬.
5. 듯고 : 듣고.
6. 재조로 : 재주로.

사랑 못받는이가 그의 사랑하는이에게

월렴·알렉산더·퍼ㅣ시

내가 알데바란星座를 따내려오고
일곱별로 네머리를 꾸민대도
너의 美에 타오름을 더하지 못할게요
너의 태도에 별갈이 찬기운을 주지 못하리라

눈에 뵈는 모래우에 죽엄을 앞세우고
무서운 불길을 헤쳐 간다 하드라도
나는 이보다 미칠듯이 더헐되이
네게로 몸을 돌려 손짓지는 안하리라

羊을부르소

뻰 오

양을 부르소 山으로 부르소、
히더 자란데로 양을 부르소、
시내ㅅ둑으로 양을 부르소
내엡븐 내사랑아。

들으소 벅국새 저녁노래가
클론더 숲에서 울리어나네
자ㅣ그럼 팔결고 걸어가자구
내엡븐 내사랑아。

---

1. 히더 : 식물 이름.
2. 네엡븐 : 네 예쁜.
3. 벅국새 : 뻐꾹새.
4. 팔결고 : 팔짱 끼고.

시내를 딸아 걸어가자구
달그리매 딸아 달게흐르는
맑은 물결우에 오리나무
　가지를 널리 벋은아래로。

저건너 클론더의 고요한塔
거기 한밤중 달빛아래는
이슬에 젖은 꽃닢새 우에서
　仙女들이 즐거운 춤을춘다。

귀신 독갑이 무설것없지
사랑과 하날의 고임받으니
긎인것 하나 네게못오지
　내엡븐 내사랑아。

---

1. 벋은아래로 : 뻗은 아래로.
2. 독갑이 : 도깨비. '도까비'가 전남방언임.

너는 그대지 고웁고 사랑스러
내맘을 그만 훔쳐갔고나
죽기는 쉬어도 놓기는 어려
내엡븐 내사랑아。

일홈

W·S·랜도ㅣ

나는 잘 기억한다 그대 웃으시든양
바다 연한 모래우에 그대일홈 쓰든 나보고
「오ㅣ 어린애갈은!
돌우에다 새기는 줄로아네!」

그로부터 나는 조수도 씻어갈수없고
아즉 낳지않은 사람도 바다건너 알아보고
아이안역ㅣ의 일홈 다시 찾을수있게
그대일홈 써놓았네

七十五歲 誕日에

랜도ㅣ

애쓸값[1] 있는것 없으매 나는 애쓰지 않았네
自然을 다만 사랑했고 다음으론 예술……
생명의 불앞에 두손 쪼이다가
그불꺼지니 나는 떠날차비 차렸네。

1. 애쓸값 : 애쓸 가치.

자랑말슴

랜도ㅣ

일즉이 자랑말슴 해본적없는 그대로도
다음 어느날 이 「네말슴」 말할적에
눈물젖은 더운뺨 한손우에 얹으시고
나의책 펴논우에 말슴하리
「이」 「사람이」 「나」를 「사랑했다」——하고는
일어나 살작 나가시리

로ㅣ쓰에일머

랜도ㅣ

아ㅣ 무얼하리 임군의 겨레!
아ㅣ 다시없는 고은 양자!
곧은 마음 닭은 행동
로ㅣ쓰 에일머 이모도 그대 갖었던것

잠못일운 이눈으로
우는수 있으나 보는수없는 로ㅣ쓰 에일머
추억과 한숨의 하로밤을
나는 그대에게 받히노라

1. 이모도 : 이 모두. '모도'는 전남방언임.
2. 잠못일운 : 잠 못 이룬.
3. 하로밤을 : 하룻밤을.

仙女의 노래

쫀·키ㅣㅌ스

눈물 짓지마　눈물 짓지마
꽃은 새해에　다시 피려니
우름 그치어　우름 그치어
뿌리 힌속에　새엄은 자느니
서름 거두어　서름 거두어
가슴의 멜로듸　재이는 수를
나는 하눌서　배화서 아느니
　눈물 짓지 말아
고개 처들어　고개 처들어

1. 힌속에 : 하얀 속에.
2. 새엄은 : 새 움은.
3. 재이는 : 재는.
4. 하눌서 : 하늘에서. '하눌'은 전남방언임.
5. 배화서 : 배워서.

하얗고 붉은 꽃들 가운대
보아라 보아 나는 나래쳐
석뉴 나무 새가지 우에서。
나를 보아라 나의이 은부리
착한이 맘을 낫워 준단다。
눈물 짓지마 눈물 짓지마
꽃은 새해에 피기도 하려니
아더유 아더유 나는 날아가 아더유
하날 푸른속에 나는 사라저
아더유 아더유

---

1. 석뉴 : 석류.
2. 낫워 : 낫게 해.
3. 아디유 : adieu. 불어로 작별의 말.

나이팅게일 의詩

쫀·키ㅣㅌ스

내가슴 쑤셔알프고 조름갈은 마비가 나의 감관을 괴롭히여라。
조금전에 헴록의 독약을 타마셨거나、
아편의 마약을 잔바닥까지 기울이고、
저승으로 가라앉어 가기나 하는듯이、
이도 너의 행운을 새워서는 아니어라
도로혀 너의행복에 나도넘우 행복되어——
너는 가벼운 나래가진 나무의 요정
Beech 푸른나무아래 소리 조이 울리는곳
헤일수 없는 그늘아래
어려움없이 왼목으로 여름을 노래하고 있느니。

---

1. 쑤셔알프고 : 쑤셔 아프고.
2. 조름같은 : 졸음 같은.
3. 도로혀 : 도리어.
4. 나도넘우 : 나도 너무.
5. 나래가진 : 날개 가진.
6. beech : beechen green. 너도밤나무
7. 조이 : 좋게.
8. 왼목으로 : 온 목으로.

오ㅣ 한잔의 포도술이나마!
깊히패인 굴속에 오래동안 채여두어서
여러꽃들과 전원의 푸른것들
춤과 사랑의 노래와 해에껼은 질거움의 내음나는。
오ㅣ 다순남방의 미주 가득채운 큰잔을!
확근 붉은 진정한 신선의술
구슬진 방울이 가장(자리)에 복금거리고
자주빛 얼핏한 시울、
나는 그를마시고 보이지않게 이세상을 떠나
어두운 숲속으로 너를딸아 사라지리。

멀리 사라져 사그라져 아조잊으리
입사귀새에 너는 알아보지도 못한것을
이세상의 고달품 괴로움과 시들림、

---

1. 해에껼은 : 해에 그을린. sun burnt.
2. 질거움의 : 즐거움의. '질거움'은 전남방언임.
3. 다순남방의 : 따뜻한 남방의.
4. 미주 : 아름다운 술. 맛있는 술.
5. 복금거리고 : 뻐끔거리고.
6. 자주빛 얼핏한 시울 : 푸르스름하게 보이는 입술. purple-stained mouth. 자줏빛으로 얼룩진 입술. 여기서는 술잔 가장자리에 붉은 포도주가 묻어 있는 것을 비유.
7. 아조잊으리 : 아주 잊으리. '아조'는 전남방언임.
8. 입사귀새에 : 잎사귀 사이에.
9. 고달품 : 고달픔
10. 시들림 : 시달림.

여기 사람들 서로 앓는소리를 앉어듯고
늙은이들 몇카락안되는 슬픈 흰머리를 흔들고
여기 젊은이들 새파래지고 귀신같이 마르다 죽어가고
여기서 생각는것이란 슬픔과
눈 흐릿한 절망에 싸이는것
아름다움도 그의 빛나는눈을 오래 지니지 못하야
새로운 사랑도 내일을 지나서는 그눈을 기리지 못하느니。

멀리 멀리 나는 네게로 날러가리라、
표범이 끄으는 바카스의 수레를 아니타고
보이지않는 시의 날개에 실리어
비록 무딘머리 길잃고 허댈지라도。
벌서 네게왔고나! 밤은 보드럽고
아마 달의여왕은 그옥좌에 나앉어

---

1. 앉어듯고 : 앉아 듣고.
2. 싸이는것 : 쌓이는 것.
3. 기리지 : 그리지
4. 바카스 : 박카스. 로마신화의 술의 신, 희랍신화에서는 디오니소스.
5. 허댈지라도 : 허둥댈지라도.

별의 선녀들로 모도 둘러싸이어
허나 여기는 다만 어두어
나무그늘과 휘돌은 이끼덮힌 길사이로
미풍에불려 하날로서 나려온빛이 아렴풋 하기만。

나는 뵈지도않느니 내발아래 무슨꽃이 있는지
가지에는 무슨 부드러운 향기가 걸렸는지
허지만 향기품은 어둠속에 나는、
철맞은달이、 풀과 떨기와 들ㅅ과일나무와
하얀 산사자와 牧歌같은 찔레꽃과
잎사귀에 싸인 사라지기 쉬운 시르미꽃
오월 가운대의 맛아기
이슬방울 가득한 피어나올 사향장미
여름 해으름에 날버레 잉잉거리는곳에

---

1. 떨기 : 풀이나 나무의 한 뿌리에서 여러 줄기가 나와 더부룩하게 된 그 전체.
2. 날버레 : 날벌레.
3. 시르미꽃 : 제비꽃
4. 맛아기 : 맏아기.

나려준 가즌향기를 짐작하느니。
어두어가며 나는 듯노니
평안한 죽엄을 내 그리워
가만한 여러노래에 좋은 일홈으로 그를부르고
나의 가는 숨길을 가져가 달라고 바람이 몇차례든고
이제 더욱이 죽엄이 좋아보여라
한밤중에 괴롬도없이 사라져버리기
한편에 너는 이렇듯 황홀한 기쁨에
너의마음을 널리 쏟아치고 있는사이에
너는 오히려 끝지않고 노래하려니、 내귀는 헐것이 되려니——
너의 넋재우는 높은노래에도 나는 한덩이 흙이려니。
너는 죽기로 태여나지 않았으리 죽엄모르는새야!

1. 가즌향기를 : 갖은 향기를.
2. 죽엄을 : 죽음을.
3. 일홈으로 : 이름으로.
4. 쏟아치고 : 쏟아지고.
5. 헐것이 : 헛것이.
6. 넋재우는 노래 : 진혼곡.

모든것 먹는 시간도 너를 짓밟지 못하려니•
이한밤에 내가듯는 저소리는 옛날에
임금과 백성들 귀에도 들렸으리•
아마도 그 바로 그소리가 고향이 그리워
눈물에 젖어 타국 밭이랑에 서있든
루ㅣᄯᅳ의 가슴에도 울렸으리
같은 이 노래가 몇번이나
마술의집에 갇히여 물버큼이는 험한바다로 열린창에
기대선 이를 질거이했든고 이세상아닌 아득한 나라에서

「아득한」! 이한마디 말슴이 종소리같이
나를울려 나의 외로움으로 돌려가거니
아더유! 공상은 사람속이는 요정이라고
이름높더라만 그도 그렇지 못한것이

1. 루ᄯᅳ : 구약성서 창세기에 나오는 룻(Ruth). 모압(Moab)의 여인으로 보아스와 결혼하여 다윗왕의 선조가 됨.
2. 물버큼이는 : 물거품 이는. '버큼'은 전남방언임.
3. 질거이했든고 : 즐겁게 했던고.

아디유! 아디유! 그슬픈 노래가락은 사라저
가까운 목장을지나 고요한 흐름을건너
산 비탈로 올라 이제는 저건너 골잭이그늘에
깊히 파묻히였느니
이것이 무엇을 헐보든거나? 깨여보는 꿈이든거나?
그음악 사라져버리니——나는깨인거나, 조으는거나?

薔薇의時節

토마스·후—드

겨울철이 아니였더라
우리사랑이 벌려졌을땐
장미꽃 한창 필때되어서——
우리는 지날ㅅ결에 그를 꺾었었다.

상스러운 季節은
우리 이른사랑우에 이마ㅅ살 찌푸리지 않았다
아니다—세상은 꽃으로
새로이 관을쓰고 우리처음 맞났을때

---

1. 지날ㅅ결에 : 지나는 결에.
2. 이른사랑우에 : 이른 사랑 위에.

해가 저믈어서 내가네게 작별하면
너는 새로 나를 꼭 붙드더니
장미꽃 한창 필때여서—
우리가 지날ㅅ결에 그를 꺾였었다

1. 붙드더니 : 붙들더니.

葡萄牙人의 소넽 中 第十四

브라우닝夫人

나를 사랑하얀다면 다만 사랑을 위한밖에
다른 무엇이 있을세라 없을것이 이런말슴.—
「내가 저를 사랑하긴 저의웃음……저의외양……
그 말할제 순한태도……쌈박한 어느생각
나와 언듯 서로맞어 내게 기쁨 줘서」 라고—
이러한 것들이란 스사로도 변하려든
그렇지 않드래도 그대눈에 다르려든
일로 맺인 사랑이란 일로 풀려지려니
내불상한 뺨의눈물 씻어 말리려는
그대 귀하신 자비로 날사랑 하올세라

1. 사랑하얀다면 : 사랑해야한다면.
2. 이런말슴 : 이런 말씀.
3. 쌈박한 : 산뜻한. 시원한. '쌈빡'이 전남방언임.
4. 스사로도 : 스스로도.
5. 맺인 : 맺힌.
6. 내불상한 : 내 불쌍한.

그대慰勞 오래받어 울기잊은 그사람은
그로하여 그대사랑 돌오잃고 말으리
사랑의 영원으로 언제까지 더욱 사랑해
나아가게 다만 사랑을 위하야만 나를 사랑하소

1. 울기잊은 : 울기를 잊은.
2. 돌오잃고 : 도로 잃고.

지나가버린날

A·테니슨

눈물、하염없는 눈물、스사로 연고 모르고、
거룩한 절망의 깊은데서 나온눈물、
가슴에 솟아올라 눈에와 고이나니;
복스런 가을의 들을 내여다보며、
지나가버린 날들을 생각노라니。

산듯하기 저아래 세상에서 벗들 실고오는
배의 돛폭에 번적이는 첫노을갈고、
설어웁기 우리사랑을 모도실고 水平線아래로
나려가는 돛폭에 마즈막 붉은 해빛갈이;

※ 원제목은 「Tears, Idle Tears」
1. 스사로 : 스스로.
2. 산듯하기 : 산뜻하기.
3. 설어웁기 : 서럽기.

그리 설고 산듯해라、 지나가버린 날들이여。

아 설고 야릇하기 어둑한 여름 새벽에
죽어가는 사람의눈에 밝아오는 유리창
환한 네모로 뵈어올제、 그의귀에
깨어나는 새들의 첫우름소리 들림같이;
그리 설고 야릇해라 지나가버린 날들이여。

사랑옵기、 그이의 죽은다음 기억에남은 키쓰같이、
달금하기、 보람없는 공상에서 다른이게 돌아간
입술을 기림같이; 깊으기 사랑같고
첫사랑 같이 깊고、 모든 뉘우침에 뒤거칠어;
오 삶가운데 죽엄이여 지나가 버린 날들이여。

1. 첫우름소리 : 첫 울음소리.
2. 사랑옵기 : 사랑스럽기.
3. 달금하기 : 달콤하기.
4. 깊으기 : 깊기.
5. 뉘우침에 뒤거칠어 : 뉘우침으로 거칠어진. Deep as first love, and wild with all regret의 의역.

○

테니슨

깨여 깨여 깨여져라
너의 회색 바회우에[1] 바다야!
마음가운대 일어나는 생각을
나의해가 말할수만 있었으면 바란다

고기잡이 사내아이는 참좋으리라
저의누의와 작난하며 소리치느니
사공된 젊은이도 참좋으리라
뒷개안[2] 배를타고 노래들 부르느니

※ 원제목은 「Break, Break, Break」.
1. 바회우에 : 바위 위에.
2. 뒷개안 : 뒷개(포구)안

그리고 점잔은 큰배들은
저산아래 항구로 나가고있다
오 사랑온손의 한번 만짐이며
사라진 목소리의 한마디가 그립고나

깨여 깨여 깨여져라
너의 바회 뿌리에와、바다야!
허나 이미 죽은날의 부드러운 慈悲야
내게다시 돌아올수 없겠고나

1. 사랑온손의 : 사라져간 손의 오식으로 생각되는 부분. But O for the touch of a vanished hand.
2. 바회 : 바위.
3. 뿌리에와 : 발치에 와, At the foot of thy crags, O sea!

『피파가 지나가다』에서

로벌·브라우닝

해는 봄이오
날은 아침
아침은 일곱시
어덕에 이슬은 구슬되고
종달이 떠오르고
달팽이 가시에 오르고
하나님 하날에 게시니
세상에 아모일도 없다

1. 어덕에 : 언덕에.
2. 하날에 : 하늘에.

原題未詳

에밀리·브론티

싸늘하게 땅속에——눈은 깊히 네우에 싸인데
멀리멀리 떨어져——처량한 무덤속 싸늘하게! 누은가
모든것을 난호는때의 물결에 마츰내 난호여져
내가 잊었을게냐 너를 사랑하기를 나의 왼 사랑아?

이제 호올로 있으면 내생각이
히ㅣ드꽃과 양치잎이 덮어있는곳에 날개를 쉬어가며
너의 귀하신 마음을 아조 영원이
저 북쪽바다ㅅ가 저산우으로 날아다니지 아니할게냐?

---

1. 原題未詳 : 「Remembrance」, 초고로 남은 것을 편집과정에서 이렇게 한듯 함.
2. 누은가 : 누웠는가.
3. 난호여져 : 나누어져.
4. 왼 사랑아? : 온 사랑아?
5. 호올로 : 홀로.

싸늘하게 땅속에 벌서 열다섯번 섯달이
그곳 뒷산에서 나려와 녹아서 봄이되였다
진실로 나쁘다——이 기억하는 넋이는
변화와 괴롬의 이러한 해를 지나고!

젊은날에 헤옵든사랑아 용서하라 내가 너를 잊었거든
세상의 물결이 나를 쓸어나가는 동안에
다른요구와 히망이 나를 둘러쌓였을제도
그 히망이 너를 가렸을지언정 너를 그릇치지는 못했다

그뒤에 다른빛이 내하늘을 비최지못하고
두번 새로운 아침이 내게 빛나지 못했다
내생명의 모든기쁨이 네귀한 생명에서 받아지더니
내생명의 모든행복이 너와한가지 그무덤속에있다

---

1. 넋이는 : 넋은.
2. 헤옵든사랑아 : 헤아리든 사랑아. 그리든 사랑아. 이 구절에 해당하는 원시(原詩)는 Sweet Love of youth로, 젊은날의 달콤한 사랑을 의역한 듯.

금빛 꿈의시절이 깨어지고 절망조차 때려부시는 힘을 잃었을제
나는 배웠다 질김의 도움이없이 생명을 길우어가고 먹여가고 힘돋아갈것을
그때에 나는 쓸데없는 정열의눈물을 그치고
너를 그려태움에서 내젊은 넋이를 떼어내고
너를딸아 이미 내것아닌 무덤으로
나려가려는 타이는 욕망을 굳게 끊었다

지금ㅅ것도 나는 차마 기리는맘을 품지못하게한다
지나간 기억의 황홀스런 아픔에 잠기지 못한다
저 거룩한 괴로움을 한번 깊히 마신다음에
내 어찌 다시 이뷔인 세상것을 구할수 있으랴

---

1. 질김의 : 즐거움의.
2. 넋이를 : 넋을.
3. 타이는 욕망 : 타오른 욕망, burning wish.
4. 너를딸아 : 너를 따라.
5. 이뷔인 : 이 빈.

To Marguerite

M·아ー놀드

오냐! 인생의 바다가운대 섬이되어
소리울리는 좁은물ㅅ길 우리의 새에두고
가이없는 물의세상 군데군데 뛰어박여
우리 수없는 사람들은 외로이 산다。

※ 메튜아놀드(Matthew Arnold)의 시 「To Maguerite」 중의 제1연 4행까지만 번역됨.

1. 뛰어박여 : 뛰어 박혀.

생일

C·G·로쎗티

물오른 가지우에 깃드리어
노래하는 새와같은 내마음;
열매가득 맺어 가지 휘어진
참ㅣ한사과 나무같은 내마음;
고즈낙한 바다속을 나도는
무지개빛 자개같은 내마음
모든 이것보다 한결더기빠라
내사랑이 내게오셨나니。
은빛 여호털로 높은자리 베풀고

---

1. 고즈낙한 : 고즈넉한.
2. 무지개빛 자개 : 무지개빛이 나는 조개.
3. 여호털로 : 여우털로.

자지빛 아롱비단 앒을드리라
거기 아로새기라 비달기와석뉴
백개의눈이있는 공작의 날개를
금과은으로 포도닢과 열매를
힌빛으로 창포꽃을 새겨넣으라
내생명의 생일이 되였느니
내사랑이 내게 오셨느니。

---

1. 비달기와석뉴 : 비둘기와 석류.
2. 힌빛으로 : 하얀 빛으로.

노래

C·G·로셋티

피어나는 청춘에는 장미화를、
다 일워진 한창에는 월게수를；
내차례는 담장이 한가지 꺾소
제때 되지아냐! 미리 늙었으니。

젊은이의 무덤에는 시르미꽃、
한창때 가신이겐 월게화를；
내게 드릴것은 마른입사귀라
일즉이 손소 걷워 두었느니。

1. 일워진 : 이루어진.
2. 가신이겐 : 가신 이에겐.
3. 손소 : 손수. '손소'는 전남방언임.
4. 걷워 두었느니 : 거두어 두었으니.

두 번

C·G·로쎗티

나는손에 내마음 내어들고
(내사랑 오ㅣ내사랑아)、
말하기를…나는그대 마음대로
살리시든 죽이시든、
이한번은 내말슴 들어주오
(내사랑 오ㅣ내사랑아)——
그러나 어려울손 여자의말;
그대말슴 하였어야 옳은것을。
그대손에 내마음 집어들고

다정한듯 웃으시며、
매운눈에 자상이 살펴보고、
이를내려 놓으시며、
말슴하길…아즉더을 익였으니
좀기달려 좋으리다；
종다리 노래할새 가만있다、
들곡식 누를때를 기다리오。

그대 내려놀제 이마음 깨어졌오、
허나 나는 놀라잖고；
그대의 모든말슴 하신대답
우슴짓고 들었으나…
그담부터 나는별로 웃지않고、
무를말도 드믈었오、

---

1. 자상이 : 자세히.
2. 말슴하길 : 말씀하길.
3. 아즉더을 : 아직 덜.
4. 우슴짓고 : 웃음 짓고.
5. 무를말도 : 물을 말도.

발고랑에 피인꽃도 돌보잖고、
새소리딸아 노래도 아니했오。

나는손에 내마음 내어들고
하나님 오 내하나님、
깨어진 내마음을 손에들고…
당신이 보셨으니 판단하옵소서。
내히망은 모래우에 씨웠든것、
하나님 오 내하나님…
당신의 판단을 이제 내리소서、
이제 나를 재판하옵소서。

이는 한사람의 없이녀김받어、
돌봄없는 하로날에 다쳤나니、

1. 새소리딸아 : 새소리 따라.
2. 내히망은 : 내 희망은.
3. 씨웠든 것 : 세웠던 것. '씨우다'는 전남방언임.
4. 하로날에 : 하룻날에.

이마음 당신손에 드시옵고
　안팟없이 살피소서…
이의金을 불로 다스리시고
　찌꺽이를 녹여내옵소서——
차라리 당신손에 잡어두사、
　아모도 못가지게 하옵소서

나는 손에 내마음 내어들고——
　나는 죽지않고 살으리다——
당신이 이런대로 불렀으니、
　당신앞에 나와 셨나이다…
내가진것 남김없이 가져오고、
　옴시런이 나를 바칩니다、
그대「여」 웃으시면 나는 노래하오리다、

---

1. 안팟없이 : 안팎 없이.
2. 찌꺽이를 : 찌꺼기를.
3. 옴시런이 : 고스란히. 전남방언으로 '옴쓰라기', '옴쓰락허니', '옴쓰레기', '옴씨락' 등이 쓰임.

그러나 많은일을 알려들지 않으리다。

노래

C·G·로셋티

내가 죽거드란 사랑하는이여、
나를위해 설언노래 하지마오;
내머리말에 장미화 심지말고
그늘깊은 전나무도 세지마오;
비도맞고 밤이슬에 흠신젖어
푸른풀자라 내우에 덮게하오…
그런다음 안잊히건 잊지말고
잊어지면 잊는다 어떠하리。
나는 나무그늘 볼수없을게오

---

1. 죽거드란 : 죽거들랑.
2. 설언노래 : 서러운 노래.
3. 흠신젖어 : 충분히 젖어. 많이 젖어. 전남방언으로 '흡신', '흠벅', '흠뻑'이 있음.
4. 안잊히건 : 안 잊혀지거든.

비오는줄 아지도 못하려니
쉬지않고 괴로운듯 노래하는
밤쐬꼬리 노래도 못들으리
더어두음 밝음없이 한양같은
어슨밝음 꿈속으로 지나갈제
어찌하면 이세상일 안잊히리
어찌하면 아조잊어 모르오리。

---

1. 아지도 : 알지도.
2. 한양 : 항상. 늘. 노상.

헐보임

C·G·로ᅁᅦᆺ티

내가보든 히망이란 꿈이였네
다만한낮 꿈이였네、이제깨어보니
할수없이 외로웁고 늙고 페로웠네
한낮 꿈을 말미암아。

나는 나의 거문고를 나무끝에거네
호수가에 울고섰는 버드나무、
비틀려 줄끊어져 소리없는 내거문고
한낮 꿈을 말미암아

1. 페로웠네 : 미상, 괘로웠네의 오식으로 생각됨.

가만 가만있어 깨어지는 내마음아、
말없는 내마음아 가만히 깨지거라
삶과세상 내몸까지 아조 달라졌다
한낮 꿈을 말미암아。

다름질노래

C·G·로 쎗 티

우리 깨지않아 자는때에、
해는 바다에서 뛰어올라
—해빛이 그뛰염에 생겨나고!—
빠르고 자유롭고 힘에넘쳐、
왼통 바다에 매깜으려 속태인다。

우리 작난치고 노닐적에
—한해가 한양 오월이라면!—
바람은 가까이와 지나간다
따으로지나、 바다를지나、

1. 그뛰염에 : 그 뛰움에.
2. 매깜으려 : 멱감으러.
3. 따으로지나 : 땅으로 지나.

그의갈곳 어대런지 그곳항하야
이제 때되엿다、다일어나、
바라뵈는 상품으로 달려가자、
──해도 달리고 바람도 달리고
우리는 힘잇고 자유롭고、
갈곳은 별과바다넘어 멀리란다。

1. 그곳항하야 : 그곳 향하여.

○

C·G·로셋티

젊은 사랑이 잠들어누어
일년에도 오월달에
나리꽃들 속에
부드런 빛에싸여
흰 양들 풀뜯으러와
흰 비닭이는 집지으러와
그의 둘레에는
산마자 떨기히다
부드런 이끼는

1. 잠들어누나 : 잠들었구나.
2. 힌 양들 : 흰 양들.
3. 비닭이는 : 비둘기는.
4. 산마자 : 산마저.
5. 떨기히다 : 미상.

더 연한 뺨의벼개
넓은 잎사귀들
무거운눈에 그림자더지고
바람과 물도
달래여져 소리못하고
어스름한빛이 거기
하날에서 가장오래 머뭇거린다

젊은사랑은 꿈보며누어
그러나 그꿈이약을 누가하리
바삭이는 숲풀끝에
온전한 해ㅅ빛인가
졸졸하는 시내우에
온전한 달빛인가

---

1. 그림자더지고 : 그림자 던지고.
2. 달래여져 : 달래어서.
3. 그꿈이약을 : 그 꿈이야기를. '이약'은 전남방언임.

그리운 입술의 노래인가

조름오는 공기를채워
香料 그의가에타고
조용한 딴스는
그를둘러 이리저리짠다

1. 그의가에타고 : 그의 가에서 타고.

나그내노래

R·L·스티븐슨

아침의 새노래와 저녁에는 별빛으로
네게 기쁜 眞珠핀과 작난감을 꾸며주마
바다의 푸른날과 숲속의 초록날로
알맞인 너와 나의 宮殿을 지으리라

江물 희게 흘러가고 꽃들 곱게 피인곳에
우리의 부억간과 너의방을 맨들리니
아침에 오는비와 밤에나린 이슬로서
너의 빨래 헹겨빨고 네몸맑게 싳으렴아

---

1. 희게 : 하얗게.
2. 부억간과 : 부엌간과.
3. 맨들리니 : 만들리니. '맨들다'는 전남방언임.
4. 밤에나린 : 밤에 내린.
5. 헹겨빨고 : 헹궈 빨고.
6. 싳으렴아 : 씻으려마. '싳다'는 전남방언임.

다음은 다른사람 없을적에 우리노래
내 혼자 알고있어 너만혼자 좋아하는
듯기 참훌륭하고 부르기에 기쁜노래
멀리 뻗힌 한길가에 길가에 모닥불로

1. 듯기 : 듣기.

노래

G·메리디쓰

사랑하는이 가슴속에 사랑은
서녁하늘 장경성같이 탄다
해의 타고 남은 재우에서
그날과 그밤이 다지나도록。
새벽이 저의 수레 몰아올제는
보라! 저는 빛난 샛별되는구나
사랑아! 네사랑이 내우에 쏟아짐이
포도넌출우에 해ㅅ빛같고
끌자기에 눈녹은물 나림같고
높이 단 돛(帆)에 바다바람같다。

---

1. 장경성 : 샛별. 금성.
2. 나림같고 : 내리는 것 같고.

새입에서 흐르는 노래같이
내입술우에 네일홈 안떠나노나
장미꽃우에 이슬방울같이
네맘속에서 내 정열은 빛나고
종달새 하눌로 치다름같이
나는 네가슴으로 날아닷노나
바다에서온 소라자개같이
나는언제나 너를 노래부르리라。

1. 네일홈 : 네 이름.
2. 하눌로 : 하늘로. '하눌'은 전남방언임.
3. 날아닷노나 : 날아 닿누나.
4. 소라자개 : 소라조개

나의사랑

G·메리디드

다람쥐같이 수집고 제비같이 날래여
강물에 비최인 제 날개에 마조치려
재조넘어 물차는 제비같이 날래여
날때보다 머물을때 저는 더 날래보이나니。
솔나무 끝에 뛰어다니는 다람쥐같이 수집어。
해질때 공중에 나는 제비같이 날래여。
내가 사랑하는 저는 이겨 잡기 어려워라。
어려워、아、그러나 저를 잡는날의 그 영광이여!
해돋이에 한숨쉬며 어린아기같이 빛을찾어、

1. 수집고 : 수줍고.
2. 비최인 : 비추인.

꿈에서 풀려온눈 창으로 돌리는때、
저는 고아보인다 흐르는 물ㅅ가의 그윽한곳에
피어나온 한송이 수련화 흰꽃같이。
五月나무가지같이 고은 제가 목에서 발목까지
잠옷 느려입고 자리에서 일어나는때、
저는 고아보인다 뒤란에 높히자란 백합화
밤에서 갖깨어나 낮을 맞어 찬란함같이。

이슬의 어머니 검은 눈섭드린 새벽、
골ㅅ작이 우의 언덕에 눈 내리깔은 새벽、
너의 가슴안에 나르는 『이슬반긴』 종달새노래
이슬ㅅ방울이 내는 목소리인듯 맑은 그노래。
밝안 장미빛 빛잃은 별을 마시는 곳에숨어、
그는 분수의 물ㅅ바래 함ㅅ북 쏟아 풍긴다。

---

1. 고은 : 고운.
2. 갖깨어나 : 갓깨어나.
3. 눈썹드린 : 눈썹 들인.
4. 골ㅅ작이 우의 : 골짜기 위의. 전남방언으로 '골작', '골짜기', '골창' 등이 있음.
5. 밝안 : 빨간.
6. 물ㅅ바래 : 물보라.
7. 함ㅅ북 : 함뿍.

듯고싶은 내사랑의 우슴소리、나는 바란다 제가언제나
새벽의 이슬같이 꽃우에 종달이같이 시원하기를。

(이것은 메리더듸의 Love In The Valley 의 連作中 第二 第九 第十章이다)

『골안의 사랑』에서

G·메리디드

저건너 푸른풀발에 따로선 비취나무아래
저의 금빛머리를 팔로괴이고 저는누었네
무릎은 흩어지고 머리칼은 無聊히 흔들리며
나의 젊은사랑이 나무그늘에서 자고있네
내가 제의몸아래로 한팔을 밀어넣어서
저의허리 가만히 껴안으며 벌린입술에 입마추면
놀라깨어 저는 나를 안고야말리
그리고는 나를붙들고 못가게 할려나?

1. 비취나무 : 너도 밤나무. beech tree.
2. 팔로괴이고 : 팔로 괴고.
3. 저는누었네 : 저는 누웠네.

○

G·메리디뜨

우리는 공중에모여드는 제비를보았다
채버들 덮힌섬에 저의소리를 들었다
우리는 여름의 질거움을 부러 돌아다볼것도 없고
빛나는색갈의 여름을 내어다볼것도 없었다
다만 해으름 大地의 壯嚴가운데
우리가 나란이서 걸어갈제 우리靈은 커어졌다
저의 남편되고 나의 색시되든 그때。
人類에게 많은것을 빼앗어간 사랑이 우리의 가난한때를 이리 축복하다니!
해의 巡禮者(燕)는 떼지어 지꺼림에
대단 소리높아 지였다 그때에

---

1. 부러 : 일부러
2. 해으름 : 해거름. 대표적인 전남방언임. 해가 서쪽으로 기울어질 때.
3. 지꺼림에 : 지껄임에

아조 충충한 구름짱이 서쪽에서 와서
빛여윈 피갈이 우리 붉은구름까지 떠어졌다
우리게서 不滅의 여러것을 빼앗어간 사랑이
이 조그만瞬間을 慈悲롭게도 주었다
이제까지도 나는 으슴푸레한 물결새로
白鳥가 제새끼를 그날개밑에 안고감을 본다。

1. 구름짱이 : 구름장이. '구름장'은 넓게 퍼진 두꺼운 구름덩이를 말함.
2. 으슴푸레한 : 어슴푸레한.
3. 물결새로 : 물결 사이로.

나이팅게일

R·브리지스

너의 살다나온 산들은 아름다우려니
네가 노래배화온 시내ㅅ물은 기름진 골ㅅ작에서 빛나려니
별빛에 잠긴 그수풀 어드메뇨
그곳 仙境에 한해라두고 피는 꽃사이로 나는 돌아다니고 싶으다。

아니라 그산들 매마르고 시내는 바텃다
우리 노래는 우리꿈을 안떠나는 欲望의 말소리요 마음의 괴롬이라
그 마음속 흐릿한 憧憬과 이룰ㅅ길없는 머언 히망은
사라지는 음률과 긴 한숨 아모런 우리 재조로도 나타낼수없느니。

---

1. 노래배화온 : 노래 배워온.
2. 골ㅅ작에서 : 골짜기에서. 전남방언으로 '골짝', '골짜기', '골창' 등이 있음.
3. 어드메뇨 : 어느 곳이냐. '어드메'는 어느 곳, 어디의 옛말임.
4. 바텃다 : 밭았다. 바싹 졸아서 말라 붙다.

다만 흘려듯는 사람의 귀에 우리검은 밤의 비밀을 소리높히 쏟을뿐
그리다가 움돋는 이 곻은 풀밭과 오월의 싹트는 가지에서
밤의 자취 걷어가면 우리는 다시 꿈에 든다。
낮의 헤일수없는 합창이 새벽을 마중하는 한편에。

1. 곻은 : 고운.

○

브리지스

그 四月아침에 사랑은 그리도 甘味해보였다
우리가처음 가시덤불결에서 입마추든때
그렇게 야릇이도 달콤하여・그도 그럴것이였다
우리가 사랑이란 永遠히 變할수없는것으로 녀긴것이

그러나 나는 말할수있다──眞理는 나타나야한다──
사랑이란 오래되므로 變할것이라고;
비록 하로하로에 눈에 띄이는것은 없으나
저의 動作이 그리 섬세하여서

1. 하로하로에 : 하루하루에.

그리하야 마침내는 이리된다
전에 그가 무엇이든가를 아조잊게、
모듬의모듬이였든 快樂을
空想가운대 불러 일으킬수도없이

우리가 甘味하게가지던 저의 어린봄
여름 큰물에 그리깊히 埋沒되어
나는 이상해한다――完全한깃븜에 매깜어
사랑이 그렇게 달가웠든가를

1. 매깜어 : 멱 감아. '멱'은 미역의 준말로 냇물이나 강물에 몸을 담그고 씻거나 노는 짓으로 전남방언임.

○

브리지스

내깃븜과 너의깃븜은
흰옷입은 두 천사갈이
밤의 동산을 거니노나

내愛慾과 너의愛慾은 꼬여서
한 불의 혀가되어
생생하게 솟우고 드높이웃고

生의 神秘가운대
永遠한 鬪爭을 거치어

---

1. 내깃븜과 : 내 기쁨과.

거기서 世界가시작된
사랑은 해의 秘密을가졌다

오직 사랑만이 말할수있다
어대로부터 百萬의별이 뿌리어지고
어떻게 모든原子는 제原子를 알고
근심과 죽엄대신에 어찌도
生活은 즐겁고 呼吸은 甘味한가를

그가 이를 우리게가르쳐서 우리는 이를안다
그의 이참된科學에 幸福되어
나무그늘 아래
손에 손을잡고 우리섰을때
날 새어올녁
가슴에 가슴대고 누어있을제

1. 우리게가르쳐서 : 우리에게 가르쳐서.
2. 새어올녁 : 새어올 녘. '녘'은 (어떠한 때의) 무렵임.

나는 사랑하노니

R·브리지스

모든 아름다운 것을 나는 사랑하노니
나는 이를 찾으며 공경하느니;
神에게 이보다 나은 찬양이 없고
밧븐 날가운대 사는 우리 사람도
이로 말미암아 존경받느니라

나도 이러한 무엇을 맨들리니
맨드는 가운대 깃븜을 가지리니;
비록 내일이되면 그 모든것이
잠깨인 다음 생각에 남은

---

1. 밧븐 : 바쁜.
2. 날가운대 : 날 가운데.
3. 깃븜을 : 기쁨을.

꿈속의 뵌말슴 같을지라도

1. 뵌말삼 : 본 말씀.

그는 길이 쉬는데

오스카·와일드

가만히 걸어라 눈 덮인아래
저는 가즉이 있다
가만히 말하라 雛菊이 자람도
소리되어 들린다

빛나든 저의 금빛머리털은
녹슬어 검였을라
젊고 아름답든 새악시는
흙이되어 누어있다

---

1. 가즉이 : 가까이.
2. 누어있다 : 누워 있다.

힌나리같고 눈같이히어
제가 女子인것을
저는 잘 모르더니라
그렇게 고읍게 자라나서

널판장과 무거운돌이
제 가슴우에 얹혀있다
나는 혼자 마음괴롭힌다
저는 고요히 쉬이는데

조용하라――거문고나 노래나
제게는 안들린다
나의 삶이 모도여기 묻혔으니
이우에 흙을 덮으라

---

1. 힌나리 : 흰 나리.
2. 고읍게 : 곱게.
3. 널판장 : '널판장'은 널빤지로 둘러친 울타리, 목판장(木板墻)임.

傳言

프랜시스·탐슨

너의 사랑다려 무어라 말을하랴
세상버리는 시악시야
너의 사랑다려 무슨 말을하랴
너 헐된세상 버린때에。

「살아있는 날에 시악시들이
버리고가기 그리설은
이세상이 살기도 설업다고
생각지말게 하라하소」

---

1. 사랑다려 : 사랑더러. '다려'는 전남방언임.
2. 설업다고 : 서럽다고.

너의 사랑다려 무어라 말해주랴
내가 그를 맞나거든?

……………………………

네 눈이 차차 흐리노나!

「이제 숨긊이는 내곁을 떠나시건
그에게 이말 하여주오
이제 내눈 안보여지니
마음으로 그를 본다고」

너의 참사랑다려 무슨말 하여주랴
말할사이도 이제 없고나

……………………………

죽엄에 들어가려는 이야。

---

1. 숨긊이는 : 숨 끊이는.
2. 죽엄에 : 죽음에.

「하기도 어려운 마지막 말을
사랑하는 그에게 전해주오
나의 왼 삶으로 사랑하든 나는
나의 왼 죽엄으로 사랑한다고」

1. 왼 삶으로 : 온 삶으로.
2. 왼 죽엄으로 : 온 죽음으로.

우리의 淑女

M·코울리쥐

神의어머니여! 당신은 귀부인이 아니니다、
平凡한 따우에 平凡한 女人이니다
夫人네들을 지금당신을 우리의淑女라고 부르나
그러나 그리스도는 귀한집에 태어나시지 않었나이다
平凡한 따우에 平凡한 사내였나이다。

하나님의길은 우리길과 같지 아니하니다
이나라에 가장 귀하신 夫人이
제 一生의 절반을 바치고
자기의 바른팔을 버혀버리고라도

1. 버혀버리고라도 : 베어버리고라도.

이세상의 神이신 그리스도를 낳려하리다

그러나 그는 귀부인을 가리지아니하고
地位낮은 한처녀를 다만、
그렇게 겸손해서

갈릴리의 木手를 싫다아니할
平民의 한딸을 저 틀。

제마음의 노래를 저는 노래해 보냈나이다、
귀한부인은 그런노래를 못해보나이다
저는 글자도모르고 재조도없고
여자의혀로 모든人類를 향해
이스라엘의 마리아는 노래하였나이다。

1. 낳려하리다 : 낳으려 하리다.
2. 재조도없고 : 재주도 없고.

그러고또 장차올 人類에도 저는 노래하리다
저의노래는 사라지는날도 없으리다
「그는 주린者를 좋은것으로 채워주시고」
오 들으라 유쾌한 귀한男子와 夫人들아
「부자는 뷘손으로 돌려보내셨다」

1. 뷘손으로 : 빈손으로.

○

M・코울리쥐

우리는 거짓말의 庇護아래 살게 태여지지않았다
그러고 거짓으로 武裝된 堡壘가 우리를 가리지못한다
우리는 智者들의 注意깊은 防護物은 비웃였다
完全한 眞理만이 우리사이에 있을수있다

기ㅣㄴ 歲月이 마침내 이날을 만들어냈다
꾸밈없는 장엄의하날이 네게 일러주였다
나를 나대로보기에 그대는 힘을가지오
그러고 당신을그대로 나는 감히 볼수있읍니다

1. 태여지지 : 태어나지.
2. 장엄의하날이 : 장엄한 하늘이.

記憶에게

코올리쥐

이상한 힘 네가무언줄 나는모른다
내마음을 죽이는者냐
나는안다 나는외려 나의가장無慈悲한 敵의打擊을맞나지
내가 지금사는대로── 하로스무번식
네칼에 베여지고 사는것보다는──

그러나 내가너를 예서 내보내랴할적에
너는 쓸데없는 헐짓으로 조롱한다
내 귀한노래를— 한번은사랑했으나──
잊어온지 오래인— 소근거려

---

1. 맞나지 : 만나지.
2. 하로스무번식 : 하루 스무 번씩.

하고 나의이마우에 나는 그를잃음보다
오히려 죽기를질겨한 그 키스를 늣긴다

1. 나의이마우에 : 나의 이마 위에.
2. 질겨한 : 즐거워한.
3. 늣긴다 : 느낀다.

코울러쥐

○

내가 살던지 죽던지
어뗘한세상을 내가 보고살던지
내 마침내는 그대에게 가고
그대는 내게 오리라

그뉘가 어리석던지 우리는 착하였다
우리는 우리새의 한정금을 넘었다
나는 내영혼이 네눈에서 내다봄을보고
너는 내눈속에 네 영을 본다

1. 우리새의 : 우리 사이의.
2. 한정금 : 한계선.

길지 않나니

E·C·도-슨

길지 않나니、우름이나 우슴이나
사랑과 욕망과 미움이 모도。
우리가 한번 저 문을 지난 담에는
아모것도 아니리라 그것이 모도。

길지 않나니、술과장미의 시절이
안개 덮인 꿈속으로 부터
잠간 우리의길은 벗어져나오나
꿈속으로 다시 들어가나니。

---

1. 모도 : 모두.
2. 아모것도 : 아무것도.

地球와 사람

S・A・부루크

햇빛 조금 다순비 조금
서녁에서 불어오는 부드러운 바람——
그러면 숲과 들이 다시 고아지고
山의 가슴에도 다순 기운 일어난다。

우리 발아래 地球란 이리 單純하여
사랑과 생명을 날래늦겨 깨이나니
千年萬年이 이우에 새고 어두웠으나
저의 묘함에 다름이 없고나。

1. 다순비 : 따뜻한 비.
2. 고아지고 : 고와지고.
3. 다순 : 따뜻한.
4. 날래늦겨 : 빨리 느껴. '날래'는 전남방언임.

사랑 조금 믿는맘 조금
가만한 충동 갑작이 얻은꿈
사막의 모래같이 매마르든 삶이
산ㅅ골 시내보다 더 생기있어 지노나

사람의 마음이란 이리 單純하여
새로운 히망과 깃븜을 날래 맞나니
사람이 생겨난지 千年萬年 이언만
젊은애보다 더 젊은 그대로 있고나。

死　　者

부　　루　　크

불어라　나팔아　이훌륭한　死者우에!
전엔　그지없이　외롭고　가엾은이였더니
죽어서　우리게　金보다귀한　선물을　하였다
이들은　세상을　버렸다　靑春의　붉고단술을　부어쏟았다
일과　깃븜의것일　해를　버렸다
사람이　老年이라　부르는　바라지않든　靜謐
그러고　저의　子孫되었을번한　者에게
저이는　不老를　주었다
불어라　나팔아　불어라　우리의　간한을　위하야

1. 깃븜의것일 : 기쁨의 것일.
2. 子孫되었을번한 : 자손 되었을 뻔한.
3. 간한을 : 가난을.

저이는 우리에게 퍽 오래없었든 神聖과 사랑과 고통을
名譽는 王과같이 地球를돌아와서
저의백성에게 王의보람을 해주셨다
그리고 尊貴가 다시 우리의길을 것는다
우리는 우리의 世襲가운대로 돌아왔다

사랑이면그만

윌렴·모리스

사랑이면 그만이라 世界가 기울어져가고、
숲에서는 울음소리밖에 나지않고、
하날도 넘우 어두어 그아래핀 金盞花와 秋菊을
흐린눈으로 찾어낼수 없드라도、
山은 비록 헐그림자요 바다는 검은 驚異라도、
오늘 이 지나간 모든일에 포장을 내린대도、
그래도 저의손은 떨지않을게요 다리는 흔들리지 않을게요、
空虛도 지리하게하고 무섭도 변할수없다、
사랑 받는사람과 사랑 하는사람의 저눈과 저입술。

---

1. 하날도 : 하늘도.
2. 넘우 : 너무.
3. 헐그림자요 : 헛그림자요.
4. 지리하게하고 : 지루하게 하고. '지리하다'는 전남방언임.

─ 에게

W·E·H·펙키

네가 내게 사랑온것은
너의 아름다움의 힘만이 아니다
해넘어갈제의 고요함이
가장 너의 참얼골을 나타낸다

의심과 슬품과 괴로움우에
가라앉히는 향료를 흘림도 너요
生의 雰圍氣를
빛나고 거룩한 고요로 만든다

---

1. 사랑온것은 : 사랑스러운 것은.
2. 해넘어갈제의 : 해 넘어갈 때의.
3. 참얼골을 : 참 얼굴을.

너의 同情心이 살ㅅ작 스치면
얼어붙었든 마음도 열리고
어두어지고 시말랐든 마음은
너를위해 빛과 열매를 일운다

아ㅣ 수많은꽃이 눈에 안보이고
生의 가장 親近한길우에 돋는다
그래 平凡한生과 平凡한것들이
너의 칭찬에 더귀한것이 된다

1. 살ㅅ작 : 살짝.
2. 일운다 : 이룬다.

興亡을등지고

토마스·하ー디

I

천천히 말없이 걸으며
흙덩이를 깨는 다만한사람
함께 걸어가며 거반 조으는
비척거리고 끄덕거리는 늙은말을 가지고:

II

다만 불ㅅ길없는 얇은 연기가
북석이 풀덤불에서 오른다
그러나 이것은 마찬가지로 가리라

※ 원제목은 「In Time of "The Breaking of Natims"」
1. 다만한사람 : 다만 한사람.
2. 거반 : 거의. '거반'은 전남방언임.
3. 북석이 :북새기, 짚, 또는 풀이 메마른 채 싸인 더미.

몇몇 王朝가 지나드라도。

Ⅲ

저기는 새악시와 저의 사내가
휘파람을 불며 온다。
戰爭의 年代記도 어둠가운데 가려지리라
저의 이야기가 끝나기 전에。

노래

A・W・E・오쇼-니시

나는 새동산을 만들었다 오냐
나의 새사랑을 위하야
죽은장미는 그 시든곳에 버려두고
그우에 새것을 세우었다
웨 나의 여름이 오지않노
웨 내마음이 밧비 가지않노、
나의 묵은사랑이 와 그안을 걷어다녀
그동산을 거칠게 만들었다
저는 피곤한 우슴을 띠고들어와

1. 밧비 : 바삐.

이전에 하든그대로
저는 잠간 둘러보고
치워서 몸을 떨었다
저의 잠간당임은 모든것에게 죽엄이다
저의 눈의당임은 植物病이다
저는 흰 장미꽃닢을 떨어지게하고
붉은 장미는 희게 만들었다

풀에 스치는 저의 灰色옷은
풀과 땅을 깨미는
독한 배암과 같아
슬픈 길을 만들고간다
천천히 문있는데로 가서
거기서 전에 하든대로

1. 치워서 : 추워서.
2. 잠간당임은 : 잠깐 댐은.
3. 깨미는 : 깨무는.

저는 뒤돌아보고 기다린다
다시한번 작별을 하려

노래

오쇼ー니시

여름이 오며 장미를 버려두고
새를 남겨두고 왔드냐
네 머리우에 한날이 달라졌늬
오 세상아 내가 눈멀었늬
피는꽃을 다 달라지게 하려느냐
이 한곳만 달리하랴늬
여기서는 나는 사랑합니다 하든 제가
너를 사랑치않는다고 이제한다?
네 우에 하날도 참되어보였고

1. 한날이 : 하늘이

장미꽃도 참되이 피였고
새도 여름내 眞實해 보이더니
모도 내게 거짓임을 보였구나
세상아 네게 한가지나 좋은것이 있늬
삶、사랑、죽엄 — 또 무엇?
나를 사랑한다고 노래하든 그입술이
「사랑치않는다」고 말한 다음부터

해의 키스가 꼿의 금잔우에
내리지 않을듯 생각한다
새도 내가없어 서운해라
여름을 버리고 갈듯싶다
사랑스런곳아 거친풀 자랄대로 자라
너는 잊어버렸느냐

1. 있늬 : 있니.
2. 꼿 : 꽃.
3. 사랑스런곳아 : 사랑스런 꽃아.

제입술이 나를 얼마나 키스한가
이제 저는 나를 입마추지않음을

내게 正當하게 하거나 詐欺的이거나
어떠한 얼골로든지 돌아오너라
여름아! 너 하는짓에 내가 마음쓰랴
너는 한곳을 變化시키지 못한다
곳 (그풀과 잎사귀와 흙과 이슬)
나는 이곳을 무덤으로 할란다
여기는 제가 나를 사랑하든곳
이제 제가 나를 사랑치않는곳

1. 얼골 : 얼굴

옛집에서

오쇼ㅣ니시

우리살든 옛집에선
근심도 오지않고 서름도 몰랐더니
지난일의 기억을 갖지않았더니
무릎꿇어 빌제 懷疑가 일지않더니
새집에서는 아니그래라

우리가 어릴적부터
자라든 옛집에선 세월이 꿈갈더니
여름에는 흉지않은 光輝가있고

1. 서름도 : 설움도.
2. 흉지않은 : 흔치 않은.

해도 더 다순 빛을 층게에 더져
아 새집에선 다 달라뵈는고나

우리어머니는 아직도 노래 불렀더니
그전날에 우리 귀기울여 들었더니
그머리에 힌털도 드물었고
한숨 별로 아니쉬고 아퍼 고생도 없더니
아 옛집에 돌오 가고지워라
새집은 예와 달라라

---

1. 다순 : 따뜻한
2. 층게 : 층계.
3. 더져 : 던져.
4. 힌털도 : 흰털도.
5. 아퍼 : 아파.
6. 돌오 : 도로.

壁紙

에드먼드·고세

내가 겨우 다섯살난 아이적에、
그뒤 얼마안계셔 돌아가신 어머니
보드럽고 차가운 손끝으로 날안어、
높다랗게 처드시어、

대청 벽을바른 금빛 조희꽃에
마침내 나의 어린손이 닿었을적엔、
어찌나 호기롭고、 키도 커보이든고!
아—그 한때야말로!

---

1. 조희꽃에 : 종이꽃에.
2. 호기롭고 : 豪氣롭고. 뽐내는 기운이 있고.

『이 빛나는 튤립은 네것 삼어라、
아조꼭 네것』이라고 말하시더니;
그때부터 내것이된 그표적은
붉은대로 남였고나。

바닥에선 내게는 그꽃 잘뵈지않아
그밝안 표를 손에쥐려 보챘었나니
이처럼 귀한 예물이 내것 되어본적
일즉한번 없였거든

벽에바른 한낯 조희튤립
누가 따로 갖고저 할것도 아니언만
밖에있는 온것보다 내게는 훨신
중하게 보였더니。

1. 아조꼭 : 아주 꼭. '아조'는 전남방언임.
2. 그밝안 : 그 발간. 빨간. 붉은.
3. 일즉한번 : 일찍이 한번.
4. 한낯 : 한낱.
5. 조희튤립 : 종이튤립.
6. 온것보다 : 무엇보다.
7. 훨신 : 훨씬.

참꽃들 참 작난감 헤픈 사랑으로
내앞에 뿌리듯 주었으나 이모든것
나의 손닿는 밖에졌는 이 예물앞에
빛을잃어 지더니。

아! 이제 때는 저의할짓 다하여
내맘을 갖고놀고 내눈을 어둡혔스나
꼬여가는 이튤립 보느라면 나는
살가웁도 못하느니。

아직도 애태고 불잡는 손에 닿지아녀
빠저 다라나는 타는듯한 이꽃은
내손 속에 쥐인 정말 장미 보다
더욱빛나 보이느니。

---

1. 어둡혔스나 : 어둡게 하였으나.
2. 살가웁도 : 살갑지도.

나의 날적부터 이제ㅅ것 이러했고
앞으로 내죽도록 또한 이러하려니
꽃중에 가장고은꽃 저 별들은
하눌을 꾸몄니라。

---

1. 가장고은꽃 : 가장 고운 꽃.
2. 하눌을 : 하늘을. '하눌'은 전남방언임.

노래

월손

四月아 四月아
계집애같은 네우슴을 웃어라
바로 그런다음
계집애같은 네눈물을 흘려라
내귀에와 사랑하는 사람같이
속살거리는 四月아
나의모든 히망과 두려움을
내가 네게 이르거든
四月아 四月아
찬란한금빛 네우슴을 웃어라

1. 우슴 : 웃음.

바로 그런다음

찬란한금빛 네눈물을 흘려라

근심

A·E·하우스맨

내 가슴은 근심에 싸여있다
훌륭한 벗들 나도 가졌더니
장미꽃 입술 가진 계집애들
날래고 다리 가변 사나애들。

건너 뛰기 어려운 시냇가에
다리 날랜 사나애들 누어있고
장미꽃 입술이든 색시들은
장미 시든 들에서 잠들었다。

1. 가변 : 가벼운.

出現

스티ㅣ븐 엘렙스

나의 죽은사랑이 내게와서 말하길…
「하나님이 내게 한시간의 휴가를
따우에서 너와같이 보내라 주셨으니
우리는 어떻게 이를 잘보내리까」

「웨ㅣ 예전대로」 나는말하고 그리고는
우리는 예전대로 말다툼을 하였다
그러나 내가 화해를 하려한때에는
그 짧은한시간은 다되였음을 알리였다

魅力

키플링

영국의 흙을
한손으로 곱게절만큼 집으시오
집으실때에 그아래누어있는
모든사람에게 잠깐 기도하오
偉大하거나 名聲있는 사람이아니라
數에 치지않는 예사ㅅ사람
그의 生과死에 對하여
報導나 哀悼도없는。

　그흙을 그대가슴우에 올려놓아보시오
당신의 마음병이 곳며나리다!

---

1. 數(수)에 치지않는 : 수로 쳐주지 않는, 평범한.
2. 예사ㅅ사람 : 예삿사람. 보통사람.

이것은 열있는呼吸과 곪은영혼을
甘美하게하고 健全하게하리다
이것은 지나치게바쁜 손과머리를
대단 힘있게 제어하리다
이것은 저 生의不滅의苦惱에 항거하는
그대 生死의투쟁을 그치게하리다
마침내 그대가、회복되여、어떠한 자비가
하날을 감동시키는가를 알게되오리다

이영국의 여러 꽃가운데서
봄의 낫바른 櫻草
여름의 마음넓은 들장미
가을마당의 담모롱꽃
그리고 그대 어둠을 빛우기위하야

---

1. 낫바른 : 낮에 바른.
2. 빛우기위하야 : 비추기 위하여.

겨울의 벌모이는 담장이꽃
캔들마스에서 크라스마스타이드까지 어대서나
저의있는곳에 저의를 찾어 取하라
　이러한 단순한것들고 바로쓰면
衰해지는 眼力을 회복시킨다

이것은 얽히고 內向하는 눈을
淨化 시킬것이다
이것이 네게 너의익숙한分野안에 감춰진寶物을 보일것이다
그러고 이것이 참 긴요한것이지만
모든사람이 眞實로 한王인것 나타낼것이다

○

A·사이먼 ᅅᅳ

오 내사랑하는 녀인아 너는 나와함께 모래우를 것는다
달은 모래우에 히고 버큼은 바다속에 희다
그러나 나는 내스사로생각을 가지고았다 너는 내손우에 손을얹고
네마음은 내결에서 생각하나 나를생각함은 아니다

오 내사랑하는 녀인아 세상은 좁고도넓다
나는 우리둘가운대 누가 더외로운가를 헤아린다
너의생각는사람은 네마음에 가까우나 너와 멀리떨어져있고
나의생각는건 내스사로의생각 그것은 모도가 너를생각하는。

---

1. 녀인아 : 여인아.
2. 버큼은 : 거품은. '버큼'은 전남방언임.
3. 스사로 : 스스로.
4. 너의생각는사람은 : 네가 생각하는 사람은.

한 열렬한 讀者가 그의 詩人에게

리챠드・러・갈리엔느

너는 놀납지 아니하냐 詩人아
비록 네 이미 죽어 흙 되었을지라도
내가 어떻게 내가슴에 갓가히
너의 詩를 갓다 대이는줄을 알면。

밤에는 내 잠ㅅ자리로 이를 가지고가
자기전에 거기 입마추고
다시 저 섬세한 아침이 더려다 볼때에
입마춘다。

---

1. 놀납지 : 놀랍지.
2. 갓가히 : 가까이.
3. 대이는줄을 : 대는 줄을.

보라 내가어떻게 너의 책장을
여기서 햇빛에 쬐이는가를
이 첵장사이로 장미화사이로 지나는바람같이
미풍이 지나 가리라。

알라! 내가어떻게 네詩를 들고
거기 내얼굴을 파묻는가를
어제밤에 이를 꽃의心臟에다 꼭 닿이고
또는 더 귀한곳에 깊히 대임같이。

생각하라 詩人아 내가 너를사랑함같이
밖에 千사람이 사랑한다
사랑온 女人까지 너를 저 어엽븐 가슴에
대이기를 좋아한다。

---

1. 첵장 : 책장.
2. 닿이고 : 대고.
3. 깊히 : 깊이.
4. 사랑온 : 사랑스러운.
5. 어엽븐 : 어여쁜.
6. 대이기를 : 대기를.

너 질겁지 아니하냐 詩人아
나는 이따금 꿈꾼다 내가
네해같은 그런 향그런名譽를 위하야는
질거이 노래하다 죽으리라고。

말해보아라 너는 너의영광을
나의 이 젊음과 바꾸려느냐
나는 이 해빛속의 나의 生命을
너의 큰 노래와 질겨 바꾸련다。

---

1. 질겁지 : 즐겁지.
2. 네해같은 : 너의 것 같은.
3. 질겨 : 즐겨.
4. 해빛 : 햇볕.

전나무

H·벨럭

이곳은 도로예아의 우슴웃든곳。
나도 까닭모르고 저도모르고。
저는 거기서서 얼굴돌리며 나를보고 웃었다
어면榮光이 문듯 그아이를 빛었든것이다、
곈어드리는 곡식、한그루의 나무
여기는 도로예아의 우슴웃든곳。

1. 우슴웃든곳 : 웃음 웃던 곳.
2. 빛었든것이다 : 비추었던 것이다.

神像彫刻家의 祈禱

아ㅣ여·기터먼

내가 이 검은돌에서 새겨내일 큰 神이여
나밖에 다른이 눈에는 숨어있는이여
바라노니 나의재조가 그대를 밖에 나타내고
사람들이 절하게될때 내가 절하지않음을 허락하라
그래 내가지금 그대게드리는 기도와같이
그때에 내가 어면 더큰神에게——그대와 마찬가지로
내精神속에 배여질——그일끝나고 그이도 나타날때
그의 새로운 祭壇으로부터 몸을돌릴 힘을 빌게하라
아니 나로하여금 한꿈에서 다시 더 갸륵한 꿈을 따르게 하라
내가 아모런데 다달아도 만족지 않게하라

---

1. 새겨내일 : 새겨낼.
2. 그대게드리는 : 그대에게 드리는.
3. 배여질 : 배어들.

언제나 한때의 승리를 박차고 永遠한 探求를 갖게하라
내손으로 만들어놓은 神들을 내버리고
영혼에 나타나 뵈였으나 만들어지지않은 神을 위하야。

四月의 달

더·라·메아

장미는 아름다워라·그내음 그빛갈、
대우에 높은 나리꽃도;
그러나 더드믈고 귀한 봉우리、
저는 그와 다름없어라。

사월이 가저온 조그만 새달은
빛왼다니 어여쁘게 그늘짓나니;
넘어가면 외로운 산에 은을 흩어라·
밤의 첫 가장자리에서。

---

1. 대우에 : 꽃대 위에.
2. 더드믈고 : 더 드물고.
3. 빛왼다니 : 비춘다니.

가난한 나의 맘세상 가까히
저는 숨어와 또렷이 자최없이;
이제 저 가버리니、 오 어둡고 어두어라、
외로움이여! 두려움이여。

놀람의 칼

G·K·췌스터튼

내뼈에서 나를 처내리소서 하나님의 칼이여
꽂꽂하고 이상하기 나무줄기같이된 뼈를
바람을타고 날아오르는 마음가진 내가
내려보고 깜짝 놀라게 하옵소서。

나를 내피에서 쪼겨내소서 그리하야 어둠속에
바다를 맞나나 해는 영영못맞나는
여러갈래 숨어흐르는 물같은
저 붉은 조상의강이 흐름을 듣게하소서。

---

1. 쪼겨내소서 : 쪼개 내소서.
2. 맞나나 : 만나나.

내눈을불 奇蹟의눈을 주시옵고
내안에서 굴르는 산 거울인 눈
무섭게 맑으나 믿을수 없기
저희가 보는 모든것 보다。

나를 내영혼에서 쪼겨내사
저 生의 힘있는脈搏 피흐르는 傷處같은罪를 보게하사
마침내 내가 내自身을 구원하기
길가에 모르는사람을 구원할수있는것같이 하게 하옵소서。

---

1. 굴르는 : 구르는.
2. 쪼겨내사 : 쪼게 내사.

貧困한 夫人

에벨린·언더힐

나는 저를 움브리안 언덕에서 만났다
머리를 풀고 버선 신잖은 발로
속에 가만한 영광으로 가득한者 같이
저는 걸었다 다만 하나님과 같이

나는 저를 도회길에서 만났다
오— 저의 모든외양은 변하였다
무거운눈과 고달핀다리
저는 혼자걸었다 사람들과 같이

---

1. 신잖은 : 신지 않은.
2. 고달핀다리 : 고달픈 다리.

路上

W·W·깁슨

人物 {류벤·애플비……職業잃은 젊은 勞動者
쩨시·애플비……그의안해
피―터닉슨……돌깨는 勞動者}

류―벤·애플비와 그의안해가 한길가 울밑에 앉았다
류―벤은 빵과 치―스를먹고 쩨시는 아이에게 우유를 먹이고 있다

[류벤]「장가를 들였어!」
찬찬이 나를 들여다보며 그자가 하는말이
「자네같은 어린사람이!」
나는 공손이 대답하기를
「그리 어린것도 아닙니다
열아홉이 벌서 났읍니다」

---

1. 치-스 : 치즈.
2. 났습니다 : 되었습니다.

「열아홉!」 그러며 그자가 웃습데다
「자네가 남편이고 먹여살릴 여편네가있어
마누라가 있다니 한집을 거느린셈일세나!」
「어린애도 하나있답니다」
「애기! 자네가 아직 바로애긴데
무슨 권리로 장가를 들었나
그래 할수없는 새끼하나를
세상구경을 시켜가지고
굶주리다 비럭질하다 도적질을 하게하나?」
이말을 마치고는 자기어린애 손을잡고
저편으로 가버리데나
받은돈으로 그녀석 뒤통수를 갈기고싶데마는
벌써 얻은돈이고
그러고 배는 곺으고

1. 곺으고 : 고프고.

그러고 임자가 주린줄도알고
어린애는 우유를 얻어먹여야 할것이니。
「무슨權利」라
팽게를처서 그저……………
「째시」 그러면 우리애기 목숨을
팽게친셈이되게
「류벤」 아・여보 나도 그생각에、
그리고 임자를생각고 그만두였다오
그래 그十錢짜리를 집어서
빵하고 치ㅣ스하고 우유를 샀오그려
「째시」 때맞훠서 가지고왔기에 말이지
애기는 울다지처서 잠이 들었는데
안고있어도 햇슥해저서 꼼짝않고
나는 놀랬드라우

---

1. 팽게를처서 : 팽개쳐서. '팽개치다'는 (싫증이 나거나 관심이 없어) 내버려 두다.
2. 때맞훠서 : 때맞춰서.
3. 햇슥해저서 : 핼쑥해져서.

[류벤] 배도 무척 고팠으리라、임자。

[째시] 아조 죽을번 했어

애기를 안어줄 힘이나 있어야지

애기는 가볍자마는

말라서 가볍지마는

나려놓으면 우름이 터지고、

참아 견딜수가 없어서……

[류벤] 애기는 인저 아무러치도 않소

물고기같이 꼴딱꼴딱 마시네나

우유를 먹으면 돌우 살이 오르지

헌데 임자는 아무것도 아니먹소

[째시] 못먹겠어

[류벤] 못먹긴 웨?

[째시] 지금은 못먹겠어

---

1. 죽을번 : 죽을 뻔.
2. 우름이 : 울음이.
3. 인저 : 인자. '인자'는 이제의 전남방언임.
4. 돌우 : 도로.

[류벤] 쩨시! 먹어야 돼
배가고파 아조 죽으리다。
[쩨시] 지금은 배도 고프쟎고
거저 고달퍼서。
아마 넘우걸어서……
[류벤] 무슨 권리로 내가 장가를 들어!
저는 무슨 권리로
저도 계집과 자식을 가진놈이
날다려 그따위 수작을 한담
그놈의 돈을 팽게쳐서……!
[쩨시] 아니 임자 그런사람 생각을 해서
부대 속을 석이지 말우
임자더러 아무런 말을 했기로서니
인제 다 지난 일이고

1. 날다려 : 날더러. '다려'는 전남방언임.
2. 부대 : 부디.
3. 석이지 말우 : 썩이지 마라.

애기는 배가 불르잖았소

[류벤] 그자의 돈으로 우유를 샀지
그리고 빵하고 치ㅣ스까지

[쩨시] 그래도 맛은 있지 않읍데까
임자도 맛있게 먹는구려

[류벤] 그야 좋긴 좋아
그러나 무슨 음식이고
굶주린[1] 끝에는 맛이 있는게야
그뿐이라 앨써 얻은것이고

[쩨시] 임자가 앨써[2] 얻은것인데
웨 그걸 그사람 돈이라고 하오

[류벤] 그야 그렇지 임자
그런데 아무것도 안먹어

[쩨시] 안먹혀요

1. 굶주린 : 굶주린.
2. 앨써 : 애써.

[류벤] 어디 참 될말인가 어제 우리 모양으로
배속에 든것이란 조곰 없이
왼종일 투벅거려 길을 것고
　그래 밤이 들어서는
집벼늘 아래 은신을 하다니
들어누어 이러저런 생각만——
넘우 춥고 곤해서 잠은 안들고——
거저 누어 생각만——
내일이나 되면
무슨 먹을것 마실것이 생길까 하고
우리 잠ㅅ자리삼은 풀이라도 먹는
짐생들 신세를 외려 부러워 하면서
그러치만 어려운 길을 것고나서는
누워 쉬는것이 제일이야

---

1. 조곰 : 조금도.
2. 투벅거려 : 터벅거려.
3. 것고 : 걷고.
4. 집벼늘 : 짚단을 쌓아 놓은 가리.
5. 들어누어 : 들어누워.
6. 넘우 : 너무.
7. 거저 : 그저.
8. 짐생들 : 짐승들. 전남방언으로 '짐생' 외에 '짐상', '짐성'도 있음.
9. 것고나서는 : 걷고 나서는.

임자도 매우 단단하지
꽤 기운있게 어려운 길을 걸었지

[제지] 그렇지만 꺽구러질번도 했어요
밤되기 전에 애기를 우유얻어먹일 생각이 아니드면

[류벤] 불상한 애기!
하로종일 울어서
내 옷소매가 눈물에 착실이 젖었댔어

[제시] 어렵고 먼길이어

[류벤] 가난한 사람의 가야할 길은
어렵고 먼 길이라오

[제시] 참말, 그러고 끝은

[류벤] 끝이오?
끝이 어댄줄이야 누가 아오
(한참 있다가)

---

1. 꺽구러질번도 : 꺼꾸러질 뻔도.
2. 착실이 : 착실히.
3. 어댄줄이야 : 어딘 줄이야.

여보, 아까 그이 말이 옳소
나는 결혼할 권리가 없겠오
안해를 얻고 아이를 낳을 권리가

[쩨시] 그건 또 무슨 소리오
여보 당신은 내가 싫어졌나보오

[류벤] 아니 여보 그럴리야……
그렇지만 그이 말이 옳소
전에 나는 그렇듯이 생각을 해본일이 없오
이런 생각을 앞으로 해볼리도 없오
그이 말이 아니드면……
나는 생각이 모자랐어。
그러나 이제 보면!
나는 결혼할 권리도 없겠어
또 아이를 낳을……

1. 안해를 : 아내를.

[제시] 당신 아이를 사랑하찮소?

[류벤] 사랑이라니……

그애가 굶주리는것을 볼수가 없오。

나는 권리가 없댔어……

그렇지만 우리가 결혼할때는

무엇이 모도 이렇지는 않았어 제시。

나는 每週 받는삯이 있어

먹고 살만은 했고

안해를 얻어 살만도 하고

우리는 둘이 한집에서 행복스리 살았오

여보 그렇지 않았오?

[제시] 참말 행복스렀어! 류―벤

[류벤] 거기다 아이가 생겨서

우리는 더욱 행복스렀지。

이걸 미리 아는수야 누가 있오?
나쁜 시절이 앞에 닥쳐와서
할일이 차차 줄고
공장이 모도 문을 닫고
우리는 집도 뭣도 없이 몰려나서
할일이라고는
이렇게 먼길을 걸어서
다른데가 일자리들 구하는수밖에
일자리 찾기도 여간 오래요……
정말 그이말이 옳아……
내가 무슨 권리로……

[째시]

여보 류ㅣ벤 어리석은 소리 마오
굶어서 당신은 정신이 흐린가 보오
배속이 비면 머리속도 빈답데다。

1. 배속이 : 뱃속이.

쓸데없는 소리는 돈있는 사람들게 맡겨두지
가난한 사람이야 어디 그럴틈이 있오?
그리고 그런 빈 소리가 나는 듯기 싫소

[류벤] 아니 여보、이게 웨 빈 소리요?
참말이오、괴로운 참말이오
우리는 길 우에서 살지 않소
나하고 굶주린 안해하고 아기하고
그런데 그게 참말이 아니오?

[쩨시] 아니오 여보 여길 보오
아기는 우유를 다 먹고
아조 단잠이 들었오。

[류벤] 허나 당신은 병이 났오

[쩨시] 병?
아니 나는 아무렇지도 않소

---

1. 듯기 : 듣기.
2. 아조 : 아주.

[류벤] 아니 당신은 병이나서 먹지를 못하오
[쩨시] 거저 고단해서 그렇지오
이제 당신이 먹다 좀 남겨 주면
나도 곳 먹으리다。
보오 이렇게 잘 먹지
[류벤] 나는 권리가 없댔어……
[쩨시] 나를 사랑하지 않았다면!
[류벤] 그거야 새삼스리……
[쩨시] 누가 아오
당신 말이 하도 이상하니
장가들 권리가 없다는둥……
그럼 왜 나와 결혼을 했소?
[류벤] 그렇지 아니할수가 없어서
임자 없이 살아갈수가 있었나。

---

1. 곳 : 곧.
2. 새삼스리 : 새삼스럽게.

생각은 미처 않했지……
생각을 할수있나 그렇게 임자때메 정신이 없을땐데!

[쩨시] 그래도 권리가 없소?

[류벤] 권리! 권리란 생각을 어찌 해보오?
나는 당신 생각밖에 없댔오 여보
참말 나는 생각이란 아니했오
거저 알았지
당신이 있어야 나는 산다고

[쩨시] 당신은 나를 사랑했지오……
그런데、사랑이 권리가 못되오?
무슨 권리가 따로 있오?
그렇지 않다면 우리에게 실증이 났오
안해와 아들에?
불상한 아기야

1. 안해와 : 아내와.
2. 불상한 : 불쌍한.

인저 아버지는 우리를 사랑치 않는단다

[류벤] 아니 여보 새삼스런 소리를……

(피터닉슨、노역에 마르고 허리굽은 中年이나된 사내 그길로 천천이 걸어온다 돌부시는 마치를 어깨에 메고。류ㅣ벤과 째시를 지나다 얼핏 본다 머뭇거리다 돌처서서 둘에게로 온다)

[피터] 여보、두분 아침이 좋소!

당신은 혹시 일ㅅ자리를 구하지 않소?

그럼! 저기 저 건너 돌깨는데가 있소

나는 지금 마악 갈려는 길인데

그러나 나는 늙은 사람이고

또 좀 게을러서。

당신은 아조 젊은 양반이고

일을 꺼리지는 않겠오

일군은 손을 보면 대강 알지오

1. 마치를 : 망치를.
2. 마악 : 막.
3. 일군은 : 일꾼은.

저일을 하면 여보、 젊은이
한 쉴링(五十錢)이 생기오
사람이 먹고 살려면 돌깨기보다 더 어려운일이 하고 많소
당신이 일을 하면
나는 그동안 잠을 한숨 둘르고 싶소
혹시 한나잘 내리 잘지도 모르겠오
내야 늙고 게으른 놈이래서。
무어 그렇지만 고마워할것은 없오
나는 늙은 사람이고
안해도 어린것도 없오
그러하니 그품싻이 꼭 있어야 할것도 아니오
그러나 당신은 젊은터고
그것을 벌어야 되지 않소
나는 곁에 앉아서 당신을 시키고

---

1. 둘르고 : 돌리고.
2. 안해도 : 아내도.
3. 그품싻 : 그 품삯.

당신 일하는 구경이나 하겠오
늙고 게으른 사람이 돼서
남 일하는데 구경하는것이 재미요
어쩌면 잠간 눈을 붙힐터이지마는
내가 아조 자는줄 알았다는
당신 아주 혼이 나리다。
걱정마오! 벌이를 시켜 드릴테니
그돈을 벌려면
당신도 땀을 흘려야 되지오、
넘우 몸을 애껴서、점잖아서
일을하기 싫은것만 아니면
그러찮지?
자! 돌 무더미는 저기
저 돌아가는 모퉁이오

1. 잠간 : 잠깐.
2. 아조 : 아주.
3. 애껴서 : 아껴서. '애끼다'는 전남방언임.

아! 애기 참 에뿌다

나는 어린것이 없오 부인。

위해서 쓸 사람이 하나도 없으면——

늙은 사람이 돈이 있기로 무얼하오

게으르고 아무 쓸데없고 고적한 늙은이가?

(그는 두사람을 데리고 그길 구비를 돌아간다)

——(끝)——

---

1. 에뿌다 : 예쁘다.
2. 구비를 : 굽이를.

배하나、섬하나、초승달

J·E·뜰레커

배하나、섬하나、초승달──
많지않으나 찬란한 별들
바다의 거울에 뿌리어졌다
저의 은ㅅ빛 모래텁사이에

섬결에 섬으로 떠있다
항구안에 닻내린 蒼白한배
한편에 실낫달의 금ㅅ빛 항구에는
별배하나──거울에 빛왼대로──
그의 크고 외로운빛을 내보낸다

---

1. 모래텁사이에 : 모래톱 사이에.
2. 실낫달의 : 실낱같은 달의.
3. 빛왼대로 : 비췬 대로.

反射치않는 큰바다인 밤으로
그대로 바다우에 떠있는배
섬과 섬을 덮은 전나무
바람도 없이 옮아간다
또 그대로 저 蒼白한달도 움직인다
돛없는 쪼각배다[1]

1. 쪼각배다 : 조각배다.

의자에 앉어

J·C·스콰이아

방안은 밤의고요 가득하고
적은 불ㅅ길속은 깜작 흔들린다
내맘속엔 그림자도 빛도없고
밤도 해으름도 새벽도 낮도없다

내머리는 思想의 줄기를 찾지않고
팔다리는 힘없이 느러지고
모든 欲望도 한동안 잠들어
나는 불ㅅ길을 들여다보는
다만한쌍의 눈일 뿐이어라

1. 깜작 : 깜짝.
2. 해으름도 : 해거름도. 대표적인 전남방언임. 해가 서쪽으로 기울어질 때.
3. 느러지고 : 늘어지고.

제마다 노래했다

S·L·사수—ㄴ

제마다 별안간에 노래가 터졌다
나는 이러한 기쁨에 찼다
갇혔든 새가 흰 果樹園과
검고 푸른 들우으로 힘차게
날아가는 自由에서 맛볼 그런기쁨

모든 사람의 목소리는 갑작이 높아졌다
美가 落日과같이 찾어왔다
나의 마음은 눈물에 젖고 무섬은 사라졌다
아— 사람마다 새가되였다! 노래는 말이없고

---

1. 들우으로 : 들 위로.
2. 갑작이 : 갑자기.

그 노래는 끝이 아니날것이다

早春

애ㄹ리스·메이넬

오 봄아 나는 너를 안다 어린아이들 눈에서
아름다운 驚異를 찾어라
나는 여러해를두고 배화 아즉 잎새속에든
들마꽃을 알어본다
沈默에 귀밝은 나는 숙국새의 튀여나올 우름을
미리 알아낼수있다
나는 회색의 시절에 헤매노니 거기
六月과 찔레꽃이 쌓여있다
한해의 꽃들의 行列이 풀가에서
내 발앞을 지나간다

---

1. 배화 : 배워.
2. 아즉 : 아직. 전남방언임.
3. 들마꽃을 : 들의 꽃. 야생화.
4. 우름을 : 울음을.

아측 노래안하는 새들아 나는 네안에서 움질기는
가락을 안다
어둡고 有情한 해의始初에서
반쫌 맨들려진 너의 노래
이 이른철에 너의는 너의 말음을 생각고있다
나는 그를 다 외여있다
비에 다수어저 숨어있는 꽃씨의
비밀을 나는 안다
그러고 저 불붙는 봄이오면 숙국새가
노래 사이를 變하는것을 안다
그러나 내가 생각고있는 꽃이나 노래는 하나도
내것 아니라 記憶의것이다
나는 希願하는 그날이 올때에는
훌륭케된 세상앞에서 말없으리라

---

1. 움질기는 : 움찔거리는. 감동하는.
2. 맨들려진 : 만들어진. '맨들다'는 전남방언임.
3. 다수어저 : 따뜻해져.
4. 생각고있는 : 생각하고 있는.
5. 훌륭케된 : 훌륭하게 된.

오. 사랑온 갈색새들아 너의 옛노래말을 지어라
　地球야 너의 親한 雛菊을

詩人이 어스름한 언덕에서 명상하고 있었다
밤들려는때 두별사이에서 그의마음속에 目的가지고
나는 지켰다 한동안
그의 얼굴의 意味를
거기 地球와 하늘에서 도망해와
그의 젊은 灰色눈속에 숨은 秘密이 있었다
내 마음과 또 모든 여름이 그의 골름을 기다린다
그러고 그의 목소리를 歎美한다
누가 그의 노래를 미리 말할수 있느냐? 그러고 누가
그의 노래를 알아내려 希願치않느냐?
사랑온 땅아 우리는 너의 가장깊은 秘密도 안다

1. 雛菊(추국) : 국화과에 속하는 다년생 초본. 유럽 원산으로 원상용 재배종.
2. 골름을 : 고름을. '골르다'는 전남방언임.

그러나 그는 그의 비밀의 主人이다

愛蘭詩篇

일홈없는 愛國者의 무덤

토마스·무어

그 일홈 아예 들추지 말어
그늘속 잠든 그대로 두라
장한 일홈이 들어남 없이
치운데 뼈만 누어 있나니。

고개 숙여 흘리는 눈물도
설ㅅ고 어둡고 고요하거라
그의 머리 말 욱은 풀 우에
밤ㅅ새 나리는 이슬과 같이。

---

1. 일홈없는 : 이름 없는.
2. 치운데 : 차가운데.
3. 욱은 : 우거진.
4. 나리는 : 내리는.

별있는 밤에 나린 이슬은
소리없이 우름울 것이나
그의 잠들어 누은 무덤을
푸른 잔디로 꾸며 주나니。

우리 눈에서 흐른 눈물은
아는 이 없이 흘린 것이나
그의 기억은 우리 맘속에
길이 푸른 빛 안 잃으리라。

밤도 이미 깊어

토마스·무어

밤도 이미 깊어 별들이 우름울때면
나는 우리가 좋와하든 외진골작을 찾어가노라
人生이 너의눈속에 다숩게 빛날제、
생각노니 사람의넋이 제세상을 빠저나와
전날 질겸의땅을 찾어볼수있다면 너는 여기 와서
하눌에 가서도 우리사랑이 잊혀지지않음을 일르리라

그러다가는 전날 터질듯한 기쁨으로 듯던 情熱의 노래를 부르노라
우리둘의 목소리 한데어울려 하나같이 들리든때、
그리하야 나의 슬픈노래가 저골작건너 멀리 울려돌아오면

---

1. 외진골작을 : 외진 골짜기를.
2. 질겸의땅을 : 즐거움의 땅을.
3. 듯던 : 듣던.

오 내사랑아 나는 생각된다 그것이 네목소리 저 영혼의나라에서 이은도
한때 그리 귀하든 곡조를 우근히 대답함이라고。

그여자는 게서 멀리 있다

토마스·무어

저의 젊은사랑은 예서 머언땅에 잠들어있고
사랑을 찾는이들은 저를 둘러싼다
저는 냉연히 얼골을 돌려서 운다
저의 마음은 그의 무덤속에 한데 누었는지라

저의 자라나든 시골의 노래를 부르나니
그의 살았을제 질겨하던 마디마디라
아ㅣ 저의노래 들으며 좋아하는 사람들은
노래부르는이 마음이 찌여짐도 모르노라

---

1. 질겨하던 : 즐겨하던.
2. 찌여짐도 : 찢어짐도.

그는 사랑을 위해 살다 그의 나라를 위해 죽었나니
삶과 그를 붙들어맨 줄이란 이두가지뿐이라
이나라 사람의 흘리는 눈물인들 그리쉽게 말르랴[1]
뒤에 남은 그의사랑인들 어찌 오래 부지하랴

오 저를 위해서 무덤을 만들라
찬란한 明日을 약속하며 해ㅅ빛이 머므는[2] 곳에
해빛은 그의 잠든 곳을 스치리라
서ㅅ녁나라 저의 사랑하는 슬픔의 섬에서 보내는 미소와 같이

1. 말르랴 : 마르랴. '몰르다'가 전남방언임.
2. 머므는 : 머무는.

하날의 옷감

예ㅣ트스

내가 금과 은의 밝은 빛을 넣어짜은
하날의 수놓은 옷감을 가졌으면、
밤과 밝음과 어슨밝음의
푸르고 흐리고 검은 옷감이 내게 있으면
그대 발아래 깔아 드리련
마는、가난한내라、내꿈이 있을뿐이여、
그대발아래 이꿈을 깔아 드리노니、
삽분이 밟고가시라 그대 내꿈을 밟고가시느니。

1. 하날의 : 하늘의.
2. 사분이 : 사뿐히.

이니스쯔리ー

예ー트스

나는 일어나 바로가리、 이니스쯔리ー로 가리、
외역고 흙을 발러 조그만 집을 얽어
아홉니랑 콩을 심고 꿀벌의 집은 하나、
숲가운데 뷔인따에 벌 잉잉거리는곳
　내홀로 게서 살으리。

거기서는 내마음도 얼마쯤 갈앉으리、
안개어린 아침에서 평화는 흘러나려、
귓도리 우는게로 가만이 흘러나려、
밤ㅅ중에도 환한기운 한낮 에 타는자주、

1. 외역고 : 외를 엮고. '외'는 흙을 바르기 위하여 가로 세로 엮은 벽 속의 나뭇가지, 수숫대, 대가지 등을 가리킨다.
2. 아홉니랑 : 아홉 이랑.
3. 뷔인따에 : 빈 땅에.
4. 흘러나려 : 흘러내려.
5. 귓도리 : 귀뚜라미. '귓도리'는 전남방언임.
6. 한낮 : 한낱.

해으름은 홍작의 나래소리。

나는 일어나 바로가리、언제나 밤낮으로
내귀에 들리나니、그호수의 어덕에
낮윽이 찰싹 거리는 물소리、
회색 舖道우에서나 한길에 서있을제
내맘의 깊은곳에 들리어오나니。

1. 해이름 : 해 질 무렵. 원전에는 noon.
2. 홍작 : 홍방울 새.
3. 어덕에 : 언덕에. 언덕. 전남방언임. 그 외 '어덩', '어덩턱', '어덩텅'도 쓰임.
4. 낮윽이 : 나직이.

기럭이를나물한다

예ㅣㅌ스

오 기럭아 하날높이 울지말아
울거든 저녁바다나 보고울지
네우름소리 듯느라면
열정에 흐리었든 저의두눈과
내가슴우에 풀어 허트렸든
저의 숫한 기인머리 생각히나니
바람소리만도 이미 궂은심사 일키거늘

1. 기럭이 : 기러기.
2. 나물한다 : 나무란다.
3. 하날높이 : 하늘 높이.
4. 네우름소리 : 네 울음소리.
5. 듯느라면 : 듣노라면.
6. 숫한 : 숱한.
7. 궂은 : 좋지 않은. 나쁜. 언짢고 거친.
8. 일키거늘 : 일으키거늘.

그와 그의사랑에게이른 변화를설어하여
세상이 끝나기를 바란다

예ㅣㄹ스

나의 부르는소리 들리잖니 뿔없는 힌사슴아!
나는 한귀붉은 사냥개로 되어 버렸다;
누기라 미움과 바람 정욕과 무섬을
내 발아래 숨겨 밤낮으로 너를 딸케하여서、
나는 돌작길과 가시덤불로 돌아다닌다。
가얌막대 짊은사람 소리없이 찾어와서
별안간 내얼골 이리 바꾸였단다; 나도 달리보였더니
이제 내 불름소리는 사냥개의 불름일뿐;

---

1. 누기라 : 누구라. '누기'는 전남방언임.
2. 딸케하여서 : 따르게 하여서.
3. 불름소리는 : 부르는 소리는. '불르다'는 전남방언임.
4. 돌작길 : 자갈길.
5. 가얌막대 : 개암나무 지팡이.

「때」와「남」과「바뀜」은 밧비 지나가고있다。

나는 다맛 「장」헐없는 뫼돌이、뒤엎으고

으렁대며 쉬일차로 어둠속에 드러눕기를 바란다。

---

1. 밧비 : 바삐.
2. 다맛 : 다만.
3. 쉬일차로 : 쉴 목적으로.
4. 뫼돌이 : 멧돼지.

그의사랑이 죽었기를 바란다

예ㅣ트스

다만 네가 이미 죽어 싸늘이 누어있고、
서녁의 빛은 사라저 갔으면 싶으다：
너는 이리로와 너의고개 숙이고、
나는 네가슴에 내머리 기대이고、
너는 다정한말로 소근거려
나를 용서하리・네이미 죽었으매；
네가 날즘생의 거친뜻을 가졌어도
일어나 달려가진 못하리니、
너의 머리가 해와 달과 별들에
감기고 붙들리였음을 알리라；

---

1. 싸늘이 : 싸늘히.
2. 날즘생의 : 날짐승의.

오 사랑아 네가 무덤가운데
잎 아래 누어있기를 나는바란다、
빛은 하나하나 사라져 가는데。

그女子의심장

예ㅣㅌ스

기도와 안식에 넘치던
저 조그만방이 내게 무엇이랴。
그이는 나를 어둔데로 불러내고
내가슴은 그의가슴에 다어있다。

어머님의 돌보심이 내게무엇이랴、
내가 평안하고 더웁게있던 집인들。
내 머리는 꽃으로 그늘지어
괴로운 풍우에서 우리를 가려준다。

1. 다어있다 : 닿아 있다.

오 가려주는 미리털 이슬진 눈들、
나는다시 삶과죽엄의 세상에있지않다。
내심장은 그의 다순심장우에 노이고
내 숨ㅅ길은 그의 숨ㅅ길속에 석기나니。

1. 노이고 : 놓이고.
2. 석기나니 : 섞이나니.

○

예ーㅌ스

저아래 Salley 庭園곁에서 내사랑과 내가맞났다
저는 눈갈이흰 조고만발로 Salley 庭園을 지났다
저는 날다려 사랑을쉽게 나무우에 잎새자라듯하라고 말했다
그러나 나는 젊고어리석어서 저의말에 同意치않았다

강가에 들녁에서 내사랑과나는 서있었다
나의 숙은어깨에 저의 눈갈은 손을얹고
저는날다려 살기를쉬웁게 방축에 풀자라듯하라고 말했다
그러나 나는 젊고어리석어서 이제는 눈물에찼다

※ 원제 「Down by the Salley Garden」
1. 내가맞났다 : 내가 만났다.
2. 조고만발로 : 조그만 발로.
3. 날다려 : 날더러. '다려'는 전남방언임.
4. 숙은어깨에 : 숙인 어깨에.

『荒野』에서 一章

J·스티-븐스

내가 옷을 벗고
아조 무서워하며 광야를 지날때에
고개를 반짝 치들고
　계집아이 같이 놀래였으나
쭈구리고 있는 사자를
(험한 바위뒤에서 눈을 처들고 있는) 거기서 나는 보았다
그는 발로 仙人掌을 갈르고
내가 지날제 나를 노려보았다

1. 아조 : 아주. 매우.
2. 갈르고 : 가르고. 나누고. '갈르다'는 전남방언임.

그는 내뒤를 딸아왔을게다
내가 무서워하는줄을 알았으면
만일 내 씩씩한 얼굴이
계집아이 같은 무섬을 감춘줄 알면

밤중에 그는 일어나서
몸을 잡어느리고 쿄를 씩씩거린다
그는 소리치고 모래밭으로 뛰어간다
무릅을 꿇고 사방을 살핀다

그의 타는눈 그의 흉악한 눈
어둠속에서 나는 볼수있다;
그는 무서웁게 꼬리를 친다
그는 내게 뛰여덤비기를 바랄것이다

1. 딸아왔을게다 : 따라왔을 게다.
2. 잡어느리고 : 잡아늘이고.

나는 굴속에 있는 사자이다
나는 나를 두렵게하는 무섭이다
나는 절망의 광야이다
그러고 고통의 밤이다

낮으로 밤으로 무슨일이 일어나던
나는 이 광야로 걸어가야 한다
마침내 내가 사자를 불러서
내손을 핥일수있게 되기까지

1. 핥일수있게 : 핥게 할 수 있게.

米國詩篇

기 다 림

에밀리·디킨슨

樂園이 먼데가 아니라
벽하나사이 이웃방이라네、
거기 한벗이 와앉어
運命의 대답을 기다리고 있으면。

사람 마음이란 이리 굳센것일가?
이런것을 참아 견딜수 있다니
걸어오는 발 떼는소리、
가만이 열리는 문소리를。

※ 원제 「Elysium is as far as to」

가을

에밀리·디킨슨

아침기운 전보다 부드럽고、
밤알도 걸이 붉어지고、
딸기는 뺌이 더 포동포동해지고、
장미꽃은 자최 사라졌다。

단풍은 빛난 치마 입고、
왼들이 붉은 옷을 둘러있다
철늦인 사람될가 무서우니
나는 새저고리 내여입으리라。

---

1. 뺌 : 뺨. 볼.
2. 자최 : 자취.
3. 왼들이 : 온 들이.
4. 철늦인 : 철 늦은.

너의 눈물

C·E·마—컴

나는차마 너의 모든것을 구하지는 못한다
나는다만 한조각을 구한다
내게로——춤추든 사람들이 그자리 떠난다음——
너의 아퍼하는 가슴을 가져오라。

다른 벗들에게는 너의 빛나는 얼골
우슴의 몇해라도 주라
나는 더 큰은혜를 구하려 왔다
네 눈물을 내게 다오

1. 얼골 : 얼굴.
2. 우슴의 : 웃음의.

山脈은 외로운 백성

햄린·가글란드

山들은 말없는 사람들이다
저의는 멀리 호을로 서있다
밤에 저의 이마에와 키스하는 구름들은
한숨과 呻吟을 못듯는다
제마다 定한자리에 서있다
병정들과 갈이 용감히 높히
저의 森林을 밤에감고
하눌에다 괴여 받히고있다

카멜벌의 봄

죠ㅣ지・스터ㄹ링

카멜벌에 봄들면 갈매기는 장기(鋤)뒤를 딸아온다
저 푸른하늘에 하얀 날개 날개!
너 이마와 가슴도 히더니라 사랑아!
허나 이제 너를 볼수 없고나
소식맡은 제비는 해마다 다름없이
양귀비 퓐 골작과 들을 스쳐 난다
제짝을 따르는 저 새야 부러워라
나무가지에 새잎새 피어날제
카멜의 숲과 내ㅅ가에 종달이는 햇빛에서 질긴다

---

1. 장기 : 쟁기.
2. 딸아온다 : 따라온다.
3. 히더니라 : 희더니라. '히다'는 전남방언임.
4. 골작과 : 골짜기와.
5. 질긴다 : 즐긴다.

지ㅣ지꾸 지ㅣ지꾸 하나님의 음악
네 보금자리 가까운데 저의발이 밟든곳
　저의 발자최 그만 끊어졌고나
노래하라 사랑하는새야 나는 노래 못한다
네가 일킨 생각은 멀고 앗질하고나
푸른 봄하늘 네게 복되건만
　내겐 모 하늘이나 다 갈고나

카멜의 아름다운숲속에 제비초리꽃 바람에 구부린다
오 너 멀리가버린 설어운꽃아!
슬픈순간에 내가찾은 장미야!
　그장미 내가다시 못보겠고나!
가만이 천천이 떨어진 꽃잎새들
풀우에 나려앉은 향기론 눈송이들

---

1. 발자최 : 발자취.
2. 일킨 : 일으킨.
3. 앗질하고나 : 아찔하구나.
4. 설어운꽃아 : 서러운 꽃아.

이제 모아지면 한때멀었든눈에
　언제나 거륵한것을 삼으련다

카멜의 고요한솔밭에 미나리아재비꽃 흩어지고
일은 羽扇豆 거기푸르렀다!
이제 들丁香 내음새 공기속에
　벌집깨진 꿀같이 넘친다
이같이 天國의꽃들도
저의정기를 아침하늘에 쏟을수있었으면,
그래 너의향내가 유령같이
옛날에 집으로 돌아가든길에 나려앉었으면

1. 거륵한 것을 : 거룩한 것을.

말해보아라

에미·로웰

말해보아라
뺴너스가 너보다
더엡벗다냐
제가 자개로 배를타고
언덕으로 밀려오며、
굼틀리는 물ㅅ결우에
둥실 떠올랐을제?
보티쎌리의 얽어보든 그림인들
내해보다 더 고앗다냐?
그의 그림속에 귀한부인

1. 더엡벗다냐 : 더 예뻤더냐. '-다냐'는 '-더냐'의 전라도 방언
2. 자개 : 조개.
3. 굼틀리는 : 꿈틀거리는.
4. 고앗다냐 : 고왔더냐.
5. 보티쎌리의 얽어보든 그림인들 : 보티첼리가 구성해 보던 「비너스의 탄생」 그림인들.
6. 내해보다 : 내것보다.

꾸며놓은 장미송인들
넘우갸륵한 너의 아름다움을
흐릿한 엷은 銀의
포장으로인듯 가리려
너의몸가에 불어보낸
나의말슴보다 더 나었다냐?

나를위해 너는
푸르게 떠오르는 공기속에
빛난바람에 휘감기어
햇빛을 「발에」 밟으며
몸을 사리고 서있고나。
네앞에 풀ㅅ결은
네 발아래 모래에와

1. 넘우갸륵한 : 너무 갸륵한.
2. 나의말슴보다 : 나의 말씀보다.

잔물ㅅ결 일우노나。

王冠

A·로웰

너는 네마음의 포도주같이 붉은
빛난장미 가지고 내게로와
그꽃으로 꽃테를 들어올려
나를 세상에서 따로떼어
네사랑 내머리에 붉은 자유관을 씨워
나는 세상떠나 환한광채 머리에이고 걸었다

거기 싸이고 붙들리어 나는 이를썼다
내가 네게보내는 자랑의 표적。
꽃닢들은 빛도발고 시들어져

1. 씨워 : 씌워.
2. 빛도발고 : 빛도 바래고.

떨어지고 가시만 내밀었다
나를 너의사랑이라 부르는 괴론가시
괴로움으로 꾸며만든 王冠

1. 괴론가시 : 괴로운 가시.

사의

A · 로웰

너의 앒치마 널리 펴들어라、
나의 선물 거기 마음것 쏟우리니
마침내는 너의 두팔이 그것을 붙들어
떨어지지 않게하기 어려우리라。

나는 네우에 그것을 퍼부으련다、
그래 너를 덮으련다、
내 마음의 간절한 소원은
네게 무엇을 주려한다——
이리 하찮은 것일지라도。

내 마음의 끝간 사랑아!

쯔랑스

P·W·머케이

반은 예술가 반은 隱士
　妖婦의性質에 쏘크라테스의道德
사랑을 홀리면서 알수없는곳 있는
저의 얼굴이 社交室과 硏究所에서 웃는다

二重의 마스크를 가볍게 쓰고있다
문듯 전쟁의 불꼿이 불붙이면
빛나는 갑옷과 투구의
저의 속몸을 세상앞에 불태인다
　저의 唯一한魂——짠·딱

---

1. 문듯 : 문득.
2. 불꼿이 : 불꽃이.
3. 짠·딱 : 잔다르크.

石炭坑夫

루이스·언터메이어

하나님 우리는 하소연을 질기지않나이다
구덩이속이 무슨 노리터가 아닌줄도 아나이다
그러나——비가오면 물만 흠ㅅ벅 고이고
그러고——치움과 어둠이 있을뿐입니다。

하나님 당신은 이게 무언줄 모르시리다
당신은 햇빛 잘 나는 당신의 하날에 계셔
깜ㅅ작새 사라지는 流星을 바라보시며
해를 늘 곁에 가저 다숩게 지내시오니

1. 노리터가 : 놀이터가.
2. 치움 : 추움.
3. 하날에 : 하늘에.
4. 깜ㅅ작새 : 깜짝할 사이에.
5. 다숩게 : 따뜻하게.

하나님 당신이 만일 저 달을 따서
당신의 모자우에 등ㅅ불삼아 달으신대도
이감감하고 축축한데 나려와 계시면
당신도 얼마안해 멀미를 내시리다

우에는 다만 검정 어둠이 있을뿐
움직이는 것은 석탄 실은 수레밖에
하나님 당신이 우리의사랑을 바라시면
우리에게 한우큼 별이라도 뿌려주옵소서。

---

1. 얼마안해 : 얼마 안가.
2. 한우큼 : 한 움큼.

祈禱

루이스·언터메이어

하나님 우리의生이 다만 헐거품이고
스사로 하는일이 무언줄 모른다해도
믿음도없이 손으로 더듬는다 해도
지도록 싸홀 마음을 내게 주소서

항상 反抗하는마음을 갖게 하옵고
유순함보다는 용감하게 하옵고
미지근한 만족에 빠지지않게 하옵고
크나큰 의심으로 채워주소서

나의눈을 떠워 美로 휘둘리고
놀람이 빛나는것을 보게 하소서
그러나 내가항상 더러운것들과
게서나어 게서죽는것을 보게 하소서

내귀를 음악에 열어 주소서
내가 봄의 첫피리와 북소리에 감격하게 하소서
그러나 내가 저 빈민굴의 괴로운 노래를 잊지말게 하소서

타협과 반거치일에 들지않게 하시고
완고하고 굳건한 자랑을 가지고
마침내 싸홈을 이기는 때이라도
하나님 내가 만족지 않게 지켜줍소서。

1. 게서나서 : 거기서 나서.
2. 반거치일 : 미상. 반동강이 일.

의심

언더메이어

하나님 나는 당신께 돌아갑니다 四月날에
시골길로 당신이 나와같이 걸으실매
내 믿음은 피여납니다 가장일즉 터지는 움으로
매마른세계를 부끄럽히는 나무 같이。

내 믿음은 살아납니다 붉으레한 안개속에
클로버 핀 언덕들이 가만이 우슴질제
젊은 바람이 적은새의 깨끗한 황홀을 울려낼제
여기에 오 하나님 내기쁨과 찬송이 있나이다。

---

1. 가장일즉 : 가장 일찍. 맨 먼저.
2. 움으로 : 새싹으로.
3. 우슴질제 : 웃음질 때.

허나 이제 사람많은 길ㅅ거리와 숨막는 공기
상하고 더러워져 몰려다니는 사람들과
지나치게 번ㅅ적이는 큰길ㅅ거리
넘우 소리높은 우승 속뷔인 소리침
질검에 미치고 근심에 우는 都會
여기에 오 하나님 나의 침묵과 의심이 있나이다。

1. 넘우 : 너무.
2. 우슴 : 웃음.
3. 속뷔인 : 속빈.
4. 질검에 : 즐거움에.

나는 좋와 하지 않는다

J·H·휘 ㄹ 럭

나는 좋와 않는다 너의 美가 모든사람눈에
熱心한 사랑의붐을 불붙혀줌을 보기를、
또는 네가 지나갈제 스사로도 아지못하는
欲望의熱이 누구의 뺨에 떠오름을、
시끄러운 세상의 황홀한 길우에서
너의 갸륵한 美가 떠드는 제목이 될때——
내사랑이 기도드리든 너의 입술
나의 모든秘密을 불어내놓은 금빛머리——
그러한때 나는 너를 내팔에 안고싶다

落望되고 외롭고 깨어지고 버림받어
너의 찬란함 다없어지고 모든 아름다움 잃어버린、
그때는 내사랑이 그의 傲慢한 無視를 증명하리라
그래 나는 너를 가슴에 끌어대고 증명하리라
내가 사랑한것이 다만 너의 아름다움만이 아니든것을

잔치

E·St·앤센트·밀레이

나는 가지가지 포도주를 마셨다。
처음내종 다름없든 그맛이여。
나는 그러나 목마름같이
훌륭한술을 만나보지 못하였다。

나는 모든 풀뿌리를 씹어먹고。
여러가지 나무열매 맛보았다。
나는 그러나 주림같이
훌륭한과일을 만나보지 못하였다。

1. 처음내종 : 처음과 나중.

포도주와 신선한 푸성귀를
채소밭과 술고깐채 먹은다음、
나는 주림과 목마름을안고
맑은눈으로 드러누으리라。

1. 술고깐채 : 술 곳간(庫間) 채.

가을노래

E·St·앤센트·밀레이

이제 가을은
장미나무 뿌리에서 몸을떨고。
여기저기 사다리가
과일나무에 기대 놓였다。

이제 가을은
가지만남은 나무로 오르는데、
장미는 저의 자라나온흙을
다시생각고 돌아간다。

1. 다시생각고 : 다시 생각하고.

장미 가지우에
피였든 꽃보다 더 빛나게、
금빛으로 익은귤이 달려있고、
　쓴 딸기도 남어있다。

美는 자는때가 없느니、
　모든것이 그의 일홈안에 있다;
그러나 장미는
저의 자라나온흙을 잊지않고 돌아간다。

사월이 되기전 어느날

매리·캐롤린·데이ᄫᅵ스

사월이 되기전 어느날
내홀로 나는 홀로
숲가운대 걸어다니다가
돌우에 쉬어 앉였네

넓은 돌우에 나는 앉어
새소리 딸아 노래 불렀네;
곡조는 하나님의 지으신것、
말은 내가 지어 불렀다네。

꿈갖은사람

M·C·데이애스

고달펀 사람들이 연기에 검어지고
汽笛소리 들으며 일하는 곳으로
나는 갔더니 새벽이슬에 갓젖은채、
저의게 꿈을 가져다 주려――。

한때는 하눌을알고 지냈으나
이제 어두운 가난의 골목에 사는이게로
나는 갔다 꿈을 가져다주려―― 그러나
저의는 나보다 더큰꿈을 가졌음을 알었다。

1. 고달핀 : 고달픈.
2. 하눌을알고 : 하늘을 알고. '하눌'은 전남방언임.
3. 사는이게로 : 사는 이에게로.

한 생 각

M·C·데이애스

내가 거울속을 들여다본때는
내자신이 내의 모든 關心이다
그러나 나는 물방죽을
거의 모든 驚異를 위하야 본다

내가 거울속을 들여보면
나는 한 바보를 본다
그러나 나는 한 어진사람을 본다
내가 방죽을 들여다본때는

1. 들여보면 : 들여다보면.

웃옷

M·C·데이애스

죽은이들 모다 이상히 바라보는아래
천국으로 들어간다、(아ㅣ묵주도 헤지않고! 죄의 고백도 없이!)
입은옷은
그대의 정성의실이 짜은 웃옷
오 나는 가난코 외롭고 놀라하리라、
—마는 女人들은 제마다 나를 자세히 보리라。

1. 짜은 : 짠.

希臘民謠

마—가렡·위드머

월게수 그늘질은 잎새아래
장미화의 샛밝안 꽃잎아래
여자의 아는일 다알아본
나는 몸을펴고 누어있네

사랑과 설음과 어머니노릇
질검과 칭찬과 없이녀김—
이런것은 여자로 태난이의
아모나 피치못할 일이라네

---

1. 샛밝안 : 샛빨간.
2. 설음과 : 서러움과.
3. 없이녀김 : 업신여김.

내손에는 보배구슬 놓여있고
우에는 높은비ㅅ돌 세워졌네—
내가 잠들였다 울지말게
나는 사랑에 어질였나니

저승의 사우잖은 꽃사이로
회색 그림자 내가 걸어갈제
나는 기쁘다네。이세상에서
가질수있는것 다가져보았느니—

1. 높은비ㅅ돌 : 높은 비석.
2. 사우잖은 : 시들지 않은.

사라・티ー쯔데일篇

사라・티ㅣ쓰데일詩抄

사라・티ㅣ쓰데일이 자살을 하였다 한다、 그 원인이라면가를 자세히 알수는 없으나 그의 시를、 어디선지 모르게 책상머리에 날아들어온 꽃잎사귀를 사랑하듯、 사랑하든 사람에게는 적지않게 슬픈 소식이였다。 이기회에 그의 시 몇편을 번역해서 그의 시를 사랑하는 동무를 조곰이라도 느리어 볼가하고、 또 그의 경녁을 간략히 적기로 한다、

티ㅣ쓰데일은 천구백십년대의 미국시의 융성시대에 활동한 여시인의 한사람이다。 그는 一八八四年 八월八일 미국 미소리주 쎈트・루이스에 그리 한미하지 아니한 가정에 태여났다。

어렸을적부터 몸이 약해서 학교에 가지아니하고 가정에서 교육을 받았다。 나종에 호스머・홀이라는 중등정도학교를 마쳤으나 역시 몸이 약한탓으로 학교교육을 더 받지는 아니하고 전혀 독서에 의해서 그의 교양을 넓혔다。 一九〇五年에 처음으로 구라파여행의 길에올라 히랍 애급까지를 다녀오고 그뒤에도 국내와 국외에 여행을 많이 하였다。 一九一四年에 國際貿易學의 권위인 엘싱거씨와 결혼하고 뉴욕에 집을 정하였으나 역시 여행을 즐겨하였다。 아이가 둘이 있는데 수년전에 이혼을 하였다 한다。

---

1. 조곰이 : 조금.
2. 느리어 : 늘려.
3. 볼가하고 : 볼까하고.
4. 경녁을 : 경력을.
5. 한미하지 아니한 : 구차하고 지체가 변변하지 아니한.

일찍부터 시를 좋아하였으나 특별히 영국의 여시인 크리스티나·로쎄티의 시의 영향을 많이 입었다 한다。一九〇七年에 첫시집을 발행하고 「바다로가는강」(一九一五年)、「불꽃과그림자」(一九二〇年)등 시집 나섯권과 여사의 연애서정시 백편을 모아 「和應」이라는 시집을 내였다。一九一一年과 一九一八年의 두번 콜럼비아대학 詩賞을받고 一九一六年에 아메리카詩協會賞을 받았다。

그는 사랑과 슬픔의 올과 날로 세상아닌 비단을 짜는 직녀다。그의 시에는 때아닌 바람에 꺾인 꽃의 하소연 그윽한 애무를 기다리는듯한 곡조가 있다。그의 시는 모도가 간략한 꾸밈없는 말과 정제된 짧은 시형가운대 사랑을、사랑의 슬픔을、사랑의 조심스런 기쁨을 노래한 순수한 서정시다。그를 大詩人이라고 부르지는 않으나 그의 시에는 우리의 심장에 들어안기는 무엇이 있다。

그의 시를 통하여서의 그의 모양은 우리앞에 옛날 히랍의 고귀한 화병에 새겨진 「영원한麗人」으로 나타난다。사랑을 향해 손을 처들었으나 거기 다달을수는 영원히없는 녀인。

그의 심장에서 피어난 아름다운 꽃에서 향기와 빛갈을 다 잃어버리고 겨우 형해만을 전하는 이런 번역을 내어 놓는 것이 부끄러웁다。

그의 靈이 있다면 그의 흉지않은 창백한 미소를 띠울런지도 모른다。(雜誌 新家庭所載)

오 너 라

오너라 해쓱한 달이 꽃닢같이
진주빛 저무는 봄하늘에 걸렸는데
오라 나를 안으려는 팔을 벌리고
오라 입마추려하는 입술을 가지고。

오너라 삶이란 힘없는 나비하나
나르다 세월의 거미줄에 걸림이어니、
이렇듯이 열렬한 우리둘도 오래쟎아
저기 풀속에 누은 찬돌과 같이 되리。

어둘녁의 중앙공원

잎새벗은 나무우에 집들은 높이 솟아
꿈속에 궁성같이 그림자 히미한데,
하나 하나씩 켜저나오는 등불들은
어른거리는 실로 초어둠을 바느질한다。

잎사귀나 터지는 움의 자최 없고
고요는 모든우에 널리 펴있다──
그윽하기 사랑을 기다리는 여인같이
세상은 이제 봄을 기다리고 있다。

1. 자최 : 자취.
2. 모든우에 : 모든 위에.

고개숙인 보리이삭

바다ㅅ가 얏은 들에
고개 숙인 보리 이삭
모진 바람 가운대서
쉬임없이 노래한다。

고개 숙인 보리 이삭
고개 다시 치어든다、
나도 저리 꺾이잖고
괴롬에서 일어나리。

나도 저리 가만하게、

1. 얏은 : 낮은 나즉한.

원 밤으로 원낮으로、
나의 가진 슬픔에서
노래를 맨들리라。

봄ㅅ밤

공원에는 밤과 안개 가득이 차고、
세상은 얇은 베일로 가리워있다、
길거리에 조으는듯한 등불들은
히미한 진주로다。

사람없는 거리는 금빛에 어른거린다、
안개 덮인 호수는 금빛에 어른거린다、
빛여있는 불들은 물에 잠긴 칼과 같이、
으릿 으릿 흔들린다。

오ㅣ이만하면 넉넉지아니하냐——

1. 빛여있는 : 비쳐 있는.

이 아름다움가운대 싸이어?
나는 찬양하는 노래에 목이 아프고、
하늘을 우러러 나는 기쁨에 무뤂꿇것이어늘。
오 아름다움아 너로 넉넉지아니하냐?
웨 나는 울고있느냐—사랑을 찾어、
젊음에 노래하는 목소리와 눈을 가지고、
땅우에 새것을 놀라움으로 맞으려?
웨 나는 나의 자랑스러움 밀쳐놓으냐、
웨 나는 여기 만족지않느냐—
나를 위해 생각깊은 슬픈 밤이
저의 구름머리 빛난별로 묶였는데、
나를 위해 모든 아름다움이
백만개 향노에 향갈이 타오르고 있거늘?
오 아름다움아 너로 넉넉지 아니하냐?

---

1. 웨 : 왜.
2. 향노에 : 향로에.

웨 나는 사랑을 찾어 울고있느냐?

나 그 내

사랑이 하로는 내가슴 찾어왔네——
슬프고 반갑지 않은 손님、
그러나 그가 머믈으기 바리기에
나는 쉬어가라 하였더니。

그는 슬픔으로 내가슴 깨트리고
눈물로 나의꿈을 흔들어 놓았네、
나의 맘이 노래부르려 하는때는
두려움으로 그기쁨 가라앉혔네。

그러나 이제 그이 가고 없으니

1. 머믈으기 : 머무르기.

나는 이전 달콤한괴롬 못 잊히네、
그래 밤이면 때때로 기도드리네——
그이가 다시 와주기를。

집 웅 우 에

나는 말하였네! 『열렸던문 닫히듯이
나는 내 가슴의 문 닫혔노라、
사랑이 그안에서 주려죽으면
다시는 나를 괴롭히지않게。』

그러나 집웅우에 오월이 와서
물ㅅ기 품은 새바람이 불어오고、
거리에서 놀리는 피아노의
기쁜 곡조 멀리서 들려왔네。
나의 방은 밝은 햇빛 가득찬데

사랑은 내속에서 소리쳤내、
『내 힘은 세다 나는 네가슴 터치리라——
네가 나를 놓아주지 않는다면。』

피 에 로

동산가운데 서있는 피에로——
이울어 지는 달아래、
그의 피리에서는 끊일듯한
은빛 노래 울려나네。

피에로 동산에서 피리불며
날위해 부는줄로 여긴다네、
그러나 나는 아주 잊혀져서
호올로 벗꽃 나무아래。

피에로는 동산에서 피리부네、

장미화도 다 아는일——

피에로는 그의 음악 사랑하고、

나는 피에로를 사랑하네。

밤 노 래 (아말ᄪᅵ에서)

별 가득한 하늘에게 물은 말이、
내 사랑께 무엇을 드릴꺼나
그것이 내게 주는 대답、침묵、
하늘의 침묵。

고기잡이 배타고 나아가는
어둡는 바다에게 물었더니
그것이 내게 주는 대답、침묵、
바다의 침묵。

오ㅡ 그에게 우름도 줄수있고、

그에게 노래도 줄수 있으나、
어떻게 침묵을 줄수 있으랴——
나의 일생을 두고?

선 물

나는 나의 첫사랑께 우슴을 드리고、
다음 사랑에겐 눈물을 드리고、
셋재사랑에겐 침묵을 드렸다네——
　기나긴 여러해를。

나의 첫사랑은 노래를 내게주고、
둘재사랑은 불줄아는 눈을 주고、
아 그러나 나의 셋재 사랑이
나의 영혼을 내게 주엇다네。

1. 우슴 : 웃음.

물바래

그대 멀리 게시어도 그대는 밤새도록
내 생각하심인줄 나는 알았다네、
나는 느꼈네―― 그대사랑이 내우에 불려옴이
바람에 시달리는 어둔바다가
멀리는 물바래로 내몸을 적심 같음을。

사랑이라 하는 길도 여러가지、
길마다 거기는 그 기쁨이 있다하네
그러면 더 바랄 무엇없이 내게로 오소――
물결치는 바다가 밤을 새우며
뭍으로 불어보내는 물바래같이。

1. 물바래 : 물바라. 물보라.

불상한 집

희망도 지나가고 평화도 지나가고
들어와 보려 하지않네、
젊음도 지나가고 건강도 지나가고
사랑도 저의 한겨레라、

집안에 사람들은 쓰디 쓴 빵 먹으며
그우에 눈물 떨어치네、
더러는 늙었으며 더러는 미쳤으며
더러는 병에 누어있네

재ㅅ빛 죽엄이 이 흉한 집을 보고

그 마자 지나가 버리네、
그러며 하는말이 『살아 본적 없는 저들
죽기도 쉽게할수 없느니라。』

1. 마자 : 마저.

세상의 주막

나는 사람많은 「세상의주막」 찾어가서
한잔의 포도주를 청하였네、
그러나 주인은 지나가며 눈흘기고
이렇듯 목마른 나를 본체않네。

고달픈 나는 그래 걸어앉아서
한 조각 빵을 청하였네、
그러나 주인은 지나가며 눈흘기고
한마디 말도 아니하네、

한편으로 밖앝에 밤에서는 끊임없이

1. 밖앝에 : 바깥에.

기다리던 사람들이 들어오네
모든 밝음과 시끄러움에 깜작놀라
숨막히는 소리치며。

나는 말하기를 『내게 잘자리를 빌리시오
이제 밤은 차츰 깊어오니』
그러나 주인은 지나가며 눈흘기고
다시는 얼굴도 안보였네。

『먹을것도 잘곳도 없는것이면
나는 나의 가던길이나 돌오 가겠오』
그러나 주인은 지나가며 눈흘기고
밖알문을 닫아 걸었네。

---

1. 돌오 : 도로.
2. 밖알문을 : 바깥문을.

그 러 므 로 (산문체번역)

오-그대는 일즉이 내뜻을 굽히고 내자랑 꺾으려하지 아니했으므로、
또 나틀 무섭게하려고 야만인의 하는짓 하려한일 없었으므로、
또는 승리자의 자랑스런 태도로 모르는사이 나의맘을 차지한줄 녀기지 안했으므로、
나틀 가져라、나는 그대를 더욱 사랑한다——
전에 내가 사랑하든것보다。

그뿐이랴 육체의 순결이란 그것만으로 귀한것도 좋은것도 아니였나니——
그와 함께 내가 아직 깨끗한대로 있는 정신을 그대게 드리지 아니했다면。
부리는 주인없던 바람같은 나의꿈과 나의마음 그대여 받으라、
그리고 『주인』이라 그대를 부르마——
그대 그렇게하기 원하지 아니했으므로。

---

1. 녀기지 : 여기지.
2. 그대게 : 그대에게.

나는 본체 않으리라

내가 죽은다음 내우에 빛난 四月
비에 젖은 머리털 풀어헤칠재
그대는 아픈마음 나를 찾어 몸굽혀도
나는 아조 본체 않으리라

그때 나는 平和로워 잎새 짙은 나무들이
비맞어 가지 숙인 때와 같이
나는 더 말없고 한층 마음 모지리라
그대의 이제 그러하심보다。

1. 내우에 : 내 위에.
2. 아조 : 아주. 전남방언임.
3. 모지리라 : 모질어지리라. 기본형은 '모질다'

사랑을묻으려

나는 사랑을 묻으려
나무아래 찾어왔네、
높은숲· 어둔 그늘에
아무도 볼수없는곳。

머리맡에 꽃하나 아니 놓고、
발아래 비석도 아니 세우리、
내 그리 사랑하던 그 입술은
쓰고 달콤하였나니。

그 무덤 나는 다시 안찾으리、

숲속은 찬 기운 도는것을
나의 두손 쥐일수 있는대로
기쁨을 나는 모아 가지리라。

별가운대 왼종일 나는 살리
시원한 바람 불어 오는곳에、
아ㅣ 그러나 나는 우름울리라——
밤에 아무도 모르는때는。

구월어느날

쎄이느강 안개속에서 흘러나와
다시 안개 가운대로、
나무들은 강물우에 몸을 숙이고、
적은 잎들은 비같이 나려진다。

잎새들은 쉬임없이 나려진다、
생각하고 설어해주는 것 없나니、
강물은 바다로 가져간다——
노란빛 잎사귀의 떼를 몰아서。
바람은 서늘하고 부잇하다、

1. 설어해주는 : 서러워해 주는.
2. 부잇하다 : 희미하다. 뚜렷하지 못하고 어렴풋하다.

잎새는 흐름을 따라 떠나간다、
강물은 조을음 가운데서 나와
다시 꿈속으로 사라진다。

1. 조을음 : 졸음.

겨을밤노래

그대는 예와같이 노래하며 오시려나、
나도 예와같이 귀기울여 드를거나?
쏘는듯한 치위도 돌보쟎고
창문 열어맞으려 달려갈거나?

아니라 내사랑아 아ㅣ아니라、
나는 난로가에 책들고 그냥앉어、
그대가 눈가운데 반밤을 노래해도
나는 들은체도 안하리라。

그대의 목소리에 수풀과 새와

---

1. 드를거나 : 들을거나.
2. 치위도 : 추위도.
3. 반밤을 : '반밤'은 하룻밤의 절반임.

다수운 푸른 빛이 돌오 살아온다해도、
그대의 노래가운대 바다를 넣어다가
그 소리를 사연삼아 펴 붓드라도、

그래도 내사랑아 그렇다해도、
나는 처음부터 들은체도 안하리라、
그대의 두어깨는 눈으로 히어지고
그대는 소리높여 처부른다 할지라도

나도 졸음졸고 불ㅅ길도 졸음졸아、
방안에는 찬기운 돌고 있으리라、
시계는 죽고、
눈은 문에 쌓이고。

1. 다수운 : 따뜻한.
2. 돌오 : 도로.
3. 히어지고 : 하얘지고. '히어지다'는 전남방언임.

봄도여러번

새로운것 하나 없어라、나는 봄을 너무 여러번 보았나니、
이 나무와 다름없이 길가에 붙잡힌 은빛구름쪽 같은
하얀 매화남기도 달리 있었고、
날샐녁에 저의 사랑 아름답다 소리치는
새들에게 내잠은 그리 여러번 깨워졌나니。
풀닢은 바람속에 으른거린다、변한것도 없어라。
없어진것도 없어라、모도 전에 있던 그대로 있을뿐、
피지않는 라이락은 전과같이 짙은 자주빛、
느릅나무가지들은 지금도 적은잎 얇게 몸에 둘르고 춤을춘다、
없어진것도 없어라——내 생명에서 떨어저나간 몇해밖에。

1. 매화남기도 : 매화나무도.
2. 풀닢은 : 풀잎은.
3. 으른거린다 : 어른거린다.
4. 적은잎 : 작은 잎.

잊혀지는 대로두라

잊혀지는 대로두라—잊혀지는 꽃과 같이、
황금빛 노래하든 불ㅅ길 잊혀 짐과같이、
영원히 올길없이 잊혀지는 대로두라、
세월은 좋은친구 우릴 늙게 하느니라。

묻는이 혹 있거든、잊혀졌다 말을 하소—
옛날도 오랜 옛날에、
꽃과같이、불ㅅ길같이、오래전 잊은 눈속에
사라져버린 발자최 소리같이。

---

1. 뭇는이 : 묻는 이.
2. 발자최 : 발자취.

미리알고

저의는 속으로 기빼하며
말하기전에 내가아는 이소식을 가저왔읍니다
저의는 내가아조 너머지기를 바랐지마는
높은 참나무라도 꺼꿀어치는
큰 바람앞에불리는 붉은잎새같이 가벼운나를 보았읍니다。
나는 여러가을을 지내노라며 배왔드랍니다
겨을과 눈속에 파묻히려
다시 돌아옴없는길을 가면서
가벼이 가벼이 거의 기쁜듯이
잎새가 바람에 불려가는길을——

1. 너머지기를 : 넘어지기를.

평　화

평화가 내게로 흘러 들어온다——
　바다ㅅ가 웅덩이에 밀려드는 조수같이、
이는 영원히 나의 것이라
　바다의 물과같이 물러가지 안하리니。

나는 파란빛 웅덩이의 물、
　생생한 하늘을 경배하나니、
나의 희망은 하늘닿게 높았으나
　모도다 네 가운대 일우어졌다。

나는 금빛찬란한 웅덩이의 물

---

1. 일우어졌다 : 이루어졌다.

불타는 석양이 넘어가 버리면——
너는 나를 깊게해주는 하늘、
나의 품에 그대의 별을 나려보내라。

등 불

내가 너의사랑을 등불삼어 내앞에 들린다면
멀고험한 저 「어둠의길」을 내려갈제——、
나는 저 끝없는 그림자를 안무서워하리라
놀라서 울지도 않으리라。

내가 하나님을 찾어만난다면 만나뵈려니와
「그이」가 아니게신다면 나는 평안이 잠들리라。
이세상에서 네사랑이 나를 만족시켰음을 아노니——
아ㅣ어둠속에 한낯등불。

拾遺

默珠

逸名

사랑아 너와한데보내든 시간시간은
내게 한줄꿰인 진주로구나
나는 하나하나 이것을 헤인다
나의 구슬묵주。

한시간 한진주요 한진주에 한기도라
너를잃어 괴로운 마음 채이려
하나하나 묵주헤여 끝에이르니 거기
十字架가 걸렸고나。

---

1. 逸名(일명) : 작가 이름 잃음.
2. 너와한데보내든 : 너와 함께 보내던.
3. 한줄꿰인 : 한 줄에 꿰인.
4. 헤인다 : 헤아린다. 센다.

복스럽고 불일키는 지난날의 기억이어
얻은것 헐되이고 잃어진 괴로움이어
나는 묵주마다 입마추고 힘들여 겨우 배왔다 마츰내는
그 十字架 입마추기를
오 내사랑하는 사람아
그 十字架 입마추기。

1. 불일키는 : 미상.

○

네가 내게뿌리게한 모든 눈물이
너의하늘에 별로 박혀 빛난다면
너는 빛에 주리지 않으리라
가장 어둔 밤에라도

네가 애써 내맘을 밝혀준
모든 기쁨이 너의 해가 되량이면
그빛은 그리도 커서
너는 도모지 밤을 안가지리라

마ー여렐 · C · 우ー드

1. 도모지 : 도무지.

○

허ㅣ버ㅌ · 트렌취

낮이 장미우에 있을제는 저는 오지않는다
　날이 넘우밝아서;
일과 작난을마치고 쉬일제 되기까지
　저는 이마음을 찾어오지 않는다.
그러나 밤이 어덕위에있고 큰소리가
　바다로부터 구을러 들어오면
별빛과 초ㅅ불빛과 꿈빛에딸아
　저는 내게로온다

---

1. 넘우밝아서 : 너무 밝아서.
2. 어덕위에있고 : 언덕 위에 있고. '어덕'은 전남방언임.
3. 구을러 : 굴러.
4. 꿈빛에딸아 : 꿈빛에 따라.

기억해봄도 즐거운 때가 오리라

앨 런·킬 머

이러한때도 오리라 네 이마에 나리던
곱수머리를 기억해봄도
너의눈 너의우슴 너의 사랑옴을
이야기함도 기쁜 일이리라
그러나 이제 이 괴로움을!

어느때는 내가 입을열어
남들에게 너의 훌륭하든 짓들
네 입에서 나온말의 다행했음
너의 웃든 날들의 기뻤음을

1. 너의우슴 : 너의 웃음.

이야기 해야만 될듯 싶으다

그래 내가 애끊는 이 몇몇해의
가슴 부인 순간마다 못잊혀하나
너의 끔직한美를 무에[1]라 이약하랴
내의 생각이란 모다 눈물인것을

이러한 때도 오리라 네 이마에 나리던
곱슬머리를 기억해봄이 즐거운,
네머리 돌리는양, 네손, 네우슴
그러나 이제는 없는데야, 아, 없는데야!

1. 무에라 이약하랴 : 무엇이라 이야기하랴. '이약'은 전남방언임.

山鄕

A · 킬 머

내가 남겨두고온 검은山아
웨 내마음에 가끔 찾어오느냐
네가 내게 정다운일 없었고
 나도 질겨 떠났든것을

이는 너의 褐色 찬 가슴속에
나의 눈에 기쁨을 갖어오든 사람
나의 가슴에 쉬임을 갖어오든
 이가 누어있는 까닭이냐

---

1. 질겨 : 즐겨. '질기다'는 전남방언임.

다시는 내가 그의 눈속에
대답하는듯한 빛남을 못볼게요
그가 곁으로 지나갈제
나의 心臟이 다시 뛰는일도 없으리라

山아 너는 高慢하고 차고나
너의 얼굴이 거만하고 높고나
이것은 오 山아 네가
그를 엄숙한 가슴에 안은 연고냐

○

허ㅣ벌·호ㅣㄴ

나는 내눈을 저의눈에 들지않았다、
비록 내곁가까히 저의지남 알았으나…
나는말하길、「저의그림자가 내 가으로움직인다
제가 여기있는것만도 넉넉하다
그러고 한번이라도 내길을 제가걸었으니

나는 저의얼굴을 치여다보지않았다
나는 저의마음이 눌과이약함을 알았다
그순간에 다른여유가 없었든것이다
나는 내눈을 저의눈게로 들지않았다

---

1. 저의지남 : 저의 지나감.
2. 가으로움직인다 : 가로 움직인다.
3. 눌과이약함을 : 누구와 이야기함을.

나는 저의얼굴은 치어다보지 않았다

품 갚 음

C·A·스미뜨

내게는 수많은날과 수많은꿈보다 더한것
여러가지 히망과 어떠한 기억보다 더한것
이 한순간 너의 입술이 내해우에 변할수없이 놓인때
죽엄과 때의지남도 옛날꿈의 그림자이다

이제 빛남없이 지난해가 품갚음을 받었다
빛과 불의 無上不滅의 한때로
여러 밤과 낮이 저의 한욕망을 이제야 찾었다
사랑의 한때에 生의 품갚음을 받는때에

1. 내해우에 : 내 것 위에.
2. 품갚음 : 품앗이. 남에게 도움을 받은 것을 상대편에게 품을 제공하여 갚음.

밤

엘리너·파ㅣ전

밤은 멈지 않으리라
쉬임없이 밤은 가리라
몇백만개의 별로 저를
하날에 못박어 둔다해도
부는 바람으로 저를 휘감어두고
초승달로 저를 고리걸어 두드라도
밤은 미끄러져 나가리라
서름 같이 노래가락 같이

1. 멈지 : 멈추지.
2. 하날에 : 하늘에. '하눌'은 전남방언임.
3. 두드라도 : 두더라도.

十四行詩

E·데이얘슨

이제 달빛이 하날에서 사라져간다
내마음속에 히망같이, 내남은 일이
이리저리 맨들어보는 너의 기억을
죽는날 까지 꿈꾸는 밖에 또 있으랴

내가 너의 마조보랕는[1] 눈을 들여보며
그안에 안겨 분명하고 아름다웁고
어질게 깨여있는 내정신을 느끼며
한동안 있든날이 있였음을 믿으라

1. 마조보랕는 : 마주 보고 있는.

또는 꿈꾸라——새들 깨나기전 어스름한 새벽의
한동안에 네소리 듯고
자든 네생각이 밤의 幻想에 무섭들어
네손이 내손 핫음을 느끼며
내가 이갈이 너를 거짓지어 마음쉬임이
영원히 너를 잊은줄 아느니보다 낫다고 생각함을

1. 무섭들어 : 무서운 생각이 들어.
2. 거짓지어 : 거짓으로 지어 만들어.

적은 방

G·R·해밀튼

이 서늘한 숲의 고요로부터
主여 내가 시끄러운 장ㅅ거리로 갈때에
그 들끓는 무리 가운대서
비노니 내게 외로운 마음을 주소서

옳소이다 내마음속에 한 적은방을 맨드사[1]
거기서는 靜寂이 노래가될
이 綠色의 孤寂가운대 나는 살리다
그러며 하로종일 그대를 찬양하리다

---

1. 맨드사 : 만드사. '맨들다'는 전남방언임.

就寢時間

랄프 · M · 조운스

나는 생각한다、사랑아、우리의 매양 지나든날
일을 잡고 있음제 나는 들였지야
너는 조그맣게 한숨쉬고 말하기를
「잘매 되였지요 네ー」

일하는 나를 남겨두고 네가 가버리면
나는 부지런이 도로 일을하며
방이 웨이리 어두어지고
밤이 이렇게 차졌는가 의심하였드란다

1. 차졌는가 : 차가워졌는가.

어느때는 충게우에 너의발자최
가만한 소리들리며 너는 내게로 왔지
꿈에서 갓깨여 붉으레한 너는
내무릎에 앉었댓지

너는 말하길「아이 고단하시잖어요」
그러나 나는 네눈속에 외로운 말을 몰라보고
바쁜 키스로 너를 달래
너를 돌려보냈었다

허나 이제 너는 저 해보다 우에
어둑한 집으로 충대를 올라갔으니
나는 이 하잘것없는 일을 겨우 하며
이를 끝낼려는 마음도 없다

1. 갓깨여 : 갓 깨어.

네가 떠난다음에는 모든것이 헐되이다
(그렇게 너는 낮에 고닲이였다)
그러고 화로에는 질검의 재가
부옇게 식어있고나

아ㅣ 내사랑아 네가 입고있을
그 흰옷을 입고 내려오게 할수 있으면
그러고 너의 옷스치는 소리를
층게우에 다시 들렸으면

조을리게 달금한이야 너를 다시맞나
내가 알든 다정한 에쁜말들을 할수 있으면
얼마나 기쁘게 나하든일 치워버리고
너를 딸아가랴

---

1. 고닲이였다 : 고달팠다.
2. 질검의 : 즐거움의.
3. 달금한이야 : 달콤한 사람아.
4. 딸아가리랴 : 따라가리라.

꾀꼬리에게

에드거·앨런·포우 ― 실

어떻게되여 꾀꼬리야
네가 熱帶의 찬란함는 가지고
우리 北녁하늘을 날러왔느냐

어면 행복스런 순간에
自然이 해빛의 한쪽에다
소리를 너주어 보려는 생각이 난것이냐

어찌면 잊어진 어늬 동산에서
검은줄있는 금빛 틀림이

1. 너주어 : 넣어주어.

몇백년 동안 하늘을 대고
새가 되여보리라 빌어서 된것이냐

밤은 천개의눈

부어딜론

밤은 천개의 눈이있으나
낮의눈은 다맛하나
그러나 밝은세상의 빛은꺼진다
그해넘어 가는때는

지혜는 천개의 눈이있으나
맘의눈은 다맛하나
그러나 우리일생의 빛은꺼진다
그사랑지나 가는때는

1. 다맛하나 : 다만 하나.

사다리

레어노러·스페이어

나는밤에 뜻하잖은 幻影을 보았다—
나는 자지않았으니 꿈이라는 할수없고—
내자리곁에 창백한 사다리가 어른거려
안보이는 하날의 높은데로 뻗히였다:
그빛속에서 이상히 빛나는 가로ㅅ장은
가로ㅅ장마다 긴머리 옆으로 흘러내리고
뻗히고있는 녀자의 몸으로 보이였다,
그런데 네가—네가 이 기쁨의 사다리를
씩씩한다리로 벗은몸 가로ㅅ장을 오르드구나!
하나 하나씩 붙잡어 발로밟고 일홈부르더니,

---

1. 일홈부르더니 : 이름 부르더니.
2. 가로ㅅ장 : 가로장. 가로대. 가로 건너지른 나무. 사닥다리에서 가로로 놓인 것으로 사람이 발을 딛고 올라갈 수 있는 장치.

마침내 내일홈도 네불르는데 들었다;
너는 내가슴우에 잠간서있다가 다음으로
팔을 뻗혔다! 그때에 오ㅣ부끄런일이여——
나는 입마추었다。지나가며 나를다처준 그발을ㅣ。

1. 내일홈도 : 내 이름도.
2. 네불르는데 : 네가 부르는데.

꿈나라장미의 노래

브라이언・후ー커

해 넘어가는 바다건너 머언 언덕에
불타는 구름의 물결이 부디치는곧、
아모도 본일없는 경이의 나라
거기 꿈나라나무에 한송이 장미꽃이 핍니다——
저는 조름의 강이 고요히 흐르고 있는
神秘의 동산가운데 서있나니。
언제나 한개의 꿈이 세상에 생기려할때는
꿈나라장미에서 꽃닢하나 떨어집니다。
그나무 한가운대 황금의 가지우에

1. 부디치는곧 : 부딪치는 곳.

은빛 새 한마리 끝없이 노래부릅니다;—
해로 헬수없이 오래인 신비의노래,
낯윽한 목소리의 설어운 노래,
신선의 으릿한 광채 가득 넘치나니。
이 먼데서 오는 음악소리에
꿈꾸는 사람의 귀가 열리는 때는
꿈나라장미에서 꽃닢하나 떨어집니다。

꿈과 뻬쥰의 헤일수 없는 무리
달비췬 풀밭으로 모여듭니다—
차고 가라앉은 늙은이의 꿈,
고읍고 자유로운 젊은이의 꿈—!
외로운 가슴의 고통에 어두어지고,
남 모르는 희망에 빛나는 꿈들。

---

1. 낯윽한 : 나지막한.
2. 설어운 : 서러운.
3. 뻬쥰 : 비전(vision)

언제나 한꿈과 한꿈이 서로 맞을때는
꿈나라장미에서 꽃닢하나 떨어집니다。

후 렴

공주여 그대는 황홀한마음에 드려다보나니——
조을리는 불ㅅ길이 붉게 타오르는곳。
그대의 눈은 가만이 내게로 들리노나……
꽃닢하나 꿈나라장미에서 떨어집니다。

저녁노래

시드니·라늬어

내여다보라 사랑아, 누른 모래발을 건너,
저기 해와 바다의 맞나는 양을 보라,
세상이 모다 보는데서 저의 키쓰 오램이여,
아! 더오래 더오래 우리는。

바다의 붉은 술에 해는 이제 녹는다──
포도주에 녹는 에짚트의 진주같이──
클레오파트라의 밤은 이를 모도 마시노나,
어두어진다 사랑아, 너의손 내손속에 노으라。

1. 누른 : 누런(노란)
2. 맞나는 : 만나는.
3. 양을 : 모양을.

고은 별들아 나와、하날의 맘을 풀어주라、
빛나거라 물결아、너아니면 어두울 모래언덕에。
오 밤아! 우리해와 하날은 난화라마는、
우리입술 우리손으로 언제까지。

(註、에짚트의女王 클레오파트라는 포도주에 진주를 녹여마셨다는 전설이있다)

1. 난화라마는 : 나누라마는.

愛國心

마독스·휴―퍼

애국심이란 무엇이냐?……
나도 잘은 모른다。
그것은 한해ㅅ동안 한날ㅅ동안
또는 한달ㅅ동안 잠자고있는 무엇、
가만이 소리없이 숨어있는 무엇、
그러다가 문득
종용한 가슴을 파도같이、
종용한 정신을 마술같이、
종용한 뜻을
회호리바람 같이 붙잡는것、

---

1. 종용한 : 조용한.
2. 회호리바람 : 회오리 바람.

원 심령을 혼드는것이다。

그것의 無上한 힘은 사랑같고、
그것은 깊고 고요하기 무덤같고、
그러다 깨여날때는
불ㅅ꽃같고 미친것같고、
너의 일생의 거대한 정렬같다。

잘 갈린 칼의 선뜻한 날카로움、
혼인날의 크나큰 기쁨、
이른새벽에 기도드리려 일어나
어둑한 숲속에서 기도하는 僧侶들의 거륵함、
이러한 여러가지와
우리가 옳다고 생각는것에 대한 큰 신념

---

1. 선뜻한 : 섬뜩한.
2. 거륵함 : 거룩함.

섯달 모진 바람에 몰려
휩쓸어오는 모래같이 우리게 뒤덮히는 이信念——
이것들이 애국심을 일우는것이다。
……………………

후 렴

애국심이란 무엇이냐?
아ㅣ우리는 잘 알고 있다
그것은 한해ㅅ 동안 한날ㅅ동안 또는 한달ㅅ동안 잠자고 있는 무엇、
가만히 소리없이 숨어있는 무엇、
그러다가 문득
종용한 가슴을 파도같이、
종용한 정신을 마술같이、
종용한 뜻을
회호리바람같이 처 불들어、

---

1. 섯달 : 섣달.
2. 우리게 : 우리에게.
3. 일우는 : 이루는.

원 몸과 마음을

아니 언제나 心靈을 원통 흔들어 놓는것이다。

處女

사포

가장높은 가지끝에 붉게달린 사과하나
따는사람 잊고남긴 아니! 잊음아니언만
딸수없어 남겨놓은 밝안사과 하나같이

×　×

산기슭에 절로돋는 히아신스 포름한꽃
羊치는 아이들이 지나는결 발에밟아
마침내는 진흙속에 몸버리는 그와같이

---

1. 밝안사과 : 빨간 사과.
2. 포름한꽃 : 아주 엷게 파르스름한 꽃.
3. 지나는결 : 지나가다 얼결에.

조심

逸名

나는 두손사이에 한나비를 잡엇다
내가 손바닥을 떼일때에
가루이는 부서진 날개는 없고
피흘리는 사람의 심장을 나는 발견하엿다

내가 한버레를 발로 밟엿다
(우리 뒤안을 저의 목표로 사는)
그러나 내가 발을 한편으로 치엿을때에
나는 죽어가는 사람의 영혼을 발견하엿다

1. 가루이는 : 가루가 일어나는.
2. 한버레 : 한 마리 벌레.
3. 치엿을때 : 치웠을 때.

블렌하임의 자최

逸名

어떤 여름날 해으름에
카스파늙으니 일마치고
저의집 문앞 길거리에
걸상 내여놓고 앉었을제
그곁에 어린 손녀 웰헬민
풀우에서 뛰놀고 있였네

그때에 큰손자 피터킨이
둥그런것을 굴리고 왔네
냇가에서 놀든 그는

1. 블렌하임 : 독일 바이에른주 남서부 도나우 강변에 있는 마을. 1704년 에스파냐 계승전쟁 중 바이에른 · 프랑스 연합군과 영국군이 접전한 지역.
2. 해으름에 : 해거름에. 대표적인 전남방언임. 해가 서쪽으로 기울어질 때.
3. 카스파늙으니 : 카스파라는 이름의 늙은이.

우연히 그것·눈에 띄여
크고 반드럽고 둥근 이것이
대체 무엇인가 물어보려왔었네

대답을 기다리고 서있는
아이게서 그것을 받아보고
카스파늙은이 머리 저으며
제절로 한숨쉬고 하는말이
이것은 저 승전때 죽은
불상한 어떤이 해골이다

이 근처에는 그게 많아서
뒤안에서도 본일이 있고
내가 밭갈이 할적엔 가끔

1. 반드럽고 : 반드르르하고.
2. 제절로 : 저절로.
3. 불상한 : 불쌍한.

보습머리에 뒤쳐진단다
여러천명 사람이
저 대승전에 죽였거든야

「그게 모도 무슨 얘기오」
어린 피터킨은 소리치고
윌헬민은 놀란눈으로
늙은이 얼골 처다보았네
「전쟁이야기를 해주어요
무엇땀에 싸호는가랑」

카스파 대답말이…… 영국사람이
불국사람을 이였단다
허나 무엇땀에 싸혼지는

1. 보습머리 : 쟁기에 맞추는 삽 모양의 쇳조각 머리.
2. 뒤쳐진단다 : 뒤집혀진단다.
3. 싸혼지는 : 싸우는지는.
4. 이였단다 : '이겼단다'의 오식.
5. 불국사람 : 프랑스 사람.

나도 잘 알지 못하겠다
다만 사람마다 이를갈쳐
유명한 승전이라 이른단다

그때 우리아버지 사든곳은
바로 저 냇가 불렌하임이다
그때에 집은 불질려서
할수없이 그는 안해와
어린것 다리고 다라나서
머리쉴곳도 없었드란다

이地方은 끝에서 끝까지
갈과 불이 휘질러서
애기 딸린 어머니들과

---

1. 사든곳은 : 살던 곳은.
2. 다리고 : 데리고. '다리다'는 전남방언임.
3. 다라나서 : 달아나서.

갖난애들도 많이 죽었단다
그러나 반듯이 이런일이
유명한 승전에는 따라다닌단다

본 사람들의 말을 들으면
전장뒷은 끔직한 광경이여서
여기 여러천개 시체들이
해ㅅ볓에서 썩어지드란다.
그러나 유명한 승전에는
반듯이 이런것이 꼭 따라다닌단다

말브로공작과 유진王子는
갸륵한 찬양을 받는단다
「웨요 고약한 일을 하고」

---

1. 말브로 공작 : 말보로 공작(Marlborough). 인스턴 처칠의 8대 조부 J. Churchill 을 가리킴.

어린 윌헬민이 말하였다
「아니 아니란다」 노인대답이
「이것은 유명한 승전이란다」

이 전장을 이긴 공작을
찬송치 않는이는 없단다
「그래 무슨 존 일이 생겼대요」
피터킨의 말에 노인대답이
「그거야 알수있는 일이냐
허지만 유명한 승전이란다」

1. 존 : 좋은.

○

逸名

여기 오는길을 내가 네게 일러줄수 있다면
너는 너의 집과 땅을 팔아
은전이나 금전한푼을 맨들어
이강으로 배를타고 올라와서
검정바위에다 배는 매여놓고
잎사귀 집을짓고 가장이 불을피고
버섯을 따면서 새암물 마시면서
너혼자 살며 혼자 노래를 부를게다
한해ㅅ동안 한해ㅅ동안 또 한해ㅅ동안

1. 가장이 : 나뭇가지.
2. 새암물 : 샘물. '새암'은 전남방언임.

○

하이네

내맘이 얼마나 깊이상한가
조그만 꽃들이 이를안다면
나의 고통을 낫오아 주려
저의는 나와 같이 울거라

내가 얼마나 설고 병들고
밤꾀꼬리들이 이를 안다면
새기운 살리는 저의노래를
질겁게 울어 들려주리라

---

1. 깊이상한가 : 깊이 상하였는가.
2. 낫오아 : 낫게 해.
3. 질겁게 : 즐겁게.

○

逸 名

휘파람불지、 내따라가지、 요내머슴애、
휘파람불지、 내따라가지、 요내머슴애、
아버지어머니 누구모다 미처난대두、
휘파람불지 내따라가지、 요내머슴애。

그래도 날보려 오는때는 조심스럽게
뒷사립 반쯤열렸을때만 넌줏이오소、
아모도못보게 뒷담을살풋 넘어오소、
오는척도하지말고 가만이 살작오시소、
오는척도하지말고 가만이 살작오시소。

1. 미처난대두 : 미쳐난다 해도.

길거리、 교회에서 네가나를맞나거든
아는척도 하지말고 그냥지나버리소、
그래도 그에쁜 검정눈으로 흘깃쳐다봐、
보는척도하지말고 가만이 살작보시소
보는척도하지말고 가만이 살작보시소。

1. 그에쁜 : 그 예쁜.
2. 살작보시소 : 살짝 보시오.

카프리의 노래

逸名

아름다움이 너무커서 견대기 어려울때
무엇으로 그괴롬을 낫우리
고롱보다도 아름다움은
가슴을 터지게하느니

내 이제 저 꿈꾸는 바다를 버리고나니
적은 섬들 꽃인듯이 가슴에안은
이세상에 다만 한 목소리가
내게 안식을 줄수있어라

1. 카푸리 : 이탈리아의 지명.
2. 낫우리 : 낫게 하리.

키스

逸名

나는 그의 사랑을 바랐네、
그이는 내입에 입마추었네、
그러나 나는 병든 새한마리。
남쪽나라에 가지못하는。

그이 나를 사랑함을 나는 아나
오늘밤 내마음은 슬프다네
그의 키스는 그리 훌륭하지 못하였네
내가 품고있든 모든꿈에 비기어서。

1. 바랏네 : 받았네.
2. 비기어서 : 견주어서.

○

逸名

나는 새여흐른다 새여흘러
손가락 새이로 흐르는 모래같이
내게는 한번에 수많은 感官이
제마다 따로 목말러한다
내몸에 일백군대가
부어올라 아프다

그중에도 가장 마음속이。

죽고싶다 나를 버려두라
나는 괴롬에 못이겨

---

1. 새여흐른다 : 새어 흐른다.
2. 새이로 : 사이로.

핏줄이 터지고야 말줄안다

長子鍾達의三七日날紀念
으로(著者二十九歲時)

색동저고리

색동저고리

龍 兒

아침 까치 지저귄다
색동저고리 끄내입자

색동저고리ㅅ바람으로
아장 아장
무지개다리를 넘어가자
엄마의 품을나서 먼나라를 구경가자

○

로 옛 티

1

누가 바람을 보았나
나도 너도 못봤지만
나무 잎새 흔들리면
바람 부는줄 알지야。

누가 바람을 보았나
너도 나도 못봤지만
버들나무 절을 하면
바람 가는줄 알지야。

2

어린 애기 어찌 죽노
아버지 서러하고
엄마는 우름 운다

피어 지는 에쁜 꽃이
대답은 아니하고
고개 숙여 떨어진다。

3

엄마없는 아기와 아기없는 엄마들
서로 사랑 찾으라 한자리에 모으세。

4

사공아 이리 오소
내게 무엇을 가져왔나
붉은 산호(珊瑚) 하얀 산호
바다에서 나온 산호
아가씨 말을 듯소 이 산호는
땅속에서 캐는 것도 아니오、
나무에서 따온 것도 아니라오
제일 깊고 무서운 바다ㅅ속에
조고만 벌레들이 애써 맨든 것이라오。

5

날아 날아 가거라 바다를 건너

해의 사랑 저 제비야 여름이 다 지났다。
오나라 다시 오라 내게로 다시 오라
다순 해 데불고 여름을 동무삼어。

6

나는 눈속을 파고 다시 파보노니
무슨 꽃이 어느 곳서 나올ㅅ상 싶지 않다。
나는 모래발을 파고 다시 파보건만
목숨있는 파란 것을 맞나는수 아조 없다。

녹아라 힌 눈아 더운 바람 불어 온다
눈들은 사라지고 꽃봉오리 터질 때라。
세상ㅅ바람이 모다 한데 불려 와도

저 모래밭에서야 무슨 꽃이 피여 보리。

7

어느게 무거울가? 바위하고 서름하고、
어느게 더 짧을까? 오늘하고 내일하고、
어느게 쉽게 질까? 봄꽃하고 청추하고、
어느게 더 깊을까? 바다하고 진리(眞理)하고。

8

우리아기 압바있고 엄마있고
훌륭한 어린아기!
압바없고 엄마없고 저 아기는
할수 없이 외로워라
불상한 어린아기!

1. 청추하고 : 淸秋하고.

병 아 리

병아리 병아리
네 키는 적고나
풀보다도 적고나
풀속에 숨어서
삐약 삐약 젔는다。

병아리 병아리
네 발은 어리고나
풀보다도 어리고나
풀 싹을 밟으며

삐약 삐약 겄는다。

병아리 병아리
네 눈은 맑고나
이슬보다 맑고나
이슬을 마시며
삐약 삐약 겄는다

병아리 병아리
네 맘은 착하고나
어미같이 순하고나
어미가 부르면
삐약 삐약 겄는다。

병아리 병아리
네 이부자리는
솜보다 다숩고나
어미 날개속으로
삐약 삐약 들어간다。

공

저기 둠벙에
공이 빠졌네

막대로 끄어낼까
들어가 집어올까

막대는 모자라고
물은 깊어 안되였네。

바람이 불어오면
저리로 가버리고。

---

1. 둠벙 : 웅덩이. 못.
2. 끄어낼까 : 꺼낼까.

돌맹이를 던지면
빨닥 재주넘고。

배를 지어 타자니
三年이나 걸릴거고、

물을 다 먹어버리자니
배가 얼마나 부를거나。

둠벙에 빠진 공이
기운이 다 풀렸네。

참새세마리

감나무 가지에
참새가 세마리。
저거! 못 잡을거나!

세마리가 다아
나를 보랃고 있네
저거 못 잡을거나!

세마리가 다아
예사로 앉아서
나를 보랃고 았네。

1. 보랃고 : 바라보고. 전라도지방 방언.

저거 못 잡을거나!

以上三篇은 日本島木彥 作입니다。 그는 近代日本和歌의 最大作家라해서 歌聖의 이름까지 받고 있읍니다。 그의童謠에서는 가장 쉬운 말가운대 純眞한 童心의流露를 엿볼수 있읍니다。

내 그림자

나를딸아 드나드는 조고만 그림자는
무엇에 쓸것인지 도모지 알수없소、
머리에서 발측까지 꼭 나와 같은놈이
자리에 들어갈땐 내 앞서 뛰여드오。

그놈의 우순짓은 무럭무럭 자라는 꼴
우리의 키 자라듯 느린것이 아니라오、
고무공 튀여 나르듯 붓적 커 오르다가
졸아들면 아조 없어지는 수도 곳잘하오。

얌전하게 노는 법은 도모지 못 해봐서、

1. 발측까지 : 발뒤측까지, 발뒤꿈치까지.
2. 붓적 : 부쩍, 여기서는 빠른 속도. 몹시 커진 모양을 나타냄.

요리 조리 나를 일수 놀리려 들지마는、
속으로는 겁쟁인지 내게 꼭 붙어 서오。
나도 엄마게 그렇게 매달리면 남들이 웃을게요

하로는 해 뜨기 전 새벽 녁에 일어나서
밖에 가니 꽃닢마다 이슬방울 굴르는데、
게름뱅이 그림자는 옛날에 늦잠보 모양으로
자리속에 혼자떨어져 단잠을 자드랍니다。

어른되는 날

내가 어른이 되는 날에는
나는 꽤짜로 버티여볼테야
내작난감 손대지 말라고
다른 애들을 타일를테야.

1. 꽤짜로 : 꾀짜바리로. 꼴찌로.

햇님의여행

해ㅅ님은 잠ㅅ자리에 눕지 않는다
밤이면 벼개우에 내가 잘때도
地球들 돌고 돌아 길을 걸으며
간곳마다 새 아침을 지여준단다。

여기서는 좋은 날 해도 빛나고
우리는 넓은 마당 뛰여 놀 때에
印度나라 감둥이 어린 애들은
엄마의 입마추고 자려 간단다。

딴세상

저기 섰는 벗나무 우에를
조고만 나 아니고 누가 오르나
두팔로 나무를 꼭 껴안고
머나 먼 딴세상 내여다 보네。

여러가지 꽃들로 단장한
이웃집 庭園이 앞에 와있고
생전 두고 보지못한
자미스러운 곳이 모다 보이네。

잔 물ㅅ결 치는 江이 흘러가며

하는 일은 하날이 거울노릇
몬지일며 구비구비 벋은길에
고을로 걸어가는 사람의 무리。

더 높은 나무가 있기만하면
더 멀리 더멀리 내다뵈겠지
저의 갈길 다 간 넓은 江물이
배 떠운 바다로 흘러 드는곳。

두편으로 한없이 뻗힌 길이
神仙나라로 들어가는곳
거기선 애들이 다섯점에 밥먹고
작난감이 모도 살아 논다네。

이詩의 作者R・L・스티븐슨은 英國 近代의 大傳奇小說家요 大文章家올시다。『어떤 아이의 시동산』이라는 한卷의童謠集이 있어 兒童文學과의 관계가 별다르게 가깝습니다。

序詩

피리 불며 거친 끌로
기쁜 노래틀 피리불며 걸어갈제
구름우에 한분 어린아기
웃으며 내게 하는 말슴

羊의 노래틀 한 곡조 불어 다오』
그말 딸아 질겁게 한 곡조 불엇더니
『그 피리 다시 한번 불어 다오』
내 피리ㅅ소리 그는 듯고 울엇더라。
『너의 피리 거기 놓고
너의 기쁜 맘을 노래로 불러다오』

그 말 딸아 나는 노래 불렀더니
그는 듯고 기쁨에 넘처 울었더라。
『피리 부는 사람아 거기 앉어
사람이 모도 읽게 그 노래 책에 써라』
그 말하고 아기는 간 곳 없어
나는 냇가에 갈대를 꺾었다네
그 갈대로 손소 펜을 만들어
맑은 물 거기 묻혀
내 기쁜 노래를 적어 놓았네
아기마다 이를 듯고 좋아하게。

---

1. 딸아 : 따라.
2. 듯고 : 듣고.
3. 넘처 : 넘쳐.
4. 손소 : 손수. '손소'는 전남방언임.

봄

피리를 불어라
그 소리 그첫느냐?
새들은 밤낮으로
숲속에 노리하며
저 건너 골작에는
노래하는 밤꾀꼬리
저기 하날에는
종달새의 무리
질거이 질거이 새해를 마지한다。
기쁨에 넘치는

---

1. 그첫느냐 : 그쳤느냐.
2. 노리하며 : 놀이하며.
3. 골작에는 : 골짜기에는.
4. 하날에는 : 하늘에는.
5. 질거이 : 즐겁게.
6. 마지한다 : 맞이한다.

조고만 사내아이、
에쁘고 팔팔한
조고만 게집아이、
장닭은 꼬꼬 운다
너의도 그리 한다
질거운 목소리
어린애기 노는소리
질거이 질거이 새해를 마지한다。

조고만 羊아
내 여기 왔다
와서 핥아라
내 하얀 목덜미

잡어 당기자
부드러운 네 터럭
입을 마추자
부드러운 네 얼골
질거이 질거이 새해를 마지한다。

1. 터럭 : 털. 전남방언임.
2. 마추자 : 맞추자.

애기 「기쁨」

『나는 이름 없다
난지 겨우 이틀。』
무어라 널 부르랴?
『내 다만 질거우니
기쁨이 내 이름이다。』
어여쁜 기쁨 네게 있어라!
아름다운 기쁨
어여쁜 기쁨 난지 겨우 이틀。
어여쁜 기쁨이라 널 부르마。
너는 우슴 웃어라
나는 노래 부르마。

어여쁜 기쁨 네게 있어라!

(쉬임없는 기쁨과 사랑의 童謠集「무심의노래」를지은 이분은 十八世紀의 英國神秘詩人 윌렴·블레익입니다。 그의 詩는 그와 같은時代사람의 理解를 받지못하고 죽은뒤百五十年이지나서야 참 崇拜를 받았읍니다)

구름의 숨박곡질

구름이 숨박곡질
저 산뒤에 귀가나왔다。

1. 숨바곡질 : 숨바꼭질.

도야지

도야지 도야지
잘은 먹는다
내일 먹을 겄까지
다거 먹느냐?

1. 도야지 : 돼지. '도야지'는 전남방언임.
2. 다거 : 다져. '다지다'의 전남방언은 '다구다(다과서)'임.

비

엇저녁에 온 비는
착한 비로다
밤에 오고
아침에 개여
착한 비로다。

밤

밤에 거리는
고요하고나
아이들이 다
잠 들었으니
밤에 달님은
외롭겠고나
아이 들이 다
잠 들었으니。

우리학교

우리학교가
외로운 모양
밤에는 어찌 저리
외로운 모양

설은 노래

훌륭한 어룬이
돌아 가시면
누가 지였는지
하나 하나씩
설은 노래가
늘어 갑니다。

1. 설은 : 서러운.
2. 어룬이 : 어른이.

달 밤

어머니 어디 가섰나
마당에 나가 봤더니
어머니는 시름없이
둥그런 달님을 바랕고
호을로 계시더라。

1. 가섰나 : 가셨나.
2. 바랕고 : 바라보고.
3. 호을로 : 홀로.

고 무 공

발고랑 풀에쌓여 설어운듯
고무공이 울고있다。
튀기를 너무 질겨 정신없이
이곳까지 뛰여왔다。

고양이는 네게와 작난치지만
집웅위 가마귀는 비웃건마는
아모도 너를 찾어 주지않는다。

---

1. 질겨 : 즐겨.
2. 작난 : 장난.
3. 집웅 : 지붕.

피였네 피였네

피였네 피였네
무슨 꽃이 피엿나
련꽃이 피엿네
퓐줄만 알았더니
어느새 오무렸나?
오무렸네 오무렸네
무슨꽃이 오무렸나
련꽃이 오무렸네
오무린줄 알았더니
어느새 도로 피였네。

별 노 래

여보 별님
당신네 나라도 밤이오
우리 나라도 밤되였오。

내가 마당에 나와 보면
반짝 반짝 빛나는 별들이
모도다 내얼굴 디려다보오。

여보 별님 여보 별님
이리 나려오
나려 오면 책상우에

1. 디려다보오 : 들여다보오.
2. 나려오 : 내려오오.

모셔다 앉히리다。

은 가 지

삭은 가지에 참새가 앉였다
자미스러워。
삭은 가지가 흔들리고
참새가 흔들리고
자미스러워。
삭은 가지가 떨어지면
참새도 떨어지겠다。
자미스러워。
아 자미스러워。

1. 자미스러워 : 재미있어서.

꾸지람듯고

꾸지람듯고 심부름가는밤
새파란 하날에 달이
둥이둥실 떠올랐다。

유명한詩人들이 지은 동요에서 배울것이 많지마는 소년들이 스사로 지은 동요에는 또 별다른 기쁨이 있읍니다。 여기 번역해놓은 것들은 모도 日本小學兒童의 作品이올시다。

대초나무그늘

대초나무 가지를 혼드느라면
누른금빛 열매가 떨어집니다
누이동생 하나이 있였드라면
둘이노는 여름은 질거울것을。

하나있든 누이는 가버리였지
언젠가 먼나라로 가버리였지
이름모를 나무의 그늘밑에서
이렇듯한 열매를 줍고 있는가。

(薄田泣菫)

1. 대초나무그늘 : 대추나무 그늘.
2. 질거울 것을 : 즐거울 것을.

가을바람

반갑다 가을바람아
가을바람소리 너를들으면
아버지 말슴소리 들리노나
엄마의 말슴소리 들리노나。

들과뫼 가이없이 아스라한
저하날을 건너오는 바람아
제비나 다름없이 내고향의
푸른 바다를 건너온 바람아。

참으로 네소리 듯고있으면

1. 가이없이 : 가없이. 끝없이.
2. 저하날을 : 저 하늘을.
3. 듯고있으면 : 듣고있으면.

면 고향 때없이 그리워지는
아버지 말슴소리 들리노나
엄마의 말슴소리 들리노나

(西 條 八 十)

봄 물 ㅅ 결

사알랑 살랑 봄풀ㅅ결
강건너 높은 굴둑은
그림자가 늘어난다 줄어든다。

사알랑 살랑 봄풀ㅅ결
돛달았네 돛 지웠네
어느배라 들어오는가 나가는가。

사알랑 살랑 봄풀ㅅ결
누가 버렸나 놓쳤나
붉은꽃 흰꽃 묶음이

물ㅅ결우에 떠오른다 갈앉는다。

(加藤まさを)

1. 갈앉는다 : 가라앉는다.

다만 혼자서

오늘도 뒤뜰에 피였든 꽃이
높은 지붕 넘어 들을 건너서
저혼자 다만 혼자 날아 간다。

오늘도 숲속에 사는 새가
넓은 들을 건너 산을 넘어서
저 혼자 다만 혼자 날아 간다。

절에서 울리는 종소리가
어둔골을 넘어 호수 건너서
저 혼자 다만 혼자 울려간다。

맘편한 엿장사 할아버지가

엿목판 앞에 놓고 곰방대 물고

저 혼자 다만 혼자 앉어있다。

（吉田紘二郎）

바다ㅅ고기

바다의 고기는 가이없어
쌀은 사람이 농사를 짓고
소도 사람이 먹여 살리고
못속에 잉어도 모이를 주지。

바다의 고기는 무엇을 하나
거두어 주는 사람도 없고
작난하나도 아니 치는데
이렇게 내가 먹어 버리니。

참으로 바다의 고기는 가이없어。

（金子みみず）

새 양 쥐

「설탕 도적놈
새양쥐야 게 있거라」
「아씨 살려 주십시오
저도 어여쁜 새끼가
네 마리나 있답니다
배가 곺아 보채기에
할수 없어 나온게니
제발 살려 주십시오」

이 사정을 들은다음
아씨는 빙긋이 웃고

1. 게 : 거기.
2. 곺아 : 고파.

「그렇다니 살려 주마
자아 어서 가보아라
아가에게 나도 졸려
과자 가지려 온 길이다」
새양쥐는 살아났다
제 집으로 달려가고
아씨는 과자 찾어 들고
아가에게로 가더란다。

아비뇬다리에서

아비뇬 다리에서
모도 다 춤을춘다 제마다 춤을춘다
아비뇬 다리에서
너나없이 춤을춘다 뺑뺑 둘러 춤을춘다。

훌륭한 선부님이 이렇듯이 춤을춘다.
그렇다. 그뿐인가 저렇듯이도 춤을춘다

아비뇬 다리에서
모도 다 춤을춘다 제마다 춤을춘다
아비뇬 다리에서

---

1. 아비뇬 : 아비뇽. 프랑스의 지명.
2. 선부님 : 신부님의 오식인 듯.

너나없이 춤을춘다 뺑뺑 둘러 춤을춘다
빨래집 여편네가 이렇듯이 춤을춘다
그렇다 그뿐인가 저렇듯이도 춤을춘다。

자장노래

자거라 잘자거라
아버지는 양을 보고
엄마는 너를 지켜
황금 가지를 흔들 흔들
흔들리면 떨어진다
진주의 꿈 보석의 꿈
착한 아기 잘 자거라。

무덤과 장미

무덤이 장미더러 물었읍니다
「정다운 밤이 네 우에
흘리는 눈물은 어디로 가늬」
장미가 무덤에게 물었읍니다
「날마다 네가 삼키는
사람의 영혼은 어디로 가늬」

장미의 대답하는 말이
「외로운 무덤아 나는 남몰래
그 눈물로 내음새 그윽한
꽃 향기를 맨들어 낸단다」

1. 가늬 : 가느냐.
2. 영흔은 : 영혼은.
3. 내음새 : 냄새.

무덤이 대답하는 말은

「슬픔의 꽃아 그 영혼으로

나는 저 하늘 우에 사는

천사의 무리를 맨든단다」

이것은 모도 佛蘭西童謠입니다 서운하나마 나는이것을 일본말에서 되번역을 하였읍니다。

기러기

길 길 기러기 우는 밤에는、
우는 밤에는、
덧문을 닫고 나도 이내 춥고나、
이내 춥고나。

길 길 기러기 우는 소리는、
우는 소리는、
등불을 끄고누어도 들리는 고나、
들리는고나。

길 길 기러기 어미 잃은가、

어미 잃은가、
밤 바람에 불리며 냇물우에서、
냇물우에서。

길 길 기러기 잠도 안자나、
잠도 안자나、
밤 새는 새벽별이 사라지는데
사라지는데。

이 길

이 길은 언젠가 와 본 길이지
아아 그렇지、
아카시아 흰 꽃이 피여 있고나。

이 언덕은 언젠가 본듯한 언덕、
아아 그렇지、
그림 그린 개와집 저기 있고나。

이 길은 언젠가 와 본 길이지、
아아 그렇지、
마차 타고 엄마와 같이 가든길。

---

1. 개와집 : 기와집.

저 구름도 언젠가 본듯한 구름、
아아 그렇지、
대초나무 가지가 드려있고나。

1. 대초나무 : 대추나무.

풀우에누어

구름은 훨 훨 날아간다
구름은 훨신 크고 하얀새。

나는 누어있다、풀우에、
너른 들 일홈없는 꽃사이에。

구름의 환한 날개에서는
빛이 아조 쏟아지는듯

하얀 날개의 저 편 끝에、
바로 그 아래 그 어느 바로。

1. 일홈없는 : 이름없는.
2. 아조 : 아주.

지금은 어느 고을 하날일까、
아모도 모르는 산우엘까。

구름이야 참말 좋고나
아모때 아모데나 날아를 가니。

나도 모르는 그 어느 곳에
날 같은 아이도 있을 터이지。

구름은 훨훨 날아간다、
나는 누어있다、풀우에。

---

1. 하날일까 : 하늘일까.

아 침

달판이 뿔 내놔라、
찔레꽃이 바람에 흔들리운다。
참새도 지재하고 재잘거리고、
소 치는 아이도 일어나오고、
외양간에 암소도 꼴을 먹는다。

(以上、北原白秋作)

1. 달판이 : 달팽이. '달판이'는 전남방언임.
2. 지재하고 : 의성어. 참새 지저귀는 소리.

조 히 배

날마다 나는 조히로 지은 배를 흐르는 물에 하나 하나 띄워 보냅니다。

크고 검은 글씨로 나의 일홈과 나의 사는 마을 일홈을 그 우에 적습니다。

어느 머언 나라에 모르는 이가 그 배를 주어보고 내가 누군줄을 알게 될것입니다。

나는 우리 동산에서 딴 슐리꽃을 이 적은 배에 실어주고 이 새벽의 꽃이 탈없이 밤의 나라에 가 닿기를 바랍니다。

내가 나의 조히배를 띄워보내고 하날을 처다보면 조고만 구름들이 바람실은 흰 돛을 달고 있읍니다。

어떠한 내 동무아이가 하날우에서 내 배와 경주를 시키며 저것들을 내려 보내는지 알수없읍니다。

밤이 되면 나는 팔로 얼굴을 가리고 꿈에 나의 조히배들이 깊은 밤 별아래 흘

1. 조히배 : 종이배.
2. 지은 : 만든.
3. 주어보고 : 주워 보고.

러 가는 것을 봅니다。

그 안에는 잠의 선녀(仙女)들이 타고가며 거기실은 짐이란 꿈으로 가득 찬 광주리들 입니다。

챔 파 꽃

이렇다고 해보서요 내가 작난으로 챔파의 꽃이 되여 저 나무 높은가지우에 달리어서 웃노라 바람에 흔들리고 새로 핀 잎우에서 춤을추면 어머니는 나를 알아 보시겠습니까?

어머니는 부르시겟지요 「아가야 어대 갔니?」 그러면 나는 혼자서 웃으며 한말도 않고 있겟습니다。

나는 나의 꽃잎을 가만이 열고 당신의 일하시는 것을 내려다 보겠습니다。

어머니가 목욕을 하신 다음 젖은 머리를 억개우에 느리시고 챔파나무 그늘아래로 지나 기도들이는 조고만 정자로 걸어 가실때면 당신은 꽃 내음새를 맡으시리다마는 그것이 내게서 나는줄은 모르실것입니다。

점심을 치룬담에 어머니께서 창에 기대앉어 과미야니를 읽으시면 그나무의 그림자가 당신의 머리와 무릎우에 내릴테니 나는 내 쩍고만 그림자를 당신이 보시는 책장우에 당신의 읽으시는 꼭 그자리에 떠러치겠습니다。

그러나 당신께서는 이것이 당신의 예쁜 아가의 조고만 그림자인것을 알아 내시겠습니까。

저녁이 되여 당신이 등불을 켜 드시고 외양간을 찾어 가실때에 나는 갑작이 땅우에 똑 떠러저서 돌오 당신의 아가가 되여 가지고 당신에게 옛 이야기를 조르겠습니다。

「어디를 갓다왔니? 요 작난꾼아。」

「엄마 안알켜줄테야。」그때 엄마와 나는 이런 말을 주고 받겠습니다。

(印度、타고ㅣ르作)

누가와서

누가 와서 두들긴다
나의 저 조그만 문에와서
누가 와서 두들긴다
정말 정말 정말이야。
들어보다가 나는 문을 열었다
이리 저리 둘러 보았다
그러나 고요한 밤의 어둠속에
거기는 아무것도 안 보였다。
다만 검정 풍등이가
바쁜듯이 벽에와 탁탁 부딧고
다만 저건너 숲속에서

1. 풍등이가 : 풍뎅이가.
2. 부딧고 : 부딪치고.

부엉이 부르는 소리 들리고
다만 귀뜨라미 우는 소리
이슬은 방울지어 떠러지는데
대관절 누가 와서 두들겼나
몰라 몰라 나는 모를일이야。

어미새

푸른나무 울타리 어둑한 속을
싸늘한 잎사귀에 뺨을 대고 드려다보다가
보금자리 치고 앉은 새 한마리 보았습니다。
그 두눈은 내게 비는듯 순하고 용감하고
그 가슴은 뜨겁게 빨리 벌떡입니다。
그러다가 날카론 부리를 벌렸습니다。
그것은 이른 아침 참새의 지저귐도 아니요
조용한 저녁에 울려오는 노래도 아닙니다。
다만 날카롭고 외로온 한마디
용감한 눈물과 희망 없는 기쁨의
막다른 무서운 생생한 부르짖음

강한 정녈의 승리의 한마디
무서워하는 바보같이 나는 물러났습니다。
어리석은 사람이 잘 웃는 빙그레한 우슴을
남 모르는 울속 외로운 보금자리위에
참을성있게 앉았는 어미새에게 보내면서。

1. 정녈의 : 정열의.
2. 울속 : 새 둥지 속.

말하는고기

안늬! 안늬 이리와! 얼른 이리와!
물고기가 말을 한다 저 냄비 속에서
유리같이 맑게 틔인 기름속에서
입을 내밀고 우는 소리로 「아이고!」
아아 참말 설어운듯 「아이! 아이고!」
그리고는 다시 갈아앉아서 바지직 바지직 끓는소리。

---

1. 티인 : 트인.
2. 설어운듯 : 서러운 듯.

남포불켜는사람

달빛이 차차 그물어가고
날랜 천사가 하늘로 지나가며
하늘의 촉불을 반짝 켜놀때
남포불 켜는사람은 사다리 들고
어두워지는 길거리를 지나간다
우리 세상에 등불을 켜주려。

그는 바느질 하는 여자가
새까만 옷자락에 빛나는 소식을
솜씨있게 박어 넣는것과 같다。
또 어쩌면 그는 영웅과 같다。

---

1. 그물어가고 : 까무러져가고. 빛을 잃어가고. '그물다'는 옛말임.
2. 촉불을 : 촛불을.

그의 일생의 찬란한 여러 공적이
우리의 길에 횃불이 되려는 영웅。

그러나 아침이 동쪽에서 걸어오고
해의 황홀함이 널리 퍼지려하고
높은 가지에서 작은 새들의
노래 소리 울려날때 남포불 켜는사람은
아직 고요한 집앞을 하나하나
등불을 끄며 지나간다。

전기등을 켜기전에는 대문앞에 세운 남포등을 켜러다니는 직업이 있었습니다

이 詩의 作者 드·라·메어는 인제 한 六十살된 英國의 유명한 詩人입니다。

힐다·콩클링의 詩

깨여나라 조그만 꽃아
너는 풀새에 고달펴 누었고나。
간밤에 나리던 비가
받들기에 너무나 무겁더냐

(다섯 살 때)

1. 풀새에 : 풀 사이에.
2. 누었고나 : 누웠구나.
3. 나리던 : 내리던.

물

지구는 가만이 돌아간다
호수나 강물을 엎질르지 않으려。
그의 품안에 물은 안겨있다
또 물의 가슴엔 하늘이 안겨있고。
물이란 무엇이길래
쏟아지면 은빛이면서
하늘을 도로 품고 있느냥。

(여섯살 때)

문들레

아 조그만 병정 황금투구 쓰고
우리 뒤란에서 너는 무엇을 지키고있느냐?
너는 너의 푸른총으로
그리고 노란 수염을 가지고
왜 그리 무섭게 서있느냐?
마조 싸울놈은 풀잎밖에 없지않니?

---

1. 문들레 : 민들레.
2. 마조 : 마주.

달팽이

나는 보았단다 조그만 달팽이가
뒤 마당에서 기어 네려오는것을
머리를 이리로 저리로 흔들겠지
곡마단에 어릿광대 같이
그리고 이편 저편을 둘러 보겠지
제가 어디 머언 나라에서나 온것같이
그래 나는 늘 말하기를
제집을 제 등에 지고 다니는 놈이라고 하였더니
오늘 비오는데 보니
그것은 저의 우산이던것을。

1. 네려오는것을 : 내려오는 것을.

앵도가 익었네

앵도나무는 이제 새빩앟다。
앵도나무는 빨간 머리를 끄덕이며
해를 불러 말한다!
「하늘에서 새들을 네려보내라」
나의 품속에! 보금자리 치게 돌려보내라
나는 저의 먹을것을 채비해 놓았다。
조그만 아가씨도 한분 앵도를 따려온다………
(이 노래 부르는 내가 그 조그만 아기씨다)
머리를 뒤로 날리며 달려온다。
나비들은 이제 떠나가려 한다。
벌써 어두워진다 해서。

---

1. 새빩앟다 : 새빨갛다.
2. 네려보내라 : 내려보내라.

그러나 새벽이 다시 되면
저의는 이슬과 함께 깨여나와서
가늘고 키큰 푸른 풀끝에
혹시는 내가 익혀놓은 열매의 빰에서
이슬과 같이 반짝이리라。
새들과 아기네들 기다리는
새빩안 앵도요。

(일곱살로 열살까지)

힐다·콩클릭이란 미국(米國) 계집아이가 다섯살부터 열살까지에 쓴 詩를 모아서 한권의 책으로 낸것이 있읍니다。위에 번역한것은 그중의 몇편입니다。

세 아 이

산속에서 왔다는 아이에게는
꽃이름을 물었습니다。
바다에서 왔다는 아이에게는
고기이름을 물었습니다。
그리고 나는 두 아이에게
가을날 저물어가는
서울길을 가르처 주었습니다。

（西 條 八 十）

검은 황소

우리마을 검은 황소가 죽었습니다
봄도 늦은 봄 꽃도 지는 해으름에
한갈같이 여러 해를 살든 외양간
집자리 우에서 죽었습니다。

홀어머니 금동어머니 집에서
말없이 일보든 착실한일꾼
아침 저녁 무거운 짐도 실고
고을에 들어 다녔습니다。

슬퍼해주는 사람이라 누구없으나

1. 해으름에 : 해거름에. 대표적인 전남방언임. 해가 서쪽으로 기울어질 때.
2. 한갈같이 : 한결같이.

그러나 꽃은 펄펄 떨어집니다。
우리마을 마음 착한 영웅이
늦은봄 해으름에 죽였습니다。

(西條八十)

훌륭한 마음

아침 골잭이 깊은 안개를 헤치며
날개 소리 힘있게 날아오르는
큰 독수리가 내 앞을 지났습니다。

돌혀 오르는 아침 날빛에
왼몸을 번쩍이며 번개같이 날으는
젊은 독수리의 용감한 모양。

그날아침 돌틈의 나리꽃을 꺾으며
「힘있고 훌륭한 사람이 되리라」
나는 마음에 굳게 새겼습니다。

(西條八十)

1. 골잭이 : 골짜기.
2. 돌혀 : 돌아.
3. 날빛에 : 햇빛에.

봄바람의 노래

봄기운 처음 도는 해으름에
나는 숲속에서 튀여나와
조고만 불을 손에들고
별의 등잔에 불을 켭니다。
살랑 살랑。

봄기운 처음 도는 해으름에
내가 숲울을 흔들어노면
동글언 달이 솟아오릅니다
달은 나의 친한 동모지요。
살랑 살랑。

봄기운 처음 도는 해으름에
내가 숲에서 피리를 불면
달큼하고 가늘고 부드럽게
아기네는 자리로 들어갑니다。
살랑 살랑。

그러면 나는 어제밤 내—내
달과 둘이서 생각해두었든
옛날이야기 같은 꿈을
아기네들우에 뿌려줍니다。
살랑 살랑 살랑。

(茅野雅子)

1. 아기네들우에 : 아기네들 위에.

봄이 살아 난다

어대선가 봄이
살아 나온다
어대선가 물이
흘러 나온다。

어대서 나는가
종달새 소리
어대서 나는가
싹트는 소리。

삼월은 산에도

다순 바람 부는데
어대선가 봄이
살아 나온다。

1. 다순 : 따뜻한.

달이 나온다

누가 산에서 나팔을 부나
푸른 하날서 달이 나온다。

누가 들에서 북을 울리나
너른 밭에서 달이 나온다。

누가 바다서 피리를 부나
물결속에서 달이 나온다。

누가 거리서 노랠 부르나
둥그랗게 달이 비춰여 준다。

（小川未明）

새 엄

풀 싹은
검은 흙에서 나와
깨끗이 반짝인다

나무의 엄은
굳은 가지에서 나와
부드럽게 빛난다。

저히는 모도
이슬로 얼굴을 싳고
다순 별을 받아서 그런게지。

1. 엄은 : '엄'은 움의 옛말임.
2. 싳고 : 씻고.
3. 다순 : 따뜻한.

풀싹 나무엄
낮은 데로 부터
높은 곳으로 부터
모도 봄이 왔다고 노래부른다。

(白鳥省吾)

水晶 배

(꿈속의 이야기 랍니다)

돌아가신 어머니한테서
우리들에게 편지가 왔어요。
「너히게 주는 선물을
배에 실어 멀리 멀리 보내노라。」
아침 일즉이 강가에 나가
서이서 기다리고 있었더니

1. 서이서 : 셋이서. '서이'는 셋의 전남방언임.

히 부잇한 넓은 강물에
흔들흔들 오는 것은 水晶배。

맨 앞서 온게 누나의것
다음은 언니것 마즈막이 아가의것。

순히누나의 작은 배에는
빩안 장미가 갓득하지요。

경덜언니의 작은 배에는
황금빛 포도가 가뜩하구요。

그 다음 작은아가의 배에는
엄마의 젖으로 가뜩해요。

(柳 澤 健)

1. 히 부잇한 : 빛깔이 약간 희끄무레하고 부유스름한.
2. 빩안 : 빨간

종달새와 금붕어

종달새야 높은데 나는 종달새야
너는 그래 싫증나는 수가 없니?
저 아득한 하날에 다다를때면
구름들이 무서워 뵈지않니?
어떤때는 너도 저 바다속에
말없는 금붕어가 되고싶지않으냐?

금붕어야 깊은데 숨는 금붕어야
너는 설어운 일이 아조 없니?
찬물결이 네 몸에 와 닿을때도
네 마음은 참으로 질거우냐?

어면때는 너도 저 높이 나는
종달새가되여 노래하고 싶지않으냐?

(알마·타데마)

론돈에서

뒤란에 꽃들은 기쁘다
언제나 나비가 같이 있어。
하늘에 구름들은 기쁘다
거기는 천사가 같이 있어。
그러나 적은아가와 쬐고만 생쥐는
집안에 있어 조금 외롭단다。

(소 上)

장님쥐세놈이

장님쥐 세놈이 다라나는 꼴을 봐라
놈들이 농부의 안해뒤를딸아 가다가
꼬리를 모조리 식칼로 잘렸단다。
이러한 이야기를 네언제 들어 보았나?
아 장님쥐 세놈이

(以下、英國古謠에서)

이 야 기

내 얘기 하나 할께、
옛날에 째크·아·노리란 사람이——
자 인제 이야기 시작이야。

내 얘기 또 하나 할께、
그 째크의 동생째크의 얘긴데——
자 인제 이야기 고만이야。

1. 인제 : 이제.

길

홀죽하고 조고만 심부름꾼
이집 저집으로 돌아다니지요
그러다가 비가오던 눈이오던
밤에도 밖에서 잠을 자지요.

1. 홀죽하고 : 홀쭉하고.
2. 조고만 : 조그만.

꼬부라진 사람이

꼬부라진 사람이 꼬부라진 길을 가다
꼬부라진 담모퉁이서 꼬부라진 오전한푼 줏였네
그걸로 꼬부라진 괴양이를 샀더니 꼬부라진 생쥐를 잡았네
그래 꼬부라진 쪼고만집에서 다같이 살았드란다。

1. 줏었네 : 주웠네.
2. 괴양이를 : 고양이 를.
3. 쪼고만집에서 : 조그만 집에서.

개 와 닭

개하고 장닭하고 한가지 길을 나섰는데
가다가 고만 길에서 저물어서、
개는 늙은나무 속 패인데 드러눕고
닭은 가지우에 올라 앉었드란다。

아모것도 모르는 장닭이
새벽에 고만 소리를 처 울었더니、
그 소릴 듯고 엉큼한 여호 한놈이
찾어와서 하는 말이、
『여봐라 네 소리는
참말 세상에 듯든중 제일이다——

1. 한가지 : 함께의 옛말.
2. 듯고 : 듣고.
3. 여호 : 여우.
4. 듯든중 : 듣던 중.

아ㅣ 네가 이리 내려만오면
내가 너를 꼭 껴안어주지——』
장닭이 대답하는 말이、
『저 아래 문직이다려 물어봐라、
그러면 내가 곳 내려갈께。』
그랬다가 여호란놈ㅣ아조 죽을뻔 했드란다。

1. 문직이다려 : 문지기더러.
2. 여호란놈 : 여우란놈.
3. 아조 : 아주.

捕虫網

『나비야 너는 웨 그리 쌀쌀하냐
어제부터 나는 너를 쫓아 다니는데』
길에서 맞난 소학생 하나가
이렇게 중엉거리고 있겠지

(레이몽·라디게)

1. 맞난 : 만난.
2. 중엉거리고 : 중얼거리고.

귀

내 귀는 자개 껍질
바다ㅅ소리만 그리워하고

(장·콕토 —)

게으름

아아 詩야 아름다운 암ㅎ 거미야

길고 맛이 좋은 실을 뽑아서

나의 여름날을 위해

낮잠잘 햄모크를 결어다오

(로ー제・아라ー르)

註—햄모크는 건네같이 매여놓고 그우에 애들이 눕는것

---

1. 암ㅎ 거미야 : 암커미야(거미의 암놈)
2. 햄모크 : 해먹. 요람.
3. 결어다오 : 짜다오. 엮어다오.
4. 건네 : 그네

적 은 새

어여뿐 적은 새들아
너이는 내동모도 아닌데
어쩐지 너의 노래는
내 맘을 아름답게 해 주노나

(마리ㅣ・로ㅣ랑상)

나비흉내

나비의 흉내를 내노라고
날개를 펴 보아도 쓸데없어요
너는 암만해도 메뚜긴걸

(르네·모—불랑)

빨갛든 나무

어제 빩아튼 나무가
오늘 아츰 새파란 옷을 입고 잠을 깼네
벗어버린 꽃닢새는 발아래 여기 저기

(모—블랑)

---

1. 빩아튼 : 빨갛던.
2. 아츰 : 아침.

가엾은 개

가엾이 하얀개야
눈과 경쟁을 하다 고만 저서
너는 누른빛이 되였고나

(모ㅣ블랑)

小曲

눈을 뜨며는
내게는 경치가 보인다
눈을 감으면
내게는 네 얼골이 보인다

(샤바네ㅣ)

노 래

사람들은 계집아이 셋을 죽였다
그 마음속에 무엇이 있는가를 보기 위하야

첫재 마음은 행복이 가득 찼였다
그러고 그 피가 흐른 곳에는
세마리 배암이 휘파람을 불고 있였다 삼년동안

둘재 마음은 애정이 가득 찼였다
그러고 그 피가 흐른 곳에는
세마리 어린羊이 풀을 먹고 있였다 삼년동안

1. 배암 : 뱀.

셋재 마음은 불행이 가득 찼였다
그러고 그 피가 흐른 곳에는
세사람의 天使가 지키고 있였다 삼년동안

(메에텔링크)

코끼리

「코끼리야 코끼리야 참으로 살아있는 코끼리야、어째 너는 고개만 쉴틈없이 흔들고 있느냐?

──그건 별게 아니라 다른일이 아니라、언제나 생각을 해보지 마는 알수없는 일이 있단다……。

──저리 조고만 사람들이 나를 어떻게 쥐와같이、이 창살속에 가뒀는지 도모지 알수없는 일이야……。

──아ㅣ하로 진종일 참말 싫증나는 일이다。찰하리 큰 나무 통이라도 끌게해주면 좋을것을……。

「코끼리야 코끼리야 그렇게 고개만 흔들지말고 얼른 그 긴 코를 이리로 내밀어 보아라……。

나는 비단으로 만든 코끼리들、너를 주려 가저왔다。

1. 찰하리 : 차라리의 옛말.

이것은 쪼고만 코끼리지만 참말 어여쁘잖니、자! 가지고 싶으냐!
이 애기들 봐주고 싯겨주고 핥아도주고 하느라면 너는 고개를 흔들지 않고도 지낼
것 아니냐?」

1. 쪼고만 : 조그만.
2. 싯겨주고 : 씻겨주고.

스케ㅣ트

나는 스케ㅣ트를 지친다
귀바퀴가 새빨갛게 되였다……
손에는 장갑
머리에는 털모자……
하낫 둘! 아차 미끌렸다……
하낫 둘! 하마트면 빨닥 재주를 할번했네。

(싸ㅣ샤・쵸ㅣ르누이)

1. 빨닥 : 벌떡. 전남방언임.
2. 할번했네 : 할 뻔했네.

軍　服

봄의 병정 나무들이
軍服을 채려 입었다
조으는 놈이 있을가보아
새가 파수를 보고있다
노래를 총속에 재여가지고。

(레이몽·라디게)

1. 채려 : 차려.

태 양

나무닢뒤에 태양
내마음은 맑게 티인다。
나무닢뒤에 태양……
바람이 분다 바람이……
다수한 나무닢사이에서 찬바람이 다수어저
나의 꽃을 어루만진다
땀배인 나의 손을 어루만진다
내눈 내 눈동자를 어루만진다。
분수의 물바래속으로
분수의 밝은빛속으로

해는 들어가노나……
나의 뺨에는 눈물이 흐른다
해빛으로 가득한 눈물이。

(앙드레・스피—르)

불

불 난것은
활작 펼친 공작의 꼬리우에 피여난
한송이 장미꽃

(막스·쟈콥)

두 양의 무리

너희는 이제 어디로 가느냐 하얀 양(羊)의 무리야
푸른 산비탈을 걸어서 가는구나。
저 산 꼭대기에 있는 더 하얀 무리와 한데 맞나
저의 높은 뜻 난호려 하느냐?

너희 있는데 가만 있거라 어리석은 양들아
너희가 저 높은데 다다를 때는
너희는 알리라——저 꼭대기에 하얀 무리는
공중에 뜬 구름인것을。

(윌렴・헨리・데—비스)

1. 난호려 : 나누려.

비

나는 듯는다— 나무잎새 비 마시는 소리를、
우에 있는 넉넉한 잎새들이
아래있는 가난한 잎새에게
한방울 한방울 내려 주는 소리를。
참으로 듯기 아름다운 소리다—
이 푸른 잎새들의 비마시는 소리。

× ×

이러다가 비가 멈춘 다음에
해가 나와 비최게 되면
저 어둡고 동근 비 방울마다
황홀한 빛이 가득 차리라—

1. 듯는다 : 듣는다.
2. 듯기 : 듣기.
3. 비최게 : 비추게.

나는 밝은 해 빛나기를 바란다——
참으로 보기 아름다울 터이니。

(윌렴・헨리・데ー비스)

—끝—

後記

龍喆이 龍喆이 다정한 이름이다 스무해를두고 내입에서 그만치많이 불러진 이름도 둘을더 곱아 셀수없을것 같다。二十前後 처음으로 벗을 알게되면서부터 그이름을 부르기시작하야 나는 여태껏 가장 허물없고 다정하고 친근하고 믿어운 이름으로 龍喆이 龍喆이 불러온것이다。아! 그가 영영 가버리고만 오늘 나는 그대로 그 이름을 자꾸 불러보아 오이려 더 친근하고 다정하야 혓바닥에 이상한 味覺까지 생겨나는것을 깨닫나니 아마 내平生을 두고도 그리아니치 못하리로다。龍喆이 龍喆이 서로 異域하늘밑에 서툴은 옷들을 입고 손을잡아 아른체하던 바로 그때부터 가장 가차웁고 친한사람이 되였었고 한솥에 밥을먹고 한이불속에 잠을자고 한冊을 둘이 펴던시절이 무던히 길었었나니 실상 벗은 그때 아직 文學이나 詩나 생각도않던때 내 공연히 벗을 끌어들여서 글을 맞붙이게하고 글재주를 찾아내려 하였던것이니 지금 생각해보면 나는 一生에 큰 罪를 지어논듯싶도다。벗이 學園의 秀才로 이름이 높고 特히 數理의 天才로 教師의 칭찬이 자자하던때 나는 적은 惡魔와도같이 그를 꼬여내여서는 들판으로 산길로 끝없이 헤매이였던것이다。 친한 벗이 끌어당기면 허는수도 없었든가、江南도 가지않었느냐？ 언덕에 송아지는 어매팔아서 동무사달라 한다지마는 내벗 龍喆이가 數學을 팔아서 동무를 사놓고보니 암짝해도 못쓸놈이였던것이다。「允植이가 나는 誤入을 시켰다」는 말버릇을 最近까지 작난삼아 한적이있으니 果然이냐 벗아 文學은 벗의 第一義的인 人生部門으로 누리어도 좋았던것일까？ 더구나 벗이 이리도 일즉이 가버리시니 긴 平生을 두고 걸어서 大成을 꿈꾸던 그대와 나의 恨中의恨이 아닐수없도다。 벗과 서로 시골사리를 하여 百餘里 길을 새에두고 가고오고 하던시절 벗은 詩를 비로소 씹어맛보시더니 不過 몇날에 千鈞名篇을 툭툭 쏟아내지않였던가！ 벗의 文學은 그 다음이라치더라도 벗의 詩는 完全히 그 故鄕사리 三四年새에 이룬것이다。 一家를 이루어 世上에 나서기까지 벗의 唯一한 글벗이였던 나는 벗의 詩業修練의 道程을 가장 잘 살필수있는 百餘通의 편지뭉치를（戀書같이 보배같이 애끼고 간직해온뭉치） 벗이 살아계실때나 가신 오늘도 가끔 풀어서 읽어보아 아기자기한 기쁨을 맛보는버릇이 있지마는 실로 한詩人이 커날제 그이만치 부지런하고 애쓰신이도 있는가 하여 새삼스레 놀라는것이다。 스스로 내놓으신 名篇佳作을 그는 매양 사양하고 不足히 여기던가하면 남의 詩한편을 부뜰고 그렇게 삿삿치 고비고비 뒤집고 파들어가서 完全히 알아버리고 맛보아버리던 그의 天才

型의 머릿박속에는 이세상의 이른바 名詩가 거이다 한번에 노래하고 춤추고 있었던것이요 그리하야 그의詩의 水準은 속에서 크고 남이 알배아니였으니 一朝一夕에 雄篇이 쏟아져 나옴도 괴이치않은 노릇이로다。 오늘날 우리詩苑의 明花요 또 唯一한 詩論家로의 地位를 占하야 그만한 擔當을 快히 해내려온것도 決코 偶然한일이 아니요 옛날의 數學을 아주 팔아없앴음이 아님을 알수있으니 내 贖罪도 좀은 되였다할까。 二十前에 어느자리에서 文學을 경멸해버린일이 있였던 그때가 바로 얼마前 十年을 더살자、 詩를爲해 十年을 더살자、하지않았던가。 音響에 귀가 어둡다고 못마땅해하던 벗이 넉넉히 詩句의 音響的連絡을 한번 캐어보고 다알지않았던가。 自身 非情緒的임을 한탄하시면서 어쩌면 그리도 넉넉히 芝溶의 「유리창」을 샅샅히 캐고 解釋할수 있였느냐。 아! 벗이 가신뒤 또 그만한일을 우리를 爲해 해주실이 어더 있단말이냐。 오늘 우리의 詩苑은 한詩人의 죽음으로 두가지의 크나큰 損失을 입은바되니 어찌 痛歎아니하랴。 或은 모른다 벗은 그 特異한 天才가 오이려 그의創作을 괴로웁게 하지않았는가? 그러나 우리는 그의 「떠나가는배」와 「밤汽車」 두편만 읽을수있드라도 그런 재앙은 애당초에 받지않았음을 알수있다。 그의 어느詩한편이고 이른바 短命的인句가 아닌것이 없였지마는 그리하야 오이려 詩로써 아름다웠든가! 이 두편詩는 詩人龍喆을 말할때뿐아니라 통털어 우리

抒情詩를 말할때 반드시 論議되고 最高의 讚詞를 바쳐야될 傑作이라할것이다。 벗의 傳記를 쓰는배 아니매 이두편이 나오던시절 詩人이 겪은 苦悶이며 乃至 生理까지를 말하기에는 나로서는 첫째 눈물이 앞서 못할일이니 고만두기로한다。 벌서 十年前일이로다。 우리는 서울로 芝溶을 만나려 왔었다。 그렇다 순전히 芝溶을 만나려왔었다。 芝溶을 만나서 서이서 이러서면 우리 抒情詩의 앞길도 찬란한 꽃을 피게되리라는 大望! 써 可賞치 않았느뇨。 그때의 芝溶은 벗 龍喆과 같이 살도 변변히 찌들못하고 한房에 앉아있으면 그 마른품으로 보든지 才操가 넘쳐뵈는點으로 보든지、果然 天下의 好敵手로 여겨지던때이다。(그뒤 芝溶은 뚱뚱해지고 龍喆벗은 더 야워만갔다。) 勿論 芝溶과는 둘이다 初面 그初面이 하루에一年 열흘에十年의 誼는 생겼던것이다。 그뒤의 兩友가 얼마나 우리詩를 爲하여 애쓰신것은 다른 벗들이 다 아시는바이다。 나는 莫逆 龍喆을 생각할때 그 天生 蒲柳의質임을 이기고 어찌면 그렇게도 굳세게 詩에의 信念을 가질수있었는지 부러워하며 眞實한 詩의 使徒이니라 여겨왔었다。 내가끔 自己詩에 失望하여 지치려할때 벗은 過한激勵로 부뜰어주고 내 自由詩의 理想으로 한詩는 한詩形을 가질뿐이라는 儼然한 制約을 세우고 안쓰여진詩 形을이루기前의詩 오직 꿈인양 서리는詩를 꿈꾸고 眞正 詩人은 詩를 쓸수없어도 좋으리라고 까지 떠들지않었던가。 벗은 내 虛妄된 소리에 열번 支持를 表明하여주셨으니 그리함이 나를 건져주는 좋은 方法도되였던가 아!

어려서 한솥밥 한글방 친구가 나이먹어가며 가장가차운 詩友가 되고보니 나는 이에서 더 幸福일수없였다。 그리하야 이제 나는 完全히 薄幸한 사람이로다。 아! 이 恨이 크도다。 그아침에 椿丈을 뵈옵고 기쓰고 沈着하려던것이 끝내 흐느껴져서 우름이 터지고 벗을 땅속 깊이 묻고 밤中에 山길을 쳐서나려오던때 몹시 쏟아지는 눈물에 발을 헛딛던일을 생각하면 벗이 가신지 겨우 한철이지난 오늘 이러니 저러니 차분한 소리를 쓰고있는것이 내自身 무척 우숩고 지극히 賤한노릇같이 여겨진다。 일직 妻를 여워보고 아들도 놓쳐보고 엄마도 마저보내본 나로서는 重한사람의 죽엄을 거이 겪어본 셈이지마는 내가 가장 힘으로 믿던 벗의 죽엄이라 아무리 運命이라치드라도 너무 過한노릇이아닐수없다。 永訣式이 끝난뒤 芝溶과 단둘이 나종에 남앉을때의 호젓함 남은둘의 心思야 누구나 알법도하지마는 『이번은 꺼꾸로 가지말고 내 먼저갈걸、처음부터 꺼꾸루니 내먼저가지』이런問答을 한일이있다。 아무래도 좋은말이다。 벗을 불렀자、 대답없는 세상아니냐。 온갖 다 그릇된 세상아니냐。 벗이 이제 詩王이 아니시니 또 뉘가 『勳功에依하야 너를 元老를 封하리』요。 슬픈노릇이다。 아들을 가장 잘 理解하시는 어버이가 계시고 그밑에 賢夫人이 계시도다。 벗아 눈을 감으라。 세 아들은 三太星같이 빛나고있나나 生前에 芝溶과 내 그다지도 勸하여도 종시 拒絕턴 그대의 作品集이 이제는 遺稿集으로 누구의 拒絕도없이 우리의손으로 째여나오도다。 그대 그몸 해가지고 무던히 많이 써놓았던것을 누가 알았으랴。 가장 가차운 夫人도 놀라시지않느냐。 카렌다 조이쪼각에 끄적여둔것을 주어모아도 逸品이요、 휴지통에서 건져낸것도 名편이로다。 泰西名詩의 譯出한分量을 보고 누가 안놀랄것이냐。 아무턴 그대는 너무도 몸을 虐待酷使하여 아낄줄을 몰랐느니라。 너무도 일밖에 몰랐느니라。 아! 그대의 가심을 서뤄하고 慟哭하고말것인가? 나는 그대가심을 원망까지 않을수없다。

(九三八)

戊寅 十月 벗의全集이나는날 永郎 씀

刊行辭

五月十五日이였읍니다。 그의 永訣式이 있던 날이。 式을 罷하고 손님들이 거의 다 흐터져 돌아갔을적에 永郎이 나를 찾아서 그의 作品集을 내기로 한다는 말과 金珖燮 李軒求 鄭芝溶 咸大勳 金允植 諸氏가 일을 보기로 했으니 精神이나 차리거든 原稿들을 모아서 챙겨놓으라는 것이였읍니다。

그 翌日 그는 肉體마자 先塋으로 떠나보내고 나는 眞實로 틈많은 사람이 되였읍니다마는 그 後 數十日 無爲한 하루를 늘릴뿐 좀체로 原稿에 손을 댈수는 없였더니 六月中旬 咸大勳 李軒求 金珖燮 세분의 催促이 始作되였읍니다。 公私의 事務가 바쁨과 交通이 不便함도 不拘하고 慰問과 재촉을 兼하여 세분은 자주 함께 오셨던 것입니다。

드디어 나도 決心을 하고 原稿收拾에 着手하였읍니다。 한번 發表된 것은 大概 스크랲·뿍에 모와 두었였으나 原稿帖、 책상설합、 공책、 卓上칼렌더、 休紙等屬에서 새 原稿를 찾아내는 것이 일입니다。

모와 놓고보니 詩、 飜譯詩、 詩論、 詩評을 비롯하여 戱曲、 隨筆、 日記、 斷想等 豫想했던것

보다 훨신 많습니다。

그는 이런 嘆息을 한 일이 있었읍니다。『文筆을 가까이하고산지 十年에 自信있는 作品 손가락 열개 꼽을것도 만들지 못하였다』고。勿論 詩作을 意味한 것이겠지요。그런데 우리가 모와놓은 作品은(創作詩만 해도 六十篇이 넘습니다。大部分이 休紙와 함께、아니 차라리 休紙로 이구석 저구석에 박혀있던것을 찾아낸 것이기는 합니다마는。

萬一 龍兒가 整理를 즐기는 사람이였드면 우리는 이作品들의 三分의一도 保管할수가 없었을것입니다。그러나 多幸히 그는 모든 글씨쓰인 종이들을 다만 한구석에 밀어 넣어둘뿐、깨끗이 整理하고 불태워 버리지는 않는 特性이 있었던 것입니다。남에게서 온 하잘것 없는葉書한장도 名啣대신 끼적여 두고간 종이 한조각도 방문밖에 내어던지는 일이 없이 그냥 책상 우에서 이리 밀리고 저리 밀리다가 드디어 休紙箱子속으로 들어가버리고 그 休紙箱子는 歲月과 함께 그 數가 늘고 그것들이 귀찮게 될 때에는 묶어서 벽장속에 넣어버리곤 하였던것입니다。그러기에 우리는 그러한 뭉치들속에서 그의 少年적 편지동무가 누구누구였던지를 알아낼수도 있고 그때 少年들의 편지內容을 읽어 볼 수도 있으며、學校筆記帳 귀퉁이에 적힌 斷想樂書等을 찾아 낼수조차 있는 것입니다。(全集 第一卷에 실린 斷想、第二卷에 실린 小品、散文

은 거의다 그의 學生적 노ー트에서 찾아낸 것입니다)

그래 처음에는 그의 眼目을 가지고 남에게 내여놓을수 있을만한 作品만 추려볼까 하고 이미 發表된 作品과 比較的 정한 종이에 정하게 쓰여진 作品을 골라보다가 문득 그의 世界는 이미 사라진것을 깨달았읍니다。 내 慾望은 그의 趣味나 體面을 爲하기보다 優劣間에 다만 걷우어 保管하고 싶은것입니다。 그가 이 全集을 볼수 있다면 그는 나무라기도 하리다、 크게 怒하기도 할것입니다。 친구 몇분의 懇切한 勸告에도 不拘하고 詩集내기를 여태 辭讓한 그가 아닙니까。 그러나 이미 그를 잃은 우리는 그의 말 한마디 그목소리가 얼마나 그리운것입니까。 한때의 表情이라도 붓잡아 둘수 있였기를 바라는 處地입니다。

나는 取捨選擇을 않기로 뜻을 決定하였읍니다。 極히 하잘것 없는 한두줄의 斷想도 그의 어느 瞬間의 記錄임에 틀림 없는것이니 눈에 띠우기만 하면 全部 줏어모와 간직하기로 決心한 것입니다。 文章의 優劣이 무엇입니까。 그를 사랑하는 우리는 그의 全生活 時間따라 變하는 그의 全感情의 瞬間瞬間까지라도 간직할수 있는대로 간직하여두고 보는것이 上策이 아닙니까。

六月爾來 날마다 이原稿들을 만지고 읽고 베끼는 일을 하였기에 나는 그와 完全히 分離된

슬픔에서 조금이라도 벗어날수가 있었던것이 아닙니까。 社會文化에 아무 賦與하는바 없는作品發表에 대하여 큰 不快와 憎惡의 感까지를 갖던 그이기는 합니다마는 남의 깊은 要求를 잘도 理解하고 同情해주던 그는 우리의 이態度를 다만 꾸짖기만도 아니하리라고 믿습니다。

나는 平素에 그의 고웁고 따뜻한 友情을 欽慕한 적이 가끔 있었읍니다。 그런데 이번 全集刊行을 準備하는 중에 다시 그의 親友 여러분의 熱烈한 友情에 크게 感激하였읍니다。

그는 흔히 누어서 책을 보는 버릇이 있었읍니다。 그래서 그의 譯詩라는 것이 大部分 누어서 쓴것들입니다。 初期에는 語學工夫삼아 그다음에는 그의 말마따나 『야、 이거 참 좋고나 자네도 좀 읽어보게』 하는 氣分으로 읽으면서 책엽에 原稿紙대고 공중에서 쓴것이 大部分인것입니다。 題目이 거의 붙어있지 않을뿐더러 글씨의 散亂함과 行의 바르지 못한것은 想像以上이었읍니다。 이런것들 數十篇을 여름放學의 暴炎中에 닷새동안이나 鄭芝溶氏가 우리(晩喆과 나)를 董督하여 그 整理에 힘써주신것과 金允植氏가 九月二十日 우정 上京하셔서 보름동안이나 居處의 不便함도 不顧하고 집에 滯留하시며 遺失된 原稿를 찾아들이기와 譯詩整理等 總括的 整理를 맡아보아 주신일이며 咸大勳氏가 新聞社의 바쁜事務中에도 그檢閱、編輯等에單獨活動을 해 주신일、李軒求、金珖燮氏의 不斷한 援助等 이미 死去한 이에 대한 이 純潔한友

情에 感激할수 밖에 없었읍니다。

이 原稿들이 다시 親友 李晶來氏의 손으로 出版되어 校正을 보는중에있는 오늘 한줄한줄내리 읽는 중에 나는 몸에 스미는 親切을 느끼며 그의 親友 여러분과 함께 그獨特한 微笑를 띠운 그自身을 눈앞에 보는것입니다。

우리는 이 全集을 上下 二卷으로 나누고 詩、譯詩를 첫권、評論、隨筆、書簡、日記、戲曲을 그다음권에 모았읍니다。

詩集 第一部에 收拾된것이 大槪 發表된 作品이요 그중 「고은날개篇」은 數篇의 題目없는 作品을 한데 모아놓고 그중 한詩에서 우리가 取해붙인 題號이며 第二部는 全部가 拾遺로 完成된것인지 始作해보아 만것인지 모르는것들이요 第三部「눈」과 「萬瀑洞」은 今春『女性』新年號와『三千里文學』第二號에 發表된 그의 絶筆입니다。 그外에는 亦是 拾遺、元體 休紙들속에서 그의 글씨로 쓰인글이면 줏어 모은것이라 或은 남의글을 사랑하여 베껴둔것까지 收錄된것이 있을지도 모릅니다。 그중에 「邂逅」「안가는時計」「人形」「타이피스트孃」의 四篇은 아마 病中에 적은것인듯 病院에서 가져온 休紙속에 있던것이 僥倖 發見된것입니다。

第四部는 時調。 그中「哀詞•1」은 그의 二十當代 尹心悳氏에 對한 追憶에서 쓴것이요「哀詞•2」는 中學以來의 親友인 故 廉亨雨氏를 생각한것이요「哀詞•3」은 그의 叔父를 哭한것이요 漢詩十三首는 그가 二十二三歲쩍에 鄕家에서 破寂으로 지어보고 다시 그 뜻을 時調形으로 바꾸어 놓은것을 찾아내여 그대로 실은것입니다。

第二卷에 실린 몇분에게 보낸 書簡들은 그의 詩의 過程을 살피고 그의 人生과 事業의 全面影을 헤아릴수있는 좋은材料로서 貴重한 물건으로 여기며 따라서 이것들을 保管하셨다 주신 여러분께 感謝합니다。

戱曲들은 거의 全部가 劇藝術硏究會上演을 앞두고 飜譯한것들이며 培花學生劇을 爲하여 制作한『夕陽』과 延專學生劇을 爲하여 制作한『말안하는시악시』는 모두 그의 二十二三歲쩍 누의와 親友 廉亨雨氏의 付托을 저바리지않은것으로서 各各 當時 上演되였으나 하나는 事情에 依하여 다른 하나는 原稿遺失로 收錄지 못하였으며 그外에『新東亞』誌에 실린「朝鮮文學의過小評價」와『文藝月刊』誌에 실린「小說界에 對한 希望」을 亦是 事情에 依하여 실지 못하였읍니다。 끝으로 이책의 全體裁를 말아 보아주신 崔泳柱氏의 好意를 感謝합니다。

昭和戊寅十二月

林 貞 姬

昭和十四年五月一日　印刷
昭和十四年五月五日　發行

定價　貳圓五拾錢

著作兼發行者　京城府社稷町二六二　林貞姬

印刷人　京城府仁寺町一一九　金顯道

印刷所　京城府仁寺町一一九　大東印刷所

總販賣所　京城齊洞町一一二　東光堂書店
電話光③三七〇番
振替京城一六一二一番

후 기

올해로 용아 박용철이 탄생한 지 100년이 된다. 70년대 말, 광주에서 교직에 있을 때 나는 송정리의 용아 생가를 자주 드나들었다. 학생들과 문학답사를 갈 때마다 용아 생가를 먼저 들른 다음 광주 사직공원에 세워진 용아, 영랑 시비 앞에서 시를 낭송한 후 강진의 영랑생가로 향하곤 했다. 용아와 영랑이 오갔던 길을 따르노라면 두 분의 풋풋한 우정과 시심이 절로 몸에 배어들곤 했다. 그 후 나는 학위 논문 『영랑 김윤식연구』를 쓰면서 용아의 전집을 통해 두 분의 우정뿐만이 아니라 치열한 문학정신에 압도되면서 내 스스로를 돌아보곤 했다.

이제 용아 탄생 100주년을 맞아 다시 햇볕을 보는 이 책은 용아 타계 이듬해인 1939년 시문학사에서 발간된 『박용철전집』 전2권 중 제1권에 해당하는 시집편이다. 이 시집은 창작시편과 번역시편으로 크게 나누어져 있다. 창작시편은 총 74편이 4부로 나뉘어져 있으며, 번역시편은 독일, 영국, 애란, 미국, 프랑스, 일본 등 외국의 서정시 위주로 되어 있다.

이 책에서 내가 시도하고자 한 점은 시집에 수록된 각 작품을 원형 그대로 제시하고, 거기에 주석을 다는 일이었다. 이와 유사한 작업은 이미 이숭원 교수가 2003년에 『원본 정지용 시집』(깊은샘)으로 우리에게 선보인 바 있다. 이 책의 주석을 달면서 특히 역점을 둔 점은 용아가 영랑과 함께 전남 출신이며 전남에서 살았다는 점에 착안, 주로 시에 사용된 전남 방언을 찾아내어 그 시어가 어떻게 씌어지고 있는가를 보고자 했다. 결과적으로 용아는 영랑에 못지않게 전남 방언과 고어를 많이 사용하고 있어 이해하기 쉽게 주해를 달려고 노력했다. 또한 30년대식 발음과 표기가 상당수 있는 것도 가능한 한 현대 표기로 주해를 달아서 독자의 편의를 돕고자 했다.

지금까지 우리 학계에서는 용아 박용철에 대해서 시인으로서보다는 비평가 쪽에 더 무게를 두고 평가를 해온 것이 사실이다. 그러나 나는 이번에 밤새워 주석 작업에 임하면서 같은 시문학파 동인인 정지용, 김영랑, 김현구 등과는 또 다른 용아 나름대로의 시 세계를 들여다 볼 수 있어 얼마나 기뻤는지 모른다. 따라서 이 시집을 통해 용아의 시 세계가 다시 조명되고 재평가하는 계기가 될 수 있기를 바란다. 금년 박용철선생의 탄생 100주년을 맞아서 이 귀중한 자료의 복간을 추진한 박용철기념사업회와 어려운 여건 속에서도 흔쾌히 출판해 주신 깊은샘 박현숙 사장께 경의를 표하고, 귀찮다 않고 성심껏 감수를 해주신 목포대학교 고광모 교수님, 함께 작업에 동참해준 서경수 선생께 이 자리를 빌어 감사의 뜻을 전한다.

2004년 8월

허 형 만